KB064202

남편이 있는 집 & 없는 집

남편이 있는 집 & 없는 집

초판 1쇄인쇄 2020년 8월 29일
초판 1쇄발행 2020년 8월 31일

저 자 한상윤
발행인 박지연
발행처 도서출판 도화
등 록 2013년 11월 19일 제2013 - 000124호
주 소 서울시 송파구 중대로34길 9—3
전 화 02) 3012 - 1030
팩 스 02) 3012 - 1031
전자우편 dohwa1030@daum.net
인 쇄 (주)현문

ISBN | 979—11—90526—20—3 *03810
정가 13,000원

도화道化, fool는

고정적인 질서에 대한 익살맞은 비판자,
고정화된 사고의 틀을 해체한다는 뜻입니다.

남편이 있는 집 & 없는 집

한상윤 소설집

도화

목 차

미리내, 그곳에 갔었다

1

버스는 빗속을 뚫고 낡은 타이어를 굴리며 멀어졌다.

비포장도로를 굼실굼실 달리던 버스가 산등성이를 끼고 돌면서 자취를 감췄다. 승객 한 사람 없이 텅 빈 급할 것 없는 시골 버스의 느린 속도만큼이나 마을은 보잘것없고 한적했다. 빗줄기에 난타당하는 질펀한 산야의 녹음, 한낮의 열기가 스러지면서 벼리어지는 푸르름, 그것들이 피워 올리는 안개, 이제 막 거름을 빨기 시작한 벼 포기들의 질서 정연함, 버스 정류소의 낡은 의자…. 내가 일별한 풍광들은 도심을 서둘러 떠난 일탈에의 의지를 한심하게 여겼다. 집으로부터 남서쪽으로 30km 안팎을 벗어났을 뿐인데 초조했다. 아주 먼 이국땅을 밟은 것처럼. 가게 유리문 틀은 칠이 벗겨지고 얼룩져 개구리 등가죽 같다. 〈담배〉, 라고 쓰인 금속

광고판이 유별스럽게 환하다. 그 아래, 베니어합판 조각을 덧대어 만든 반달 창구를 들여다보며 말했다.

라면 좀 끓여 주실 수 있나요? 그리고 며칠 묵을 빈방이 있었으면 하는데요.

나는 오른쪽 손에 들려졌던 여행용 가방을 왼쪽 손에 옮기며 간절하게 말했다. 잡곡을 쟁여 두는 곳간도 좋고 무쇠솥이 걸린 외양간 옆방도 괜찮다. 비가 그칠 낌새가 보이지 않으니 습기를 말릴 만큼만 군불을 지펴 주었으면. 반달 창구를 통해서 보이는 주인 여자는 무슨 말인지 알아들을 수 없다고 자신의 귀를 가리키면서 들어오라고 손짓을 했다. 빗소리 때문이리라. 출입문을 찾지 못하고 어릿거리자 주인 여자가 일어나 문을 열었다. 비틀리고 헐거워진 문짝이 추레한 비명을 질렀다. 떠밀려 나온 훈기에 나는 허둥지둥 이끌렸다. 잠자리를 구하지 못할지도 모른다는 예감. 배고픔과 냉기가 두렵다. 원산이나 해주 사리원이 고향인 월남 난민이라도 된단 말인가. 수의를 입고 법정에 나선 작가 이호철 선생의 얼굴이 떠오른다. 죄목이 문인 간첩단이라고 했던가.

어디서 오셨는지, 초행이신가?

주인 여자는 심란한 얼굴빛이다.

진주어미야, 라면 한 개만 끓이렴. 안으로 들어가시우. 문간채가 비었어요. 군불일랑 지펴 드리리다.

진주어미의 뒤를 따라 녹슨 철대문 옆에 딸린 골방으로 갔다.

진주어미가 끓여 낸 냄비의 라면을 젓가락으로 감아올리면서 나는 수험생 아들의 입맛을 인정해야 했다. 인스턴트 식품, 그건 아니라고 건강을 내세워 수저며 반찬그릇을 몰수했지만 아들은 입맛을 바꾸지 못했다. 그래, 아예 박스째 들여놓아 주마. 극단의 모성애를 표방, 억지 주장을 했을 때 아들은 볼멘 목소리로 떠들었다.

나도 다른 집 엄마들처럼 자식들의 공부방에 전등이 꺼질 때까지 밤을 새우고 간식 챙겨 주는 엄마를 원할 줄도 알아요. 영양가며 소화 흡수에 지장 없는 간식을 준비하는 즐거움만으로 사는 엄마를 원할 줄도 안단 말이예요. 하지만 우리 엄마는 소설을 쓰고, 그래서 그런 걸 요구하면 안 되잖아요.

그랬구나.

라면 한 자락을 구겨 물고 나는 뒤늦은 응대를 한다. 손수 끓인 라면 맛에 매달리던 아들, 그 방에 떠돌던 희부연 형광 불빛, 책장 넘기는 소리, 아들의 어깨를 짓누르던 깊은 밤의 적요…. 그런 것들이 탯줄처럼 배꼽 밑을 당긴다. 곡식 자루가 올망졸망 쟁여진 골방 벽의 달력에서 생리주기인 월말임을 깨닫는다. 28일 형 주기와 아기집[子宮]의 의무를 충실히 완료한 성 기능이 신통할 것도 없다. 용서받기도 어렵고, 해서도 안 될 말이지만 토파 까놓고 말하자면 시난고난 쪼그라진대도 아쉬울 것이 없는 장기 중의 하나다. 초등생 딸아이를 끝으로 속칭 배꼽수술이라는 걸 해치웠다.

어디 가서 아들 하나 더 낳아야겠는데.

남편은 천격스러운 농지거리로 우쭐거렸다. 보건소 여직원이 집으로 찾아와 정관 절제 운운했을 때 남편은 고개를 절레절레 흔들었다.

멀쩡한 사람 병신 만들 작정인가. 당신들이나 씨 없는 수박 즐기슈.

나도 씨 없는 수박 즐기고 싶어요.

분명히 말하지만 피임은 자기가 알아서 해. 그도 저도 싫으면 다 그만둬. 잠자리 따위 같이 안 하면 되니까.

참으로 오랜만에 불은 튀는 논쟁이었다. 아이 셋을 배출한 나의 자궁이 순식간에 주눅이 든다. 꿈 많고 건강한 청년이 처자를 거느린 가장이 되자, 내가 보아도 그 형국은 말이 아니다. 가룟 유다의 배신으로 십자가를 지고 골고다의 언덕을 오르는 예수였다. 가룟 유다는 아니라고 타도하면서 허물을 벗으려고 했다. 친정오빠에게 통사정을 해서 단칸셋방을 면했다. 그러나 남편은 예수처럼 십자가에 못 박혀 죽기는커녕 씽씽한 배덕자가 되어 있었다. 각방을 쓰게 된 근간이 집을 장만하고 넓어진 공간 탓이라고 말했다.

잘해 보라구. 베스트셀러 작가가 되면 나 좀 먹여 살리겠지.

의논하지 않고 저지른 아내의 불임 수술 행보는 용서할 수 없다고 했다. 남편의 고차원적인 추리와 결론은 아내를 무릎 꿇리기에 충분했다. 나는 조가비처럼 몸을 숨기고 말 수를 줄였다. 빈 냄비가 얹힌 쟁반을 들고 마당으로 나갔다. 반원을 그리며 굵은 뱀 허리처럼 산자락을 감아 돌아간 고삼저수지는 두터운 안개에 눌려 좀처럼 제 모습을 드러낼 낌새를 보이지 않았다.

2

교지에 실린 쭈나의 소설 제목이 '호반湖畔의 장章'이었던가.

10대 후반, 전란을 치른 이 땅의 소녀들은 우울하고 단조로운 일상에 찌들어 있었다. 부엌 아궁이에 솔가지를 꺾어 넣거나 풍구질로 톱밥에 불바람을 일으켜 어머니의 일손을 도왔고, 징징거리는 어린 동생들을 업어 재웠으며 추위와 달빛을 뚫고 뒷간 근처에서 밤똥을 누이는 일은 대수로울 것이 없었다. 밤하늘을 원망스럽게 올려다보며 어린 동생을 지켰다가 짚쑤새미로 밑을 닦아주고 언 발을 이부자리에 묻는 일은 당연했다.

그 무렵 쭈나의 '호반의 장'은 국어 선생의 입을 통해서 교무실까지 짜하니 파장을 일으켰다. 쭈나 하면 '호반의 장'하고 응답했으며 센세이션이란 영문 단어를 유행시킨 장본인도 쭈나였다. 국어 선생은 쭈나를 가감 없이 추켜세웠다.

미국의 작가 오 헨리의 따뜻한 휴머니즘을 강하게 영향받은 여류작가란 말이야. 호반을 서성거리며 소나기처럼 쏟아지는 낙엽을 쓸어 모으다가 일몰을 맞는 청년, 서울에서 요양 차 내려왔다는 그 청년과 안면을 트면서 소설 속의 소녀는 사랑에 눈을 뜬다.

청년은 기침을 몹시 했고 자지러지게 쏟아지는 청년의 기침 소리를 들으면서 소녀는 연민에 빠지고, 소녀가 여고로 진학하면서 그들은 결별을 맞고 우수에 찬 사랑은 호반의 초겨울을 배경으로 막을 내린다. 병명이 소설 속에서는 밝혀지지 않았지만 천식 증상이라는 소문과 더불어 청년은 유명을 달리한다. 소녀의 첫사랑은 충격적으로 묘사가 되었더군.

국어 선생은 감정을 실어 소설의 스토리를 장황하게 피력했다. 눈물이 찔끔 돌을 지경이었다.

얘, 그 소설 과연 열여섯 살짜리 여고생이 썼다고 믿어지냐? 누구누구의 「마지막 잎새」 베껴먹은 거 아니겠니?

쭈나의 조숙한 감성에 비위가 상한 나머지 입을 비쭉거리며 나는 짝꿍에게 물었다.

간접 체험도 중요해. 오 헨리의 「마지막 잎새」를 읽었다고 다 그렇게 쓸 수 없다고 생각해. '호반의 장' 너무 아름다운 소설이야. 그런 이야기 그려낼 꿈도 꿀 수 없어, 나 따위는.

'나 따위는'이라고 자신을 비하시켜 말한 짝꿍의 의도는 고약한 여운을 남겼다. 너와 나의 퇴로는 바로 이쯤이다, 라고 치켜든 안내판과 다르지 않았다. 실제로 짝꿍의 말은 옳았다. 심심산골 오지 고삼면 월향리에 소재한, 수초 가득하고 조용해서 물고기가 많다고는 해도 단지 물웅덩이에 지나지 않는 저수지를 배회하며 여중생 소녀는 감히 그리스신화 속의 레테의 강을 떠올렸다니. 월

향리 쭈나의 집 마당을 나서면 곧장 이어지는 둘레 12km 저수지, 그 길을 걸으며 죽음을 생각했다니.

죽음을 맞은 혼령은 저승 세계의 인간으로 두 번째 삶을 시작하지. 망자는 죽음의 세계로 가면서 건너야 하는 강이 다섯 개가 있어. '비통의 강', '시름의 강', '불길의 강', '망각의 강', '증오의 강', 이렇게. 그중의 하나인 '망각의 강'이 곧 '레테의 강'인데 이 강을 건너가면서 망자는 레테의 강물을 한 모금씩 마시게 되고 과거의 모든 기억을 지우고 전생의 번의를 잊게 돼.

쭈나는 요양 차 내려왔던 청년의 죽음이며 소설 '호반의 장'을 쓰게 된 경위를 조용조용 말했다.

열여섯 살 단발머리에 피도 안 마른 풋내기가, 감히. 몹쓸 병에 걸린 아니, 쭈나를 멀리하고 싶다는 열망과는 달리 나는 쭈나의 사랑 이야기에 취하여 방과 후 언제라도 밤길을 걸으며 죽음에 대한 이야기를 속삭여 주기를 고대했다. 홀어머니의 외동딸이라는 쭈나의 가정환경 조사서가 위대해지기 시작했다. 쭈나의 곁을 맴노는 그 많은 시간들이 나는 부럽기 짝이 없었다. 8남매의 막내, 볼품없이 어머니의 탄식 속에 태어난 나로서는 쭈나의 외로움은 차라리 행운에 속했다. 쭈나와 나는 수시로 만나고 수시로 결별을 선언하는 정황을 연출했는데 쭈나와 주고받은 환희와 절망의 실체는 옥수수 튀밥처럼 푸석했으며 진종일 씹어도 포만감을 느낄 수 없었다. 쭈나는 나에게 엄청난 파장을 일으키는 존재였음에도 쭈나의 표정은 늘 차갑고 잔잔했다. 국어 선생의 시선 속에서 학업에나 열중했다.

쭈나의 요령 부득인 거취며 갈앉은 표정을 무너뜨려야 한다는 기찬 결론에 도달한 토요일 오후, 이신자, 김영자 두 아이를 앞세우고 나는 쭈나의 앞을 가로막았다. 이신자와 김영자, 쭈나 세 사람은 신체검사 특히 키재기 때는 발돋움으로 눈속임을 하면서까지 1~2번을 금기했는데, 어찌 된 영문인지 3번의 영예는 쭈나에게 돌아갔고 1~2번은 이신자와 김영자가 사이좋게 번차례로 차지했다.

놀다 가자.

내가 입을 열었다.

그럴래?

김영자가 언청이 수술 자리를 일그러뜨리며 응했다. 이신자가 재빠르게 몸을 돌렸다. 쭈나는 이미 이신자에게 한쪽 팔을 붙잡힌 채 떠밀리고 있었다. 일행 중 누군가의 제안도 없이 우리들은 신사神社 쪽으로 향했다. 교정 뒷산으로부터 흘러내린 계곡물은 바위틈을 비집고 허옇게 뜀박질을 하다가 신사 쪽으로 뻗은 작은 돌다리 밑에서 웅덩이를 만들었다. 그 물을 양동이로 퍼다가 교실과 변소청소를 했고 여름이면 수업을 빼먹고라도 다리 밑으로 기어들어가 그늘을 즐겼다. 신사로 하얗게 뻗은 돌계단 앞 공터에서 걸음을 세웠다. 물에 발을 담그기에는 아직 이른 학기 초 봄이었다.

쭈나 너, 쬐그만게 연애질이야?

이신자가 주먹을 들어 쭈나의 코앞에서 바르르 떨며 당장 쥐어박을 듯이 으름장을 놓았다. 쭈나는 식은 얼굴로 나와 김영자를 둘러보았다.

무슨 말이니?

쭈나가 표정을 굳혔다. 이신자와 김영자는 국어 선생의 쭈나에 대한 편애를 저지하자는 밀약이 은밀히 이루어졌던바 쭈나의 어리숙한 변명 따위에 왼눈 하나 찡그릴 처지가 아니었다. 쭈나가 조용하면 할수록 우리들의 횡포는 고이 잠들지 못했다.

이 기집애가 시치미를 떼네?

소설일 뿐이야, 소설.

쭈나는 이맛살을 구겼다.

억울하다, 그거냐?

좀 그래.

소설 속에서는 연애를 해도 된다는 거니? 문순희는 남학생한테서 편지 받았다고 정학당했어. 사랑 어쩌고 가소롭게 군 이야기는 칭찬받아 마땅하다, 그거 어느 나라 법이냐. 너 이대로 가만둘 줄 알아? 내일 당장 윤리 선생님한테 찾아가 담판을 짓고 말겠어.

김영자와 내가 이신자의 포악에 동조하는 동안 쭈나는 눈물을 글썽거리며 미루나무 가지에 촘촘하게 내려앉은 하늘을 더듬고 있었다.

보나 마나 이 기집애는 소리소문없이 또 국어 선생새끼 찾아가 까발릴 테고 우리만 찍히겠지.

쭈나가 울음을 터뜨리면서 맘대로 해애― 하고 말꼬리를 길게 뺀 것은 이신자의 손아귀에 머리채를 휘어 잡힌 채 지른 비명 때문이었다. 쭈나의 몸통이 골짜기 물에 처박히는 꼴을 지켜보면서 등마루를 자르르 훑는 쾌감에 나는 진저리를 쳤다. 우리들은 뒤도 돌아보지 않고 자리를 떠났지만 이후 얼마나 마음을 졸였던지. 예의 국어 선생으로부터 독기 오른 호출도, 쭈나와 관계된 그 어떤 인물로부터 질책 한마디 없이 해를 넘겼지만 탱탱하게 당겼던 현 하나가 끊어진 악기처럼 우리들의 우정은 맥이 빠졌다. 어쨌거나 3년을 무사히 끝내고 졸업장을 받는다는 사실은 불행 중 다행이었다. '빛나는 졸업장을 받은 언니께, 꽃다발을 한 아름 선사합니다.' 후배들의 송별가와 송사가 그런대로 석별의 정을 부추겼지만, 학기금 독촉받을 일이 폐기됐다는 엄혹한 현실 앞에서 나는 겨울옷을 훌훌 벗어 던진 늦봄을 맞은 기분이었다. 구태여 찝찝한 구석을 지적하자면 모교에 대한 감사와 잊지 못할 은혜로 메워진 쭈나의 답사는 강당을 진동시켰다는 점이다.

떠나는 마당에 끝까지 쭈나로구나.

담임의 마지막 결별사에서 또 한 차례 울먹이기도 성가셔 나는 서둘러 자리를 박차고 일어섰는데, 쭈나가 다가와 편지 봉투 하나를 교복 주머니에 찔러 넣어 주었다.

집에 가서 너 혼자 뜯어 봐. 친구들한테는 절대로 비밀이야.

쭈나는 역시 신비주의자였다. 머리끝에서부터 발끝까지 온통 비밀이었다. 비밀 빼면 시체였다. 이것도 쭈나의 마지막 부탁이려니 싶어 집에 돌아와 골방에서 비밀스럽게 개봉했다. 맙소사. 내 심장이 내 뜻대로 되지 않는다는 사실을 이때 절감했다. 조막만 한 살 뭉치는 더운 피를 순환시키느라고 무리했다. 나의 존재 의미는 쭈나의 편지 따위에 자극받지 않는 일이라고 훈수를 두었지만 헐거운 너트처럼 제멋대로 놀았다. 괘씸한 노릇이었다.

〈소설 '호반의 장'은 내가 최초로 사랑에 눈뜬 나의 기록이야. 주인공 청년은 너와 내가 잘 알고 있는 실제 인물(너의 막내 오빠 친구), 나는 그에게서 사랑을 배웠어. 소설에서 청년을 죽음으로 몰고 간, 그 허구를 이제야 고백하게 된 나의 슬픔을 이해 해 주기를…. 쭈나가.〉

3

신혼의 이문동 월세방에서는 주인집과 한 가족처럼 개기며 살았다. 그 당시로서는 제법 깔끔하고 멋스러운 양옥이었는데, 거실과 부엌을 공동으로 사용한다는 것은 예상보다 불편했다. 구조상 주인집 아이들이 써야 할 공부방이었다. 아침에 눈을 떠 땅거미가 질 때까지 아기가 기저귀를 갈아 차고 똥오줌을 싸는 모습이며 두

세 살 터울의 네 아이가 쿵닥대는 기척에 시달려야 했다. 친인척이나 손님이 포진한 거실을 관통하여 셋방으로 진입하는 일은 고역이었다. 주인집 여자가 이끄는 대로 그들과 일일이 인사 소개를 주고받았는데 남편의 참을성은 대단했다. 낯을 구기거나 불평하는 법이 없었다. 혹 손님이 오시는 날은 나란히 붙은 윗방을 써도 괜찮다는 호의도 보였다. 그러나 부엌을 같이 쓰는 나의 입장은 달랐다. 음식을 만들 때 주인집 여자는 친절했지만 도움을 받는다는 고마움보다 약점만 속속 들킨다는 불쾌감이 앞질렀다. 계란찜을 만들려고 어물거리면 눈치 빠른 주인집 여자가 다가서서 어깨너머로 준비물을 챙겨 주었다.

우선 뚝배기에 날계란을 깨뜨려 노른자와 흰자가 잘 섞이도록 젓가락으로 저어 풀어 주세요. 물을 알맞게 붓고 새우젓으로 간을 맞춘 다음 파 마늘로 양념을 해서 찜통에 쪄요.

가지나물을 만들려고 서성거리면 눈치 빠른 주인집 여자는 또 다가와서 순서를 알려 주었다.

뜨거운 물에 적당히 데쳐 꺼낸 다음 물을 꼭 짜서 간장으로 알맞게 간을 맞추고 파 마늘로 양념하세요.

그놈의 '적당히'와 '알맞게'라는 것은 말이 쉽지 나의 손을 거친 맛은 엉뚱했다. 터무니없이 짜거나 맵지 않으면 닝닝하고 물컹거렸다. 사과 궤짝을 옆으로 뉘여 시작한 지경에 마땅한 조리기구가 갖춰졌을 리도 없는 한마디로 엉터리 살림 살기였다. 지금도 마찬

가지지만 우리 부부는 그것들이 중요하다고 생각한 적이 없다. 주인집 여자는 때때로 자기네 음식을 예쁜 그릇에 담아 주기도 했는데 내가 생각해도, 같은 재료를 같은 값에 같은 상회에서 구입했건만 손맛에 격차가 있다는 점이었다.

요리학원 다닐 생각 말고 주인집 여자한테 음식솜씨 좀 배워.

남편의 말은 온건했지만 나의 귀에는 옳게 먹히지 않았다. 어쨌거나 결혼 15년 차의 주인집 여자가 동기간처럼 여겨지기 시작한 것은 그 여자의 전적인 이해성에 있었다. 자주 거실 한가운데서 차를 나누며 한담을 나누기도 했는데, 시어머니가 다니러 왔다가, 우리 애들 아무것도 모른다우, 집을 못 사 줬어요, 잘 좀 보살펴 주시우, 라는 부탁도 유효했으리라. 어느 날 오후, 젖먹이를 재우고 주인집 여자가 방문을 두드렸다. 눈부시게 흰 면기저귀를 마당 빨랫줄에서 걷어다가 차곡차곡 개키며 만면에 환한 웃음을 물고 있었다.

낮잠만 자지 말고 생기있게 살아요. 신랑비위도 좀 맞추고요. 어떻게 하면 남편 사랑 받을까, 신경도 좀 쓰고요. 음식 입맛에 닿고 자기네 살붙이들에게 살갑게 굴어 주면 최고의 아내예요. 잘못 하면 뺏겨요. 남자들은 첫사랑을 잊지 못하던데….

남편에 대한 불신감은 뿌리를 뻗고 잎이 돋았다. 가지가 무성해지더니 들쥐가 정교하게 둥지를 틀었다. 발긋발긋 새끼를 치고 젖을 먹이자 새끼들이 땅바닥을 기어 다니며 몸집을 불렸다. 굵어

가는 들쥐새끼들의 소란에 나는 참을 수가 없었다. 남편의 사무실이 있는 같은 건물 2층의 아리랑다방 전화번호를 알아내었다.

거기 아리랑다방 맞나요? 부탁 말씀을 좀 드리겠습니다.

네, 말씀하세요.

같은 건물 3층의 K출판사 편집장님께 말씀 좀 전해 주세요.

네, 말씀하세요.

오늘 12시 정각에 아리랑다방으로 여자 손님 한 분이 가시기로 돼 있습니다. 이름을 쭈나라고 해요. 나이는 20대 중반이고 1미터 50 가량의 작은 키랍니다.

네, 전해드리겠습니다. 이름이 쭈나라고 하셨나요? 본명이 아니고 애칭이신가요?

아닙니다. 순 한국 이름이고 순 한국 사람입니다.

그런데 이 부탁을 하시는 분은 누구신가요?

그렇게만 알고 계세요.

한 시간 후, 나는 예의 버스 정류소 앞 공중전화통에 다시 매달렸다.

한 시간 전에 부탁 말씀드린 사람인데, K출판사 편집국장님께 연락은 잘 됐나요?

네, 쭈나라는 여성분은 안 나오셨고 편집국장님만 한 20분 기다리다가 가셨습니다.

나의 자작극은 성공리에 끝났다고 볼 수 없었다. 웅숭깊고 어두운 골짜기로부터 불어온 바람은 황량한 벌판을 가로질러 우리 부부의 단칸 월세방을 휘몰아쳤다.

자작극이었다? 맙소사.

나의 이실직고에 남편은 실소를 했고 뒤통수를 긁으며 멋쩍어 했다. 그러는 그가 가엾어서 아리랑다방에서 20분을 기다란 까닭은 무어냐고 묻지 않았다. 묻지 않은 것이 묻지 않겠다는 의미는 아니다. 집행유예일 수도 있다.

4

진주어머니, 이 동네 이름이 미리내지요?

네, 그래요. 저는 마을 이름에 끌려서 여기 사람이 됐어요. 미리내란 '은하수'라는 뜻이랍니다. 2백여 년 전에 천주교 박해가 일어났잖아요. 그때 천주교 신앙인들이 이곳에 숨어들었는데 여기저기 흩어져 옹기를 굽고 화전을 일궈 살았답니다. 밤이면 달빛 아래 불빛이 은하수처럼 보여 미리내라고 했대요. 이 동네에는 무슨 볼일이 있으셔요?

진주어미는 호기심을 보였다. 나는 배낭에서 책을 꺼냈다.

최근에 출간한 저의 책입니다. 이 책을 쓸 계획 때문에 전에도 이곳을 한두 번 다녀갔지요.

아, 『소설 김대건』요. 작가신가요? 잘 읽겠습니다.

진주어미는 표지, 작가 약력, 사진 등을 살피며 반색했다. 나의 선제공격은 적절했다.

혹시 이 동네에 사는 분 중에 김형규라고 아세요? 나이는 40대 후반이나 50대 초쯤 됩니다. 그의 아내가 저의 여고 동창이거든요. 우연히 여기까지 오게 됐으니 한번 만나보고 싶어서요.

우리 어머니가 잘 아실 거예요. 김대건 신부 사적지 안에서 살던 주민이 입구 밖으로 이주해서 동네가 좀 커지기는 했지만요. 외지에서 귀농한 분도 있기는 해요.

진주어미가 이장에게 달려가더니 새마을노래가 마을을 뒤엎듯이 신바람 나게 들려왔다. 새마을노래는 주의 집중에 필요했을 뿐이며 스피커는 서울에서 김형규를 찾는 손님이 오셨음을 대대적으로 공지했다. 김형규를 만난 것은 오후 5시, 삼거리 메기매운탕집에서였다. 김형규는 몸집이 장대한 농군이었다. 역대로 전수된 농투성이의 곤고함은 엿보이지 않았다. 나는 메기매운탕과 소주 두 병을 주문하면서 조용한 방을 청했다.

저는 쭈나 여고 동창입니다. 소설을 쓰지만 내세울 건 없는 작가라고 알아주십시오. 쭈나는요?

아이들이 서울에서 학교를 다녀요. 오늘이 목요일이니까 내일 막차나 모레 첫차로 올 겁니다. 연락을 하고 오셨더라면 좋았지요.

김형규는 나의 헛걸음을 진심으로 안타까워했다. 메기매운탕이 푸른 불꽃 위에서 맹렬하게 끓기 시작했다. 그에게 빈 잔을 건네고 소주를 따르자 김형규도 나의 빈 잔에 소주를 채웠다. 문득 창밖으로 고개를 돌렸다. 먹구름이 몰리고 바람 한 자락이 창문을 흔들었다. 굵은 빗방울 몇 개가 문틈으로 뛰어들었다. 김형규는 주인을 불러 서빙을 요구하지 않고 손수 몸을 일으켜 창문을 닫았다. 코앞까지 바짝 다가온 김형규의 땀내 섞인 체취가 전혀 불쾌하지 않았다. 왜소하고 빈약한 남편의 체격과 대조적이라는 생각이 들었다. 또 손해 본 느낌이다.

전해 드릴 책이 있습니다.

나는 배낭에서 책을 꺼냈다.

우리 집사람한테요?

아무래도 좋아요. 책은 집에 가서 읽어 주시는 걸로 하시지요.

저는 책하고는 담을 쌓은 사람입니다. 친구 녀석과 자동차 부속품 대리점을 동업하다가 쫄딱 털어먹었지요. 동사무소 말단 직원으로 몇 년 근무하다가 체질에 맞지 않아 지금은 물려받은 땅뙈기 믿고 삽니다. 입에 풀칠은 되더군요. 그나저나 이 책은 어떤 내용입니까? 채소재배법이라는 책을 읽고 농사를 지었지만 영 아니더군요. 이론이란 게 말짱 헛거예요. 저는 책을 안 믿습니다. 베개에 귀때기 붙이기가 무섭게 천근만근 피곤해서 귀신이 묶어가도 모르게 잠이나 잡니다. 책이 읽혀야 말이지요.

쭈나는 무얼 하며 어떻게 지냅니까?

우리 집사람요? 종교에 빠져 봉사하면서 살아요. 지체부자유자, 노인복지센터 할 일이야 많지요.

김형규는 바람이 일도록 책장을 앞뒤로 한 번씩 후루루 넘기더니 내던졌다. 만화책이나 즐기는 아동처럼. 김형규는 몇 잔 마시지도 않았으면서 취한 척 오버 제스처를 썼다. 술을 사양하고 속내를 섣부르게 보이지 않으려는 도심의 능한 장사꾼 모습이었다. 나는 '명사들의 첫사랑'이란 표제를 달고 김형규에게 박대를 받은 책을 집어 들어 목차를 펼쳤다.

국내 문화계 인사 20인이 집필진입니다. 105페이지의 글, 저희 남편이 썼습니다. 제목이 '달빛의 장난'이군요. 쭈나와의 첫사랑 이야기입니다. 달빛이 처연해서 쭈나의 얼굴에 내린 달빛이 너무도 푸르고 창백해서 그대로 돌려보낼 수가 없었다네요. 입술에 입술을 포개고 숨이 막혀 죽음을, 자살을 꿈꿨다네요. 말이 되나요? 아, 그럴 수도 있겠네요.

김형규는 총기 없는 눈빛으로 나를 직시했다. 집요하고 아둔한 시선이었다. 창밖은 짙은 어둠이 내렸고 세찬 빗줄기가 개닥질을 쳤다. 김형규가 비싯비싯 몸을 일으켰다. 드르륵 타악! 낡은 출입문이 부서져라 열리더니 또 그렇게 부서져라 닫혔다. 노동에 단련된 김형규의 악력은 거칠고 험악했다. 쇳덩이 같은 단절감이 김형규의 옷자락을 물고 늘어졌다. 비옷을 걸친 낚시꾼 한 떼가 유령처럼 우중충하게 들어섰다. 김형규가 비운 자리는 자꾸 나를 비웃었다.

5

나의 여행 일정은 예상보다 재미가 없었고 작정했던 바와는 달리 1박 2일로 끝났다. 쥐도 새도 모르게 김형규를 만난 일은 썩 잘한 일이 아니라는 생각이 들었다. 미리내를 떠나 풍납동 집 대문을 열고 마당으로 들어서면서까지 내내 그 생각에는 변함이 없었다. 옷장 문을 열었다. 옷걸이에 걸린 남편의 밤색 정장을 꺼내 들고 안주머니에 새겨진 이름을 들여다본다. 나의 결혼 예물이다. 드라이클리닝 비용이 난감해서 아끼고 모셔두다가 구식으로 늙어버렸다. 남편의 근검절약 정신은 옷 입기에서 특히 발휘되었고 아내와 주위 살붙이들의 연민을 사기에 충분했다. 남편의 전 근대적인 현실 돌파 의지는 눈물겨웠지만 이제 남편의 그 현실 돌파 의지에 어떤 의미도 부여하고 싶지 않았다. 동량처럼 버티던 것들이 희뿌연 분진을 일으키며 실없이 무너졌다. 그 굉음에 충동이질 당하듯 나는 반짇고리 뚜껑을 열었다. 색색의 고운 실이 감긴 실패들 틈에서 차갑게 반짝이며 날을 세운 가위를 집어 들었다. 단벌의 소중한 외출복이 악력을 따라 신속하게 조각나기 시작했다. 두툼한 솔기를 비켜가며 팔소매, 깃, 등판, 앞판, 주머니… 옷은 괴이쩍은 몰골로 순식간에 흩어졌다. 이 꼴이 뭐람. 나는 누군가에게 책임을 전가시키고 싶어 안달을 했다. 땅거미 진 골목 끝에서 아이들이 몰려오는 소리가 들렸다. 그중에 끼었을 초등생 딸아이에게 대문을 열어줘야 한다. 가장 소중하고 가장 먼저 해야 할 나의 일상이지만 꼼짝할 수가 없다. 담 너머로 들려 온 수차례의 초인종 소리와 딸아이의 조급한 육성을 방치한 채 나는 옹색한 방에 흉물스럽게 널린 쓰레기더미를 우두커니 내려다보기나 했다.

어딜 갔다 왔다는 거야.

반어법을 즐기는 남편은 오다가다 태평스럽게 물었지만 실제로는 피가 마를 지경으로 아내의 행보에 신경이 씌였을 터였다. 작품 소재 취재 탐방 차, 라고 말하려다가 나는 그만둔다.

아니 자기 미쳤어?

남편은 경악했다. 쓰레기를 지켜보면서.

두 번째 아이를 출산하던 초여름이었던가. 아래턱이며 양쪽 볼에 비누 거품을 부풀려 바르고 면도를 말끔하게 해치운 남편은 아침 밥상을 마주하지도 않고 출근을 서둘렀다.

자기 일기장 열어 봐. 도로 끼워 넣었어. 어머니가 읽어 보신 모양이야. 며느리의 일기장을 뜯어내신 건 결례지만 나이 많은 노인의 기우였다고 이해 하라구. 그나저나 나한테 쭈나만 여잔 줄 알아? 내 주변에 얼마든지 있어. 남편과 자식을 둔 쭈나를 어쩌자고 괴롭혀. 문제는 너한테 있는 거야.

나의 일기장 한 페이지가 뜯겨나갔다가 돌고 돌아 남편의 손을 통하여 제자리로 돌아온 것이다. 열 십자로 접혀 낡은 일기장에는 여고 시절부터 내가 벌인 쭈나와의 구구한 일화들이 기록되어 있었다.

어쩌냐. 남편이고 아내고 서로 의심하기 시작하면 밥에 독을 넣어 죽이기도 한단다아.

시어머니는 아들과 며느리의 위기에 도리질을 했다. 시아버지, 시아주버니, 맏동서, 시누이들, 주지스님 해서 시어머니 발길 닿는 곳마다 빠뜨리지 않고 일기장 내용을 풍기면서 징징거렸다. 그 무렵 남편은 부하 여직원의 다정한 쪽지 편지를 윗저고리 주머니에 자주 소지하고 있었고, 가죽 장갑을 선물 받기도 했다. 주말마다 교외 나들이, 바지 단에 묻혀 들인 마른풀이며 모래흙, 남편의 음모와 정강이 털에 기생했던(잔디밭에서 옮았을) 진드기 등… 이런저런 물증들을 떳떳하게 흘리고 다니더니 드디어 가벼운 침구며 책 몇 권을 싸 들고 가출을 선언했다. 반년 만에 백기를 든 남편의 하숙 생활은 우습게도 나의 뇌리에서 쭈나를 몰아내는데 다소 도움을 주는 듯했었다. 3백 년 된 미라도 아니면서 세월이 이렇게 무위로 끝나다니.

6

돌아가라고 해, 만나지 않겠어.

여고 동창들 몇 명과 섞여 병실을 찾아온 쭈나는 기어이 나를 만나겠다고 고집했다. 그러나 나는 아들에게 잘라 말했다. 쭈나가 남편을 대동했다는 것이 아무래도 마음에 걸렸다.

어머니, 크게 신경 쓰실 일 없어요. 여기까지 찾아오신 성의를 생각해서 그러심 안 돼요. 면회시간이라야 5분이나 7~8분이면 돼요. 환자하고 긴 이야기를 청하는 것도 안 될 말이라는 건 그분들도 알고 계실 거고요.

아들은 장황하게 설득하려고 했다.

누가누가 병문안을 왔다고 했던가.

이신자 씨, 김영자 씨, 차 친구 그리고 쭈나 부부예요.

정 그렇다면 이신자, 김영자 두 친구만 들어오도록 해.

되면 모두 되는 거고 안 되면 모두 안 되는 거지, 선별은 또 뭐예요. 모양새가 좀 그래요.

아들. 엄마를 괴롭히고 싶지는 않겠지?

아들의 직함은 종합병원 소화기내과 전문의 부교수다. 나의 담당 의사이기도 했는데 어미에게 췌장암 선고를 내리면서 시쳇말로 쫄아 있었다. 등잔 밑이 어둡다, 남의 병 고쳐줄 생각 말고 즈그 엄마 병부터 고쳐줘라, 땅 팔아, 집 팔아 의사 아들 만들었으면 뭣 할 거냐, … 속없는 이들의 하기 좋은 말에 아들은 움츠러들었다. 이중적일 수도 있을 터이지만 아들은 효심 챙기기에 전전긍긍 주변 사람들 여론에 쫓겼다. 나는 오 헨리의 소설 「마지막 잎새」를 생각했다. 밤새 거센 비와 사나운 바람이 불었지만 담쟁이덩굴의 마지막 잎은 떨어지지 않았다. 무명의 늙은 화가 베어민이 죽음을 목전에 둔 여류 화가 존시에게 희망을 주기 위해서 그린 일이었다.

아들!

나는 침대 모서리를 잡고 상반신을 일으켰다.

만나고 싶지 않은 사람 만나면 건강에 해롭지 않을까. 나 오래 살고 싶거든. 3백 년 된 미이라, 절대로 들춰보고 싶지 않아.

알았어요.

아들이 병실 문을 열고 웅깃웅깃 서있는 여고 동창들에게 무슨 말인가를 건네는 모습을 지켜보면서 나는 깊은 잠에 빠져들었다.

남편의 집

1

지난 정월, 길일을 택해서 관례(전날 아이가 어른이 되는 예식)부터 올렸더라면 혼사가 한결 수월할 터이지만 완산 이씨 이세중으로부터 날아온 소식은 그게 아니었다. 열다섯 살이 넘으면 당연히 치러야 할 관례지만 충북 진천의 이세중은 부친의 기복(1년 동안 입는 상복)을 벗지 못했고 부친의 기복을 벗을 무렵 모친의 기복을 입게 되었다. 그러더니 또 아내의 죽음으로 연이어 아들 이명인의 관례가 늦어졌다. 늦어진 것까지는 괜찮았다. 일찌감치 혼약을 맺은 남양 홍씨 가문에게 면목이 없는 것은 아들 이명인의 갑작스러운 발병과 나날이 까무룩 잦아드는 몰골이었다. 복통을 동반한 설사와 오한, 그러다가 문득 생기를 보이기도 했지만 생기를 찾는가 싶다가도 안색은 눈에 띄게 창백했다. 신랑 신부는 동갑, 스무 살을 문턱에 두고 있다. 이명인은 식욕을 잃었고 두어 숟가락 먹은 미음도 토했으며 간혹 헛구역질을 했다. 동공이 풀리고 황달이 왔다. 소변이 장마철에 썩은 볏짚 지붕에서 떨어지는 낙수 빛깔이었다. 이세중은 경북 봉화의 남양 홍씨 홍이원에게 연락을 취했다. 혼례식을 서두르자고. 홍이원은 막내딸 은제의 의중을 물었다.

"어떻게 하고 싶으냐?"

은제는 망설이는 듯 머뭇거리다가 말했다.

"혼약을 한 지 3년이 넘었습니다. 저는 다른 생각을 한 적이 전혀 없습니다."

"와병 중이니 하는 말이다."

"제가 병구완을 게을리하지 않을 것이며 기어이 완쾌토록 하겠습니다."

홍이원은 막내딸 은제의 말에 차마 이의를 달지 못했다. 그 뜻이 썩 어리석다는 생각도 들지 않았지만 흔쾌하게 받아 주기에도 미진하다. 어찌해야 옳다는 말인가. 조카 만제(죽은 아우의 장남)의 의견을 듣고 결정하자고 은제를 달랬다.

"아버님, 결혼은 제가 하는 겁니다. 사촌 오라버니가 여기 왜 끼어듭니까?"

은제는 단호했다. 아내 창녕 성씨가 곁들였다.

"혼사를 물리는 법은 없습니다. 더구나 신부 측에서…, 말이 안 됩니다."

"알았소. 혼례 올리자고 연락합시다."

정월을 넘기기는 했지만 4월 중순, 혼사 날짜 일주일을 앞두고 양가에서는 관례 올릴 준비를 했다. 사대부가에서 혼인에 앞서 관례를 올리는 것은 지당한 일. 이명인은 부친 세중의 지시를 받아 관례일 3일 전에 사당祠堂에 술과 과일, 전을 올렸다. 이세중은 무릎을 꿇고 향안香案에 고했다.

"효 증손曾孫 이세중의 첫 번째 아들 명인의 나이가 차츰 들어 그의 머리에 관을 씌우고자 감히 고합니다."

이틀 뒤 이세중은 덕망이 있는 이웃의 친구 연안 이씨를 빈객(스승)으로 청하기 위하여 심의(전날에 높은 선비가 입던 옷)를 입고 정중히 그의 집을 찾아갔다.

"세중에게 아들이 있어 그 머리에 관을 씌우고자 하니 이를 지도해 주셨으면 합니다. 덕으로나 연세로나 그대보다 나은 사람이 없으니 저버리지 마시고 왕림하셔서 은혜로이 지도해주시면 우리 부자는 지극히 고맙겠습니다."

"나 이기백은 변변치 못하여 일을 제대로 수행하지 못하여 당신을 괴롭힐까 염려되니 감히 사양합니다."

"당신께서 마침내 지도해 주시기를 바랍니다."

"당신께서 거듭 명하시니 저 이기백이 어찌 따르지 않겠습니까?"

이세중이 두 번 절하고 물러나고 이기백이 한 번 절하여 배웅

했다.

관례일 아침, 대청 동북쪽에 휘장을 쳐서 장소를 마련하고 병풍을 둘러쳤다. 상에 진설을 했다. 좌포우혜, 어동육서, 두동미서, 조율이시, 홍동백서.

빈객 연안 이씨가 들어서서 관례를 치를 이명인에게 읍을 했다. 명인은 예복 사규삼에 띠[늑백勒帛]를 두르고 가죽신[鞋]을 신었다.

'솜씨 좋구나.'

이세중은 아들 명인의 성장한 모습에 감격한다. 3살에 생모를 잃고 계모의 손에 컸지만 어느 한 구석 모난 데 없이 반듯하다. 자기가 생산한 두 아들 못지않게 정성을 기울여 양육했으니 하늘과 땅에 감사할 뿐이다.

"이 옷 누가 장만한 것이더냐?"

이세중은 아들 명인의 속내를 슬그머니 떠본다.

"4년 전에 돌아가신 후모(계모)께서 밤새워 지으셨습니다."

"잘 아는구나. 내가 박복해서 자식 낳은 아내를 두 번씩이나 잃었구나."

아들 셋을 첩의 손에 맡기는 불운이 이세중으로서는 천벌에 가깝다. 하지만 그 또한 안고 가야 할 자신의 운명이니 어쩌랴. 맏아들 명인이 제발 온순한 아내에게서 씨를 여럿 떨어뜨리고 만대에 후손 잇기를.

옷자락은 네 폭으로 갈라졌다. 등솔기 중앙과 양쪽 겨드랑이를 텄다. 깃, 도련, 소매 끝에 검은 선을 둘렀다. 깃과 소매 끝에는 희자문, 섶에는 효제충신, 인의예지, 앞길에는 화풍감우…. 이세중은 아들 명인의 남색 견絹 옷자락에 금박으로 찍힌 문양들을 빠짐없이 읽는다. 사대부가의 아내를 만나 어서 쾌차하고 옷깃에 펄럭이는 글자대로만 살아라. 이 사규삼이란 어린아이들의 평상복이라지만 의미가 참으로 깊으니라. 옛날 중국에서는 싸움터에서 입는 융복이었느니.

"―유 세차 임자(1672년) 생원 이세중의 아들 명인의 나이가 점차 장성하여 4월 23일에 그의 머리에 관을 씌우고자 하여 삼가 술과 과일로 고합니다."

빈객이 아들 명인에게 읍했다.

"빈객 어르신 오른쪽으로 가서 서라."

이세중은 아들 명인의 일거수일투족을 지시했다. 의식 절차의 진행을 맡은 찬자가 빗과 망건을 남쪽에 놓고 일어나 아들 이명인의 곁에 섰다. 빈객이 아들 명인에게 읍했다. 저런, 쯧쯧 암 것도 모르는구나. 이세중은 아들 명인의 등을 밀었다. 자리 중앙으로 나가 서쪽을 향하여 꿇어앉아라. 찬자가 아들 명인과 같은 방향으로 꿇어앉아 명인의 머리를 참빗으로 곱게 빗어 올려 상투를 찌고 망건으로 쌌다. 집사자가 관과 건을 쟁반에 받쳐 빈객에게 건네었다. 빈객은 몇 마디의 축사를 끝내고 관과 건을 명인에게 씌웠다.

명인은 방에 들어가 사규삼을 벗고 심의로 갈아입었다. 대대(넓은 띠)를 둘렀다. 오, 우리 아들. 왕세자 같구나. 아니 조신이 조복을 입은 것 같아. 이세중은 아들의 차림을 바라보며 걸음이 헛놓일 지경이다. 명인은 빈객 앞에 섰다. 집사자가 모자를 담은 쟁반을 빈객에게 건네고 빈객은 명인 앞에 서서 축사를 했다.

"―길한 달 좋은 날에 너에게 관을 거듭 씌우니, 너의 위엄있는 모습을 신중히 하고 너의 덕을 잘 삼가 만년토록 오래 살아 큰 복을 받아라."

집찬자는 명인에게 먼저 씌웠던 복건과 치포관을 벗겼다. 명인은 방에 들어가 심의를 벗고 검은 조삼(검은 색깔의 난삼)에 혁대를 두르고 가죽신을 신었다. 집찬자가 복두를 쟁반에 받쳐 들고나와 빈객에게 건네었다.

"―좋은 달 좋은 날에 형제들이 모두 있는 데서 너에게 관을 세 번 모두 씌워 너의 덕을 이루게 하였다. 길이 오래 살아 하늘의 복을 받아라."

빈객의 축사가 끝나자 집찬자가 명인의 머리에 먼저 씌웠던 모자를 벗겨치웠다. 빈객은 무릎을 꿇고 명인에게 복두를 씌웠다. 빈객이 제자리로 돌아가 읍하자 명인은 방으로 들어갔다. 명인은 다시 조삼을 벗고 난삼을 입었다. 집찬자는 술을 따라 들고 명인의 왼쪽에 섰다. 빈객이 읍하고 자리 중앙에 나가 축사를 했다.

"―좋은 술이 맑으며 훌륭한 안주가 향기로우니, 이를 절하고 받아 고수레하여 너의 복을 굳히고 하늘의 기쁨을 받아 오래 살면서 잊지 말기를 바란다."

명인은 두 번 절하고 술잔을 받았다. 빈객은 제자리로 돌아가 답배를 했다. 명인은 중앙으로 나가 무릎을 꿇고 술을 고수레했다. 제자리로 돌아가 무릎을 꿇고 술을 조금 맛본다. 다시 일어나 집찬자에게 빈 잔을 건네준 다음 남향으로 두 번 절했다.

처음 관을 씌우는 시가始加의 축사식은 그런대로 견딜만했다. '좋은 달 좋은 날에 처음으로 원복[관]을 씌우니 너의 어린 마음을 버리고 너의 성숙한 덕을 따라 길하게 오래 살고 네 큰 복을 더욱 크게 하여라.' 마음속으로 명인은 '네'하고 신중한 응답도 했다. 그런데 재가, 삼가를 거쳐 자字를 지어주는 의식에 다다르면서부터 시야가 아물거리기 시작했다.

"—빈이 혹 따로 글을 써서 자字를 지어주는 뜻을 일러주는 것도 좋다. 예의를 갖추어 좋은 달 길한 날에 너의 자字를 밝게 고하노라. '이을 윤'에 '범 호'[윤호胤虎]라. 이 자字는 매우 좋아 뛰어난 선비에게 마땅하고 크게 어울리니 길이 간직하여라."

명인은 비틀걸음으로 집찬자의 부축을 받으며 사당에 고하고 대청의 여러 어른들을 뵈었다. 부모님과 숙부와 여러 고모들과 이복동생들 그들은 각기 동서남북으로 울타리처럼 앉아있었다. 두 번 절하고 어린 사람들에게는 답배를 받고 또 절하고 답배를 받고…. 명인은 대청 한가운데 쓰러져 일어나지 못했다. 약간의 토사물이 옷섶을 더럽혔다.

"이를 어쩌냐, 마을 어른들과 아버지의 친구분들 찾아뵙고 인사드려야 할 일이 더 남았는데…."

이세중의 첩 김씨의 탄식이었다. 울안의 백목련 꽃잎이 한두 장씩 흩날리기 시작했다.

2

이날 아침, 이세중은 아들 명인에게 술잔을 건네었다.

"너를 도울 배필을 맞아 우리 종문의 일을 이어받아 공경하고 너의 어머니의 본을 항상 받들도록 하라."

"네, 아버님. 감당하지 못할까 두렵습니다만 감히 명령을 잊지 않겠습니다."

명인은 혼사 열흘을 앞두고 친영의 예를 올리기 위해서 길 떠날 채비를 했다. 의혼은 진작에 마쳤고 먼 거리여서 납채와 납폐까지 겸한 친영의 예를 올리기로 했다. 충북 진천에서 경북 봉화까지는 사나흘 거리. 신랑을 따라나선 초행 인원은 열넷, 신랑을 포함해서 열다섯으로 맞췄다. 홀수라야 한다. 상객으로 신랑 이명인의 백부, 숙부, 당숙이 나섰고 그들을 따로 모시는 요객, 후행, 함진아비, 교자군, 하인 등이었다. 함진아비는 첫아들을 낳고 유복한 신랑의 5촌 당숙이 나섰다. 부친 이세중은 구구절절 정중하게 혼서를 써서 함에 넣었다. 신부 측에서 납폐만 보게 되면 어디의 누구한테서 온 것인가를 정확하게 모르지. 봉화의 '홍문안洪門雁 집'이라면 조선 땅에서 모르는 이가 없는 명문가이지만 우리 완산 이씨는 그렇지가 않단 말이야.

—때는 춘 사월, 화창한 봄날이온데
부호군 홍이원 어른께서 기체만안 하시옵니까? 저의 아들 이명인은 나이가 들었으나 아직 배필이 없더니 부호군 홍이원 어른께서 막내 여식 홍은제를 아내로 허락하시어 이에 옛 어른들의 정하신 바 예에 따라 삼가 납폐의 의식을 행하옵니다. 다 갖추지 못하였사오나 다만 엎드려서 부호군 홍이원 어른께서 굽어 살피시기를 바라며 삼가 절하면서 글월로 올리나이다.

임자년(1672) 5월 초3일 완산 후인 이세중 배

이세중은 아들 명인에게 한마디 덧붙였다.

"이 혼서는 신부에게도 무척 소중한 것이니라. 일부종사의 의미도 되지. 일생동안 간직했다가 죽을 때 관 속에 넣어 가지고 가야 한다."

이세중은 혼서지를 '근봉'이라고 쓴 봉함지에 끼워 사주난사에 넣었다. 함 바닥에 한지를 깔고 차례차례 오곡주머니를 넣었다. 자손과 가문의 번창을 기원하는 목화씨, 잡귀나 부정을 쫓는 팥, 며느리의 심성이 부드럽기를 바라는 노란 콩, 부부의 해로를 기원하고 질긴 인연을 바라는 찹쌀, 서로의 장래가 길함을 기원하는 향, 잡귀를 물리치는 고추씨, 일부종사를 의미하는 차 등. 그 위에

음을 상징하는 청색 비단은 홍지에 싸서 청실로 동결심을 매고 양을 상징하는 홍색 비단은 청지에 싸서 홍실로 동결심을 매어 넣었다. 물목物目도 작성해서 넣었다. 황금노리개 10돈, 비취반지 1개, 옥비녀 1개, 명주 1필, 모본단 치마저고리 1벌…. 함은 청·홍 겹보자기를 쓰되 홍색이 겉으로 나오게 싼다. 매듭에 '근봉'이라고 쓴 봉합지를 끼우고 스무 마 정도의 무명필로 묶는다.

"이보게, 묶기만 한다고 잘하는 것이 아닐세. 고리를 주의해서 만들어 줘야 하네. 이렇게 한 번만 잡아당기면 단번에 풀릴 수 있도록 말일세."

이세중은 함을 가까이 당기더니 무명필을 풀어 손수 끈을 묶기 시작했다.

"두 사람의 앞날이 술술 풀리라는 뜻일세. 만사형통하라 그 말이지."

이세중은 아들 명인에게 귓속말로 일렀다. 도중에 아는 사람이 있더라도 인사를 하지 마라. 잘못하면 부정을 타는 법이야. 명인은 가능한 한 부친의 지시를 따랐지만 떠날 때부터 사모관대에 사인교 교자를 타고 가라는 권고는 마다했다.

"아닙니다. 당도해서 갈아입어도 늦지 않습니다. 사인교는 상객 어르신들께 내 드리고 저는 말을 타겠습니다."

"네가 성장한 모습을 한번 보고 싶구나."

명인은 한복에 두루마기를 입고 갓끈을 맸다.

이른 봄의 청명한 날씨가 명인의 착잡한 심사를 가라앉혀 주는 듯했지만 십여 개의 역참을 거치는 동안 명인은 피로가 몰려왔다. 괴산 ~ 음성 ~ 충주 ~ 단양 ~ 죽령 ~ 풍기 ~ 영주 ~ 봉화. 청량산 능선이 바라보이는 고갯길에서는 아예 주저앉았다. 식은땀이 등골을 훑었다. 하루 5십리 길이다. 북쪽의 태백산과 소백산을 모체로 삼으면서 봉화를 둘러싸고 동 · 서 · 남으로 부챗살처럼 흘러내린 산줄기가 무려 2십여 개. 연화봉, 구룡산, 면산, 옥석산…. 해발 1천 미터가 넘는 산줄기에서는 까마귀조차도 깃을 접고 쉬지 못했다. 장중하게 버티고 있는 그들의 침묵과 짙푸른 서기는 죄 없이도 죄를 진 듯 숨죽여 살아라, 으름장을 놓았다. 평야가 아주 없는 것은 아니다. 질펀한 음식상 한 귀퉁이의 빈약한 술잔처럼 형성된 평야. 태백산맥과 소백산맥을 분수령으로 삼으며 발원한 낙동강이 봉화군을 남서로 가로질렀다. 석포리천 · 광비천 · 재산천을 자식처럼 껴안고 흘렀는데 장마철에 넘치는 물길을 견디지 못해 내성천을 만들고 내성천은 대감집 파밭만 한 유역을 만들었다. 그것이 봉화의 유일한 농지다.

'이 첩첩산중에서 마을 사람들은 무엇을 먹고살까.'

명인은 마을을 내려다보며 혼잣말을 했다. 해가 기울었다. 홍문안 집 대문 기둥에 등불이 매달렸다. 청사초롱을 든 아낙네 둘이 길을 안내했다. 신랑 명인이 말에서 내려 청사초롱을 따르고 기럭아비가 신랑의 뒤를 따랐다. 산이 높고 골이 깊어 어둠이 일찍 내리는 양곡리 마을이 오랜만에 흥성했다. 휘황한 꽃불이 청량산 자락을 조용히 태웠다.

신랑은 사랑채에서 옷을 갈아입었다. 사모관대에 협금화挾金靴를 신고 전안청으로 인도되었다.

―친영례를 올리겠습니다. 신랑이 입장하겠습니다. 기러기아비도 뒤따르겠습니다. 신랑은 자리에 머물고 기러기아비는 기러기를 신랑에게 전하겠습니다.

기러기아비에게서 신랑은 나무기러기를 받아 안았다.

―신부 댁에서는 신랑을 맞이하겠습니다. 인사를 하고 신랑을 인도하겠습니다.

신부 어머니 창녕 성씨가 조신하게 걸음을 떼어 전안청으로 들어섰다.

―전안례를 올리겠습니다. 신랑은 전안상 위에 기러기를 내려놓겠습니다. 신랑은 두 번 절을 하겠습니다. 신부 댁에서는 기러기를 받아 방으로 들이겠습니다.

정심이가 쪼르르 달려와 집사자의 지시대로 나무기러기를 치마폭에 싸안고 안채로 사라졌다.

―신랑은 초례청으로 나오겠습니다.

명인은 초례청을 흘긋 바라보았다. 부모들끼리만 오가던 혼인 상대를 최초로 대면한다. 집사자의 지시를 따라 초례청을 향하여 걸음을 떼었다.

—신랑은 동향으로 서겠습니다. 신부는 초례상 앞으로 나오겠습니다.

안방문이 열렸다. 수모의 도움을 받으며 족두리부터 나왔다. 신부의 검은 머릿결 정수리에서 족두리의 구슬들은 슬프리만치 아름답게 떨었다. 원삼 옷자락의 풍성함 때문이었을까. 신부는 산새처럼 한없이 작고 가냘팠다. 얼굴은 연지 곤지의 붉은색과 크고 검은 눈동자뿐이었다.

—신랑과 신부의 오른쪽에 계신 수모가 각각 촛불을 붙이겠습니다.

초례청이 연주홍색 불빛으로 한결 밝아졌다.

—신랑은 대야 물에 손을 씻고 신부 측에서는 수건을 내어 드리겠습니다.

명인은 두 손을 대야 물에 잠깐 담갔다가 꺼냈다. 수모가 건네준 수건으로 손을 닦았다.

—신랑은 제 자리로 가서 바로 서겠습니다. 신부가 손을 씻고 신랑 측에서는 수건을 내어 드리겠습니다.

신부는 대야의 물에 손을 담갔다가 수모가 건네어 준 수건에 손을 닦는다.

—교배례를 올리겠습니다. 신부 측에서 신랑의 자리를 깔고 신랑 측에서는 신부의 자리를 깔겠습니다.

수모의 손에 화문석이 조심조심 풀렸다.

—신랑은 읍하고 신랑 신부는 화문석 위에 올라서서 마주 보겠습니다. 신부가 먼저 절을 두 번 하겠습니다.

명인은 조금 웃었다. 난생처음 보는 처녀에게서 절을 받다니.

—신랑이 한 번 답배를 하겠습니다. 신부는 다시 두 번 절을 하겠습니다. 신랑은 다시 한번 답배를 하겠습니다. 합근례를 올리겠습니다. 신랑은 읍하고 신랑 신부는 각각 자리에 앉겠습니다. 술을 따르고 찬을 차리겠습니다. 신랑은 읍하고 신랑 신부는 제주하고 안주를 떼어 놓겠습니다. 다시 술을 따르겠습니다. 신랑은 읍하고 신랑 신부는 잔을 들겠습니다.

명인과 은제에게서는 집사의 지시를 따라 옷자락 부딪는 소리만 사각사각 쏟아졌다.

—표주박 잔을 신랑 신부 앞에 놓고 술을 따르겠습니다. 표주박으로 술을 따르는 이유가 있습니다. 표주박의 짝은 단 하나밖에 없다는 뜻입니다. 신랑은 읍하고 신부는 신랑에게 잔을 올리고 신랑은 신부에게 잔을 올리겠습니다. 신랑은 읍하고 신랑 신부는 일어서겠습니다. 이상으로 예를 모두 마치겠습니다.

명인은 교배례를 마치고 탈진한 시선으로 마당을 일별했다. 큰상에는 생과, 과정, 견과, 숙육, 편육, 전, 건어물, 포, 적 따위가 원통형의 꽃처럼 쌓였다.

"관대벗김 해야 합니다."

명인은 신랑 측 수모의 손에 이끌려 방으로 들어갔다. 사모관대를 벗고 협금화를 벗고 신부 측에서 장만한 한복으로 갈아입었다.

“신랑이 이렇게 점잖아서야 원.”

수모가 신방 문을 열며 등을 밀었다. 촛불이 일렁거렸다. 술과 지단, 한과와 과일, 온면 등 입맷상이 차려졌고 목단꽃이 만개한 이부자리 옆에 은제가 눈부시게 앉아 있었다.

“아무리 급해도 차근차근 순서 잘 지키시게.”

뜰 아래서 봉창을 찢고 신방을 지키려던 짓궂은 사내가 농지거리를 했다.

명인은 손수 술을 한 잔 따라 마시고 신부에게 다가갔다. 족두리를 떼고 용잠을 뺐다. 저고리를 벗기고 치마 허리끈을 풀었다. 속적삼, 고쟁이, 속곳, 단속곳…. 얇은 겹겹의 옷들은 흰 속살이 나올 때까지 참으로 악착스럽게 조이고 묶이고 덮여있었다.

“앗따나 아무리 급해도 신부 뭣 좀 먹여야지. 진종일 굶었을 터인데.”

봉창문 창호지가 북북 찢기고 흉물스러운 눈길이 구멍마다 달라붙는다. 명인은 신부 홍은제를 향하여 팔을 뻗었지만 도저히 자신의 기력으로 추슬러지지 않는다. 팔, 다리, 목, 허리 그 무엇도 자신의 의지대로 되지 않았다. 기이한 평화와 안위 속에 잦아들었다. 은제는 수모를 불러들였다.

“흔들어도 모를 만큼 깊이 잠이 든 것 같습니다.”

"아씨, 잠이 드신 것이 아닌 것 같습니다."

"잠이 드신 것이 아니면?"

수모는 은제의 철없음을 나무라지도 못했지만 선뜻 할 말을 찾지도 못했다.

홍이원은 신방에서 들려온 목울음 소리와 노비들의 수런거리는 기척에 놀라 방문을 열어젖혔다.

"아씨는 겨우 원삼에 족두리만 벗으셨습니다. 그런데…. 신랑이 정신을 잃고 일어나지를 못하십니다."

정심이가 사랑채 홍이원의 봉창문 앞에서 울먹거렸다. 불길한 소문일수록 빠르게 번지는 법. 마을 사람들은 차일을 거둔 자리에 수레를 대기시켰다. 의원을 데리러 가던가, 신랑을 의원 집으로 데리고 가던가, 양단간에 수레는 불러야 한다고 누군가가 서둘렀다.

"어찌하면 좋겠습니까, 나으리."

"글쎄다, 이런 황당한 일이…. 아씨는 뭐라고 하더냐."

"울기만 하십니다."

"원망 듣겠구나. 일단은 진천 이세중 어른께 이 사실을 알려야 할 터이고 그렇게 하자면 3, 4일 지체될 터이니 급한 대로 의원을 불러야 하는가, 어떻게 하는 일이 옳겠느냐."

홍이원은 조카 만제를 불러 진중하게 상의했다.

"의원을 딸려서 본가로 보내시지요."

"그렇게 할까? 그러자, 그럼."

만제는 사촌여동생 은제의 장래를 생각해서라도 신랑을 서둘러 보내야 한다고 채근했다.

명인은 내내 의식을 되돌리지 못한 채 수레에 실려 진천으로 향했다. 은제는 속옷차림으로 멀어지는 명인의 수레를 우두커니 지켜보았다. 하늘에 먹구름이 끼고 어둑어둑 돌개바람이 몰아쳤다. 멀고 가까운 곳의 푸나무가 당장 뿌리째 뽑힐 듯 몸부림을 쳤다. 후두둑 떨어지는 것은 빗방울이 아니라 우박이었다. 오리알만했다. 눈송이가 시야를 종횡무진 어지럽혔다. 그렇게 한나절이 갔다. 노복이 등걸 걸음으로 대문을 열고 뛰어들었다.

"볏모가 착 까무러쳤습니다. 올 벼농사는 어렵겠습니다."

경상도 감사가 기상 이변을 조정에 보고했다.

ㅡ벼가 상하고 길을 가던 네 살짜리 아이가 우박을 맞아 죽었습니다. 꿩, 토끼, 까마귀, 까치 등 들짐승들이 숱하게 죽었습니다. 같은 날 평안도 선천, 곽산, 증산 등의 고을에도 우박이 내려 벼 곡식이 모두 손상을 입고 남은 것이 없다는 보고가 들어왔습니다.

3

임자년壬子年(1672)이 저물었다. 나무마다 가죽이 옴두꺼비처럼 부풀며 꽃눈이 비집고 나오는가 싶더니 그 봄이 가고 여름이 왔다. 그 눈부심은 또 그렇게 홀연히 가을을 몰고 왔다.

홍이원은 어, 하는 사이 나이 5십을 넘긴 늘그막의 어설픈 해질 녘으로 접어들었다. 관속에 누워 세월을 온순하게 보내고 싶다가도 고개를 젓는다. 개똥밭에 굴러도 이승이 좋다 하지 않던가. 뒷산에서 우수수 몰려온 낙엽 구르는 소리에 문득 막내딸 은제의 근황이 궁금해진다. 오뉴월 복중에 불화로를 당겨 안은 듯 입김도 후끈거린다. 몸 안의 수분이란 수분이 남김없이 졸아붙는 모양이다. 눈구멍, 콧구멍, 귓구멍, 똥구멍 하다못해 오줌구멍까지 더운 바람이 들락거리다가 데쳐진 것은 아닌지. 홍이원은 여종 정심의 기척을 눈어림으로 좇는다. 뒤울안, 장독대, 부엌, 사랑채…. 시선을 거두고 성급하게 목소리를 가다듬는다. 정심아, 너 어디 있느냐? 네, 어르신, 여기 있습니다. 봉창 아래 뜰에 서 있는 정심의 목소리는 그러나 환청이었다. 댕기머리의 출렁임도, 흰 행주치마의 청결감도 보이지 않는다. 허리를 잘록하게 묶었던 행주치마끈의 단단한 조임이며 바지런하게 떼어 놓던 걸음걸이의 가벼움도 기억에서 멀다.

3년 전 나이 스물셋에 곁을 떠난 외아들 구제의 얼굴이 또 떠오른다. 해맑은 안색이며 장대한 기골이 너무도 뚜렷해서 죽음을 믿을 수가 없다. 아들보다 세 살 어린 며느리 양천 허씨며 제수 창녕 조씨를 지켜보는 일은 차라리 고문에 가깝다. 한 점 혈육도 없는 며느리에게서는 비릿한 적막감이 늘 써늘하게 맴돌았다. 별채의 방을 그린 듯이 지켰고 며느리의 그린 듯한 고요는 두 배 세 배의 무게로 홍이원의 가슴을 누른다. 이 판국에 대문을 밀고 들어선 것이 충북 진천 이명인의 죽음을 알리는 부고장이었다.

'딸아, 내 막내딸아, 남편을 따라 죽는 열부도 효부도 되어서는 안 된다. 너는 오로지 나의 애중한 딸이다. 알아들었느냐?'

'예, 아버님.'

막내딸의 목소리는 별다름 없이 낮고 단정하다.

'믿어도 되겠느냐?'

'그럼요, 아버님.'

홍이원은 텅 빈 천지와 무엄한 약속을 하면서 잠시 위안을 느낀다. 신병이 깊었을까. 혼례식을 치르고 정신을 잃은 뒤 이명인은 본가로 서둘러 돌아갔다. 제정신을 찾았다며 한 차례 다녀가더니 이내 날아온 것이 부고장이었다.

'그 건장하던 사나이 명인이가 죽다니, 믿을 수가 없구나.'

홍이원은 담장 너머 너른 들판에서 헤매던 시선을 거둔다. 별채 뜨락을 더듬는다. 막내딸 은제의 신발도 노비 정심의 신발도 보이지 않는다. 삽살개가 마당으로 뛰어든다. 뭉툭한 주둥이며 두 눈 그리고 담뱃잎 같은 누런 두 귀가 긴 털외투에 단단히 덮였다. 울안으로 휘도는 낙엽을 따라 날뛰기도 지쳤는가. 홍이원의 어둑한 시선에 실없이 붙잡혀 뜨락에 엉덩이를 붙이더니 앞다리로 상체를 곧게 세워 앉는다.

'너를 극진히 아끼던 아씨는 어떻게 하고?'

홍이원은 눈길로 삽살개를 책망하지만 녀석은 알아듣지 못한다. 꼬리로 쓰레질만 한다. 시선을 맞추고 반가워라 뒹구는 짓거리도 심란하다. 녀석의 그 무심한 표정이 홍이원은 노엽기까지 하다. 노비 정심이라도 동반하여 길을 떠났으니 안도하기로 한다. 정심의 입김이라도, 겨드랑이의 온기라도 함께 할 터. 사인교 가마는커녕 말을 태우지도 못한 채 나흘 닷새를 걸어야 하는 야박한 도정. 엄혹한 추위 속으로 사정없이 내몰린 형국이다.

절치부심 끝에 한양을 떠나 이곳 봉화로 낙남落南을 결심할 무렵, 아내 창녕 성씨의 노심초사하던 말 몇 마디가 수시로 등골을 후빈다. 아내의 기우가 기우로 끝나지 않고 이렇게 맞아떨어지다니. 방정맞다고 해야 할까, 영험하다고 해야 할까.

"다른 건 다 좋습니다. 모두 다 버리고 한양을 떠나는 것 말이지요. 헌데 하나 남은 여식 짝 맞출 일이 난감합니다. 설령 짝을 맞춘다 하더라도 제법 가당한 짝이 있을 것인지요."

그렇다. 열여섯 살, 혼기가 찼으니 코앞에 닥친 일이다. 관직은 물론 1등전에 속하는 3백여만 평 전답도 버렸다. 해가 설핏 기울었다. 벼르기만 하던 노정이다. 어디로 갈 것인가, 자문하지만 나름대로 어렴풋이 향방은 정해졌다. 멀리 갈 것도 없다. 증조부 홍세공과 조부 홍시술의 육성, 가문의 기품과 옷깃에 스몄던 체취를 기억해 내기에는 그다지 어려울 것 없다. 고조부모와 증조부모, 조부모의 1백여 년 전의 삶 아니 훨씬 그 윗대 홍복원과 홍다구 부자의 치욕적인 삶의 역정을 통해서 한 가닥의 단단한 골격으로 엮어진 가훈이 있다.

'과거에 응시하지 마라. 관직 따위 훌훌 던져버리고 재야에서 자연인으로 살아라. 아무에게도 조상의 이름을 밝히지 말 일이다. 파주 장단의 6만석 식읍食邑(임금의 아들이나 공신에게 주어 조세를 거두어 쓰게 하던 고을)해서 부를 누릴 만큼 누리지 않았느냐, 더 욕심을 부려서 귀를 탐내지 말 일이다.'

선대들은 자신들이 지켜온 생명의 뿌리를 속 깊이 부정했다. 특히 증조부 홍세공은 왜적의 진중에서 죽음을 맞으면서 고통스러운 유훈을 남겼다.

'알겠습니다. 모두 버리고 훌훌 떠나겠습니다.'

홍이원 대에 이르러 드디어 뜻을 이루었다. 연천군 장단에서 한양 원서동으로, 한양 원서동에서 경북 봉화로…. 버리고 떠나기는 매번 궁핍에 대한 두려움과 허탈감을 동반했다. 그러나 이면에는 강렬한 환희로 대치되었다. 선대 조상들 누구나가 원했지만 누구도 할 수 없던 구차스러운 욕망의 밑둥치를 가차 없이 도려냈다. 아내 창녕 성씨는 혼기에 다다른 막내딸 은제를 앞세워 걸으며, 어디로 향방을 정하시렵니까? 했다. 홍이원은, 모르겠소, 라고 응대는 했지만 발길은 경상북도 봉화로 향한다. 한양으로부터 걸어서 열흘 거리, 친근감이 서린 지역이다. 증조부가 전라도 관찰사를 지냈고 조부가 광양 현감을 역임했다. 홍이원은 선친들의 발걸음이 잦았던 남쪽 나라, 따뜻하고 먹거리 풍요로운 그곳에서 평화와 안위를 지키리라.

벼슬도 재물도 보잘것없는 가문으로 스스로 추락한 채 울안에는 쇠잔한 바람만 일렁거렸다. 큰딸들 셋은 각기 파주 장단과 개성 연안에서 멀어지는 어미 아비의 발길을 추연한 마음으로 지켜보다가 눈빛에는 물기가 돌았으리.

홍이원의 기우를 간단히 물리치고 막내딸 은제의 혼처는 순순하게 찾아왔다. 세종의 적 6남 금성대군 이류의 후손. 단종의 복위를 계획했대서 진천으로 유배, 끝내 형 세조가 내린 사약을 받았지만 가문을 믿기로 한다. 어미를 일찍 잃은 이명인에 대한 측은지심도 한몫했다.

"이명인의 아내만으로 살아낼 일이 아니고 명인을 낳은 어미의 정도 함께 줄 일이니라."

홍이원은 혼례를 치르기 전날 밤, 막내딸 은제에게 마지막 덕담을 했다. 죽은 아들 구제의 나이를 헤아린다. 이명인의 나이와 엇비슷하다. 동갑이라고 얼버무리려다가 서너 살 아래임을 확인한다. 홍이원은 아들 구제의 빈자리를 이명인이 메워준다면 아들로 여기고 어영부영 살고 싶었다. 가문이고 관직이고 따질 일도 없다. 애초 버릴 것이 더 많다 싶어 낙남을 결심한 터이니 말이다. 어모장군, 용양위 부호군. 공신의 후예라 해서 주어진 음덕의 일말이다. 거관된 자에게 녹봉만 주기 위해서 둔 벼슬아치, 조회 때 임금 곁을 그림자처럼 호위하는, 있어도 그만 없어도 그만인 종4품 서반이다.

홍이원은 효용가치 없는 자리에서 목숨의 위협이나 받는다는 불안감이 내내 뒷골을 눌렀다. 증조부 홍세공은 어명을 충실히 따라 '충'을 다했지만 '효'를 못한 채 끝없는 고난의 길이 이어졌을 뿐이라고 실토했다. 증조부의 회한처럼 '충'을 다했지만 '효'를 가볍게 여긴 죄책감에 시달리고 싶지 않다. 아비로서의 자식 사랑에도 미진해서는 안 되리라. '효'와 '충' 그 상충되는 개념이 오락가락하면서 등골에 열기와 한기가 번차례로 덮쳤다. 손톱 밑에 핏방울이 맺히도록 파헤쳐도 바닥이 보이지 않는 돌무더기, 그것이 '충'의 길일 터.

4

은제는 부고장을 들고 온 길 안내꾼을 따라 밤낮으로 걸었다. 노비 정심은 보퉁이를 안고 뒤따르다가 풀뿌리에 걸려 엎어지거나 말거나 돌아보지도 않았다. 별빛을 머리에 이고 또는 소나무 가지에 걸린 달을 보며 총총히 걸음을 뗀다. 혼자라면 아무 데나 주저앉아 마음 내키는 대로 통곡도 하고 푸념도 하고 싶다. 그러나 저 안내꾼의 걸음을 더디게 하고 저 만만한 계집종의 보살핌을 받으며 눈물을 보일 수 없다. 은제는 입술을 앙다문다. 풀숲에서, 주막집에서, 여느 여염집 곳간에서 잠깐씩 눈을 붙였다. 나흘째

되던 날, 은제는 군불 지핀 암자 공양간에서 늙은 보살이 챙겨 준 따뜻한 물로 목을 축이고 제법 정신을 간추렸다. 흙감태기가 된 옷도 갈아입었다.

충북 진천 시집에 도착한 것은 어둑어둑 땅거미가 질 무렵이었다. 손수레에 실려 처가를 마지막으로 떠날 때도 그의 죽음을 아무도 예기치 못했다. 검었던 낯빛이 희어지더니 황달이 오고 식욕부진에 수시로 의식을 잃었다. 아픈 곳은 아무 데도 없노라고 태연하게 말했다. 이세중은 창대 같던 맏아들의 돌연한 주검을 앞에 놓고 정신을 놓았다. 입관도 못 했다. 새 며느리 은제의 박복함이라고 입을 비쭉대는 첩과 죽은 후처의 배를 빌어 태어난 아들, 딸 앞에서 할 말이 없다. 그들의 말 한마디 한마디며 눈빛들이 돌팔매가 되었다. 마당에 차일이 쳐지고 동네 것들이 몰려와 웅깃중깃 장례 치를 준비를 한다. 저 낯설고 음울한 풍광이 내 집의 일이라니. 느것들 왜 이러느냐, 큰소리를 치고 싶지만 이세중은 죄인처럼 그들과 눈을 맞추지 못한다. 두 번씩이나 상처한 나의 드센 팔자가 아니겠느냐. 은제는 첩 시어머니의 꼿꼿한 지시대로 먼저 사당에 들렀다. 서쪽부터 고조부모, 증조부모, 조부모, 시모 등 4대 조상의 신주를 모셨다.

"매달 초하루와 보름, 설, 추석이면 빠뜨리지 않고 차례를 지냈느니라."

첩 시어머니는 사당 문을 열면서 찬바람이 이는 낮은 목소리로 말했다. 은제는 숨죽여 새 며느리의 예를 올렸다. 뜰에 신발을 벗고 호두빛으로 반짝이는 대청으로 올라섰다. 시부모, 출가한 시누이 부부, 장성한 두 이복 시동생 명기 · 명린과 상면하는 맞절을 올렸다. 쫑쫑 땋은 머리 다발 끝에 붉은 댕기를 물린 소년들이지만 가까운 날, 죽은 남편 이명인 못잖게 든든한 울타리가 되어 주기를 기대하면서 은제는 조금 웃었다. 밤으로 피는 분꽃처럼 비밀스러운 웃음이었다. 주변 누구도 그 웃음의 뜻을 알아채지 못했다. 남편을 따라 죽는 열부의 길과 부모를 받드는 효녀의 길 그 두 갈래에서 은제는 주춤거린다. 친정아버지 홍이원의 울부짖음이 또 쟁쟁하다.

'여자에게 있어 효부 · 열녀의 길만 길이 아님을 알아라. 너는 내 딸, 이 애비에게 지극한 효녀임을 잊어서는 안 되느니.'

친정아버지의 불호령 같은 호소다. 은제는 짧은 순간 눈을 감았다가 뜬다.

이명인은 수의에 몸이 감기면서 병색의 수척한 몰골은 깊은 잠에 빠진 듯 평화롭다. 은제는 그가 즐기던 평상시의 화려한 예복을 입히고 싶었지만 누군가의 손길이 순서를 따라 수의를 입혔고 일곱 마디로 단단히 묶어 관속에 눕혔다. 은제는 상복으로 갈아입었다. 시동생들은 출가 전이므로 굴건제복은 아니라도 두루마기는 입혔다. 시아버지는 식음을 전폐했다. 방문과 옷섶을 열어 찬바람에 화기를 달래다가 후다닥 닫아걸고 두문불출 꺼이꺼이 목

울음을 삼켰다. 은제는 수시로 시아버지 이세중 곁을 맴돌면서 미음 그릇을 대령했다. 친정아버지와 시아버지 두 사람의 각기 다른 오열이 은제의 가슴을 제멋대로 두들겼다. 친정 사촌 오라버니 만제가 언뜻 눈에 띄었다. 문상을 왔을 터였다. 아버지를 3살에 잃은 사촌 오라버니 만제는 은제네 친정의 장자 몫을 감당하고 있었다.

"오라버니."

"마음 다잡고 잘 살아야 한다."

은제는 네, 하고 대답은 했지만 웅숭깊고 어두운 속내에서는 완강하게 도리질을 했다. '어떻게요?' 하면서.

마을 한가운데 느티나무 밑에서 노제를 지냈다. 상여는 선산 만산봉을 향했다. 환희산 줄기의 끝자락이다. 정상에 오르면 청주와 진천, 천안이 시원스럽게 한눈에 들어오지만 상여는 중도에 멈춘다. 상여를 앞세우고 요령과 만가에 맞춰 깃대처럼 펄럭이던 만장이 멈춘다. 냇물을 건너서 들을 가로지를 때부터 상여꾼들의 걸음은 빨랐다. 수시로 노자를 찔러 넣었다. 하관이 진행되었다. 상여를 앞지르던 만장은 차곡차곡 개켜져 관 위에 덮였다.

<완산 이씨 고 이명인 계사년(1653) 2월 13일생~임자년(1672) 8월 2일 졸>

사발에 망인의 출생 연월일을 필묵으로 써서 작은 나무 명기 몇 개와 함께 관에 넣어 묻었다. 북소리를 따라 붉게 젖은 흙이 신

명나게 쌓이고 뗏장이 덮이면서 우람한 봉분이 만들어졌다. 은제는 남편 이명인의 죽음을 비로소 실감한다.

정상에 오르면 청주와 진천, 천안이 한눈에 들어오고 전망이 시원스럽지만 선산은 그 줄기까지 오르지 못한다. 이명인의 묘는 정 북쪽에서 서쪽으로 약간 기운 해좌亥坐다. 정 남향인 자좌子坐가 아니어서 흡족하지는 않지만 별말을 하지 않는다.

"산의 허리는 종묘로 쓰이고 신성시돼야 합니다. 한 가문의 흥망성쇠를 결정하니 함부로 다루어서는 안 됩니다."

음택 풍수를 맡은 작자는 산천의 좋은 지기를 받은 명당이라고 장담했다.

"지난해 경상도 관찰사 어른께서 저 아랫녘 어떤 분의 산소에 관한 소송을 잘못 처리해서 열흘 후에 사약을 받았고 그제야 산소 소송 문제는 끝났습니다. 우리 조선 사람들은 살던 집은 억울하게 빼앗겨 거리로 나앉을지언정 선묘를 잘 못 건드렸다가는 톡톡히 보복을 당합니다. 목숨을 걸어야 하지요."

삶이 써는 지경에 추운 걸 알겠는가, 더운 걸 알겠는가. 누운 자리가 축축하면 어떠할 거며 뽀송하면 무엇하랴. 만제는 장례 절차를 끝까지 지켜보고 돌아가면서 은제에게 말했다.

"큰아버님은 내가 잘 모실 터이니 아무 걱정하지 마라."

"네, 오라버님."

"앞으로 너는 '충'도 아니요 '효'도 아닌 너 자신의 삶, 너 자신의 길을 가야 한다."

은제는 응대하지 않는다. 길 없는 길이다. 만제가 말한 여자의 그 길은 어디에도 없다. 효도 아니고 충도 아닌 나 자신의 삶, 나 자신의 길이라니. 은제는 사촌 오라버니 만제가 어기뚱한 나라 풍습을 말한다 싶었으나 근접하기 어려운 미묘한 신선감을 느낀다. 숨통을 조이는 얇은 막을 가차 없이 찢어발기라는 말일 터. 친정 아버지 홍이원은 만제 하나만 낳고 홀로 된 제수 창녕 조씨와 그에 딸린 노비 일가를 살뜰이 챙겼다. 따뜻하고 알맞은 분량의 음식 때 맞춰 먹이기, 추위와 더위를 분별해서 절기에 따른 의복 정갈하게 입히기, 조석으로 씻기고 이부자리 깔아 재우기, 소학, 사서삼경, 근사록 익히기.

'저 어린 만제를 어쩔거나, 어미 품 잃고 비 맞은 병아리 같구나.'

홍이원에게 있어 아우 홍이형이 비운 자리는 나날이 넓고 헛헛하다.

"만제야, 너는 우리 홍문안 집 종손이다. 무슨 뜻인가 하면 홍후 공이 상조상이신데 그분은 중랑장파로 부와 명예가 끊이지 않았어. 고구려와 발해의 영토였고 고려와 금金의 완충지역인 인주 도령을 지내셨지. 그 뿐이 아니야. 조선 조에는 홍길민 공이 우뚝서 계시고 그분의 아들 홍여방 공은 인수대비의 부친인 한 확을 사위로 두셨어. 임진왜란 때 조도사로 순직하신 홍세공 어른이 계시고 그 어른의 배필 고령 박씨는 두 왕자를 지키다가 왜병에게 사절 당하셨지. 그 지아비에 그 지어미란 뜻으로 선조 임금께서 '홍문안洪門雁 집'이란 별칭을 내려 주셨단다."

만제도, 죽은 구제도 듣고 또 들어 귓속에 딱지가 앉은 집안 내력이다. 홍미는커녕 도막도막 끊기며 앞뒤 연결이 되지 않던 인물과 지명들이었지만 은제는 근래 어깨너머로 듣던 친정아버지 홍이원의 그 이야기들이 문득 뇌리를 헤집고는 했다.

5

은제는 3년 상을 마쳤다. 4대 조상들의 기제사 명절 제사도 빠뜨리지 않았다. 맨 앞줄에 과일, 둘째 줄에 포와 나물, 셋째 줄에 탕, 넷째 줄에 적과 전, 다섯째 줄에 메[밥]와 갱. 왼쪽에서부터 대추, 밤, 배, 감, 홍동백서, 생동숙서, 좌포우혜, 어동육서, 두동이서, 건좌습우, 반서갱동, 고서비동…. 은제는 한 가지도 빠뜨리지 않고 지킬 것 다 지켰다. 예를 차리는 분답함이 시아버지 이세중의 슬픔을 잠재우는 데 도움을 주지 못했을까. 긴 밤 사랑채로부터 새벌이에 장죽을 두들기는 소리, 공연한 헛기침 소리가 은제의 설핏 든 잠을 깨웠다. 은제는 상복 치마를 가닥가닥 찢어 고리를 만들어 목에 걸었다. 터지는 비명을 잇새에 물고 죽기를 시도했지만 시아버지 이세중의 치밀한 관심으로 매번 저지되었다.

"이 음울한 기척이 도대체 어디서 흘러나오는 소리냐. 사는 것은 네 맘이겠지만 죽는 것은 네 맘대로 못한다. 차라리 이 늙은이가 죽기를 고대하여라."

이세중은 방문을 후다닥 열고 별채로 달려갔다. 손수 끓인 잣죽을 은제에게 떠먹이면서 열부도 효부도 가당치 않다고 초근초근 타일렀다.

"내 손으로 미음을 끓여 내 손으로 떠받친 것은 5년 전 노모의 병수발 때 처음이었느니. 이번이 마지막이기를 바란다."

이세중은 사리 판단 분명하고 유순한 젊은 사내 노비 몇 명을 울안에 배치했다. 그들 수위는 은제의 거동을 밤낮으로 살폈고 노비 정심에게 은제의 똥오줌을 받아내도록 지시했다.

"아버님, 살아보겠습니다."

은제는 고개를 들어 이세중의 안색을 정면으로 바라보았다. 그의 노여움이 뼈아픈 자식 사랑으로 환치되었다.

"너의 후모 인후한 사람이었다. 명인이 젖 떨어지면서 곧장 키워냈으니 후모가 아니야, 생모나 다를 것 없이 썩 정성스레 키웠느니. 낳은 정보다 키운 정이 더 끈끈한 법. 명줄의 길고 짧은 것은 하늘의 뜻일 뿐이니라. 그런데 말이다, 저 첩 시어머니가 다소 거칠구나. 네가 조금만 이해하고 잘 참아 줬으면 좋겠다. 의붓자식 셋을 거느리는 처지에 소가지가 지나치게 좁구나."

"잘 모시겠습니다. 염려 마세요, 아버님."

"고맙다. 극도로 쇠약해진 너의 몸이 심히 염려된다. 건강도 유념하기 바란다."

이세중은 은제의 수척한 몸매가 안타깝다. 은제는 머리를 한 달에 한 번 감아 빗었고 목욕은 정초에 한 번이다. 옷 솔기마다 이가 득시글거렸고 서캐가 촘촘히 박혔다. 피부는 누르스름 냄새가 났고 끈끈한 의복에 감싸인 몸매 중 눈 주변만 유난히 반짝거렸다.

"뭣 좀 먹었느냐?"

"산 사람은 삽니다."

은제는 남은 음식, 밥 알갱이 한 톨도 함부로 버리지 않기 위해서 닭이며 삽살개를 키웠다. 부엌일, 밭일을 노비들에게만 맡기지 않았다. 그들은 걸핏하면 불씨를 죽였고 은제는 그 짓거리가 내내 불만스럽다. 밤이 이슥하도록 바느질에 매달렸고 등잔불에 코밑이 검어졌다. 시동생 둘은 아내를 얻고 아이를 낳았다. 시아버지 이세중, 첩 시어머니 김씨, 출가하지 않은 어린 시누이, 분가한 시동생 일가의 옷을 눈빛이 돌도록 빨고 말리고 풀 먹이고 꿰매고 다림질했다. 때때로 친정 사촌 오라버니 만제가 낳은 어린 주카들[시휴 · 상하 · 상은]의 설빔, 추석빔도 마련했다. 일곱 살배기 형제 상하와 상은은 쌍둥이여서 올 하나 다투지 않고 색상하나 틀리지 않게 두 벌을 지어 보냈다. 손톱 밑은 바늘에 찔린 자리를 또 찔려 굳은살이 박혔다. 비단옷은 은제의 손길이 닿는 대로 거스러미가 일었지만 은제는 골무를 끼는 일도 번거롭다. 손을 아끼다 보면 거울을 들여다보게 되고 거울을 자주 들여다보면 한심한 생각이 든다. 시아버지 이세중은 은제가 그런저런 일거리를 찾아 밤잠까지 줄이는 태도가 차라리 다행스럽다. 여가 시간이 넘치면 그 빈자리에 쓸모없는 생각들이 끼어들 것이며 그 쓸모없는 잡념은 집안을 음울하게 맴돌 터다. 노비들에게도 자상하고 안온해서 그들은 은제에게 불만하고 속임수를 쓰지 않았다. 곡간의 동산만 한 항아리들은 잘 여문 쌀이며 콩, 팥이 그득그득 쟁여졌다. 한옆에 샛노란 볏짚으로 짠 쌀가마가 천장까지 쌓였지만 쥐 한 마리도 입을 대지 않았다. 노비들의 배를 불려 주면서도 해마다 전지를 조금씩 늘렸다.

은제의 야무진 잡도리를 넉넉한 눈길로 바라보며 이세중은 은제를 안채로 불러들였다.

"이것 받아 두어라."

이세중이 내민 것은 대대로 내려오는 별급문기 서류함이었다. 검은 다갈색의 손때가 반질거리는 단단한 오동나무였다. 은제는 당혹스러워 가슴이 떨렸다.

"내 나이 5십을 넘겼다. 눈도 어둡고 기력도 해마다 떨어지는 듯하구나. 정리할 것은 정리해야지."

이세중은 완강했다. 무엇보다도 신경을 거슬리는 것은 첩 김씨의 도를 넘는 심술이었다. 해가 갈수록 난감했다. 근래 눈에 띄게 달라진 것이 있다면 후처가 낳은 두 아들 명기 부부와 명린 부부를 싸고도는 미묘함이었다. 두 아들 부부는 덩달아 아비를 멀리

했고 사사건건 말끝마다 첩 김씨와 동조했다. 그들 담합의 진정한 속내에 의문이 앞섰지만 이세중은 달리 어떤 방도가 없었다.

"너는 이 집 살림을 3년 가까이 도맡았으며 재물 늘리고 화합하고 순응하면서 여자의 본분에 어긋남이 없으니 나 할 도리는 해야 되겠구나. 앞으로 내내 변동 없이 이 집 가문을 잘 지켜나가기 바란다. 특히 저 어린 너의 시누이도 잘 거느려 네 손으로 출가시켜 주기를 바란다."

"아버님, 저는 남편도 자식도 없는 보잘것없는 존재입니다."

"너는 이 집안의 장자 이명인의 아내요 나의 맏며느리, 이 문서를 믿고 살아야 한다."

이세중은 며느리 은제를 맞아들이면서 달라진 집안 분위기에 희망을 가졌다. 후처에게서 태어난 두 아들과 첩 김씨와의 사이가 돈독해진 것이다. 사사건건 걸리고 찔리고 할퀴던 그들 사이가 어쩌자고 이렇게 태평성대를 맞았단 말인가. 이세중은 두 장의 별급문기를 작성하여 주었다. 해마다 한 통씩 모두 두 통이었다.

병술년(1675) 맏며느리 홍은제에게 별급하는 일이다. 죽지 않고 남은 여생에 새 며느리를 보게 되니 감정이 서글플 뿐만 아니라 종가(宗家)의 제사를 의탁할 수 있게 되어 걱정이 없다. 한 가문의 경사가 이보다 더 크겠는가. 이 때문에 내가 예전에 특별히 받았던 비(婢) 봉학(奉鶴) 1. 소생 노(奴) 응복(應卜) 나이 9세 무인년생, 2. 소생 비婢 보향(寶香) 나이 6세 신사년생, 3. 소생 비婢 함향咸香

나이 5세 임오년생 4. 소생 비 애덕(愛德) 나이 2세 을유년생 및 그 어미까지 모구 5구(口)를 훗날에 낳을 소생까지 모두 영구히 특별히 주니 만약 훗날 자손 중에 딴말을 하는 자가 있거든 이 문서를 가지고 바로 잡을 것.

재주財主 생원生員 이세중李世重 [착명]
증證 동성同姓 삼촌三寸 유학 이주경李周京 [착명]
필집筆執 종질從姪 유학 이 숙 李叔 [착명]

정해년(1676) 9월 26일 맏며느리 홍은제에게 별급함.

이 문서는 별급하는 일이다. 네가 우리 집안의 큰 며느리가 되어 선조의 제사를 받드니 이어서 의탁하는 것이 심히 중대할 뿐만 아니라 우리 가문에 들어 온 날에 행동거지가 엄숙하여 보기 좋다. 부모 된 마음에서 기쁘고 다행스러움을 견딜 수가 없다. 조상으로부터 전래되어 온 비는 물론 추평원(搥坪員)(지명) 담자(談字) 63등급 답沓 7복(卜) 5속(束) 3마지기(斗落只) 동원(同員) 84등等 목화전(木花田) 5복(卜) 4속(束) 합하여 특별히 지급하니 너는 오래도록 노비를 부리고 전토를 경작할 것.

재주財主 시아버지 이세중李世重 [착명]
증證 동성同姓 질자姪子 유학幼學 이명천李命川 [착명]
필집筆執 사촌제四寸第 이세춘李世春 [착명]

[추신] 노(奴) 응복(應卜)의 경우에는 양인(良人)의 처와 낳은 소생이 적지 않은데 경주(慶州)에 거주하고 있어 미처 화명(花名) 노비의 이름에 올리지 못하였다. 너는 응당 뒤에 추심(推尋)하여 이

를 사환 할 것.

며칠 후 시아버지 이세중은 유배의 길을 떠났다. 지난여름 한발이 불어 닥친 진천 군민의 민심을 갈앉히지 못하고 무차별적으로 조세를 거둔 데 대한 경상도 감사의 상소문 때문이었다.

6

눈발이 희끗거렸다. 한 해를 마감하는 고요와 침묵 속에서 산야는 텅 빈 채 짐승의 것 같은 바람 소리만 스쳤다.

"애야, 좀 나와 보렴."

첩 시어머니 김씨가 울안을 바쁜 걸음으로 돌아 별채의 은제의 방문 앞에서 나직한 목소리로 기척을 보냈다.

"네, 어머니."

은제는 바느질하던 손을 멈추고 방문을 열었다.

"저 아랫마을 이 대감댁 있잖더냐. 오늘 회갑 잔치를 융성하게 베푼단다. 함께 가사."

"아닙니다, 제가 그 자리를 무슨 면목으로요."

은제는 단박에 거절했다.

"네가 왜 어때서, 네 칭찬으로 우리 진천 고을이 떠들썩하단다."

첩 시어머니 김씨는 나긋한 목소리와 서늘한 웃음으로 한 발짝도 물러날 낌새가 아니었다. 은제는 일감을 놓고 그냥저냥 자리를 털고 일어났다. 첩 시어머니 김씨는 며느리 은제를 살살이 끼고 돌았다. 부엌은커녕 일 많은 과방 근처에는 얼씬도 못 하게 했다. 이리 오너라, 저리로 가자, 앉아라, 비켜라 하면서 어른들에게 낯 익히고 먹이기에만 골몰했다. 고부간의 정리가 남다름을 과시하려는 몸짓일까.

"아니, 술이라니요."

은제는 종당에 첩 시어머니 김씨의 손길을 밀어버렸다. 술잔에서 술이 찔끔찔끔 넘쳤다.

"얘 좀 봐. 이 좋은 날 술을 아니 마시면 주인댁에 큰 결례야. 축배를 거절하다니. 저 동이가 바닥이 나도록 들어라 마셔라 해야 축수가 되는 거야."

첩 시어머니 김씨는 한쪽 손에 든 삶은 닭다리를 은제의 입에 쑤셔 넣었다.

"술이 싫으면 이 안주라도 먹어라."

차라리 술은 넘겨도 육기는 모멸스럽다. 남편 잃은 아내의 죄악을 벗을 길 없는 지경에 고기라니. 은제는 3년 동안 철저하게 지켜온 금기사항을 무너뜨릴 수 없다. 닭다리는 제치고 술을 단숨에 홀짝 마셨다. 술이 술을 마신다고 했던가. 처음 한 번이 어렵다. 은제는 첩 시어머니가 권하고 또 권하는 대로 무람없이 받아 마셨다.

'이 짓도 효부 열녀의 몫이기를.'

은제는 귀갓길의 언덕배기에서 몇 차례 뒹굴었다. 첩 시어머니 눈을 피해서 잔칫집을 빠져나왔지만 쇠약한 몸은 주량을 감당하지 못했다.

'젠장맞을, 몸매를 흩뜨리다니.'

은제는 밤하늘의 별을 올려다보며 부끄럼을 탄다. 옷깃을 여미고 사지를 곧추세운다. 이마, 무릎, 엉덩이, 팔꿈치가 되는 대로 아무 곳에나 처박혔다.

'말도 안 돼.'

은제의 푸서리 맞은 듯 흐느적거리는 육신은 끝내 의지를 따라주지 않는다. 자존심이 상한다. 첩 시어머니의 용떡처럼 둥글둥글 하얀 얼굴, 시동생 명기의 헌걸찬 허위대, 울보 어린 막내 시누이의 노리끼리한 얼굴, 시아버지 이세중의 눈썹 짙은 얼굴…. 도무지 아무것도 떠오르지 않는다. 노비 정심의 근심 어린 표정이 보일 듯 말 듯 하는데 따스하고 부드러운 혀가 뺨을 핥았다. 포근한 깃털이 가슴을 파고들었다. 은제는 분신 같은 존재 삽살이라는 것을 깨닫는다. 당겨 안고 싶지만 그조차도 은제의 의지를 따라주지 않는다. 어둠과 추위와 눈보라와 짐승처럼 울부짖는 바람 소리에 온전히 자유롭게 내동댕이 처졌다.

이튿날 아침 은제가 눈을 뜬 것은 해가 중천에 솟았을 때였다. 뒷문으로 왈칵 쳐들어온 햇살을 배경으로 버티고 서있는 인물은 아랫동서였다. 그의 시선이 은제를 우두망찰 내려다보고 있다.

"어찌 된 건가, 동서."

은제는 난처해서 엉겁결에 물었다.

"제가 어찌 알겠습니까. 형님이 더 잘 아시지요."

덤덤하고 무심한 말투다. 그 무덤덤한 말투가 은제를 긴장시켰다. 간밤 삽살이와의 짧은 기억으로 무사히 귀가했음은 인지하지만 혼돈과 미망의 몇 시간은 정리가 되지 않는다. 그 단조롭고 무지한 순간은 죽음과 몹시 닮았다. 굳이 현실과 끈을 잇고 그 순간의 의미를 되짚어 유추할 까닭은 없다. 은제는 묻기를 그만둔다. 혼몽한 그 시간의 유별난 체험은 짧지만 순순히 길들기를 유혹했다. 산하에 작은 점처럼 폐기됐을 때의 무한한 자유와 덧없는 감미로움. 은제는 스스로를 내던진 방만함과 유열을 미거한 말 몇 마디로 설명할 수가 없다. 형용키 어려운 행복감이었다.

"형님, 일어나세요."

명기의 처는 은제의 상반신을 일으켰다. 들고 있던 그릇을 입술에 물렸다. 은제는 물을 몇 모금 마시고 곳곳에서 전해오는 통증에 자신의 몸을 가만가만 살폈다. 이마, 무릎, 손등이 만신창이, 영락없는 망나니 주정뱅이다.

"아니, 형님!"

명기의 처는 이불을 젖히더니 아연실색 질겁하면서 뒷걸음을 쳤다.

"무슨 일인가?"

이런 상황을 유혈이 낭자하다고 하던가. 이부자리며 은제의 속옷이 피투성이다. 핏물은 굳지 않았다.

“형님이 모르시면 누가 압니까?”

“내가 모르니까 묻지 않는가.”

은제는 의혹과 공포와 책망의 고성을 질렀다.

“형님, 참으로 엉뚱하십니다. 어쩌다가 이런 변을 당하셨습니까. 변이 아니라….”

‘아니면?’

명기의 처는 이부자리를 넓게 뒤집어 훌훌 털었다. 붉은 살만 뒤덮인 물체가 어느 갈피에서 툭 떨어졌다. 어른 손바닥만 한 길이에 머리와 네 개의 다리가 분명한 죽은 동물이다.

“소문이 맞는군요.”

‘소문이라니?’

명기의 처는 냉엄하게 비웃으며 방문을 열어젖히고 사라졌다. 은제는 열린 문으로 산더미처럼 몰려드는 찬바람에 썩은 짚단처럼 쓰러졌다. ‘아니면?’ ‘소문이라니?’ 은제의 그 두 가지 물음은 가시처럼 목에 걸려 넘어오지도 넘어가지도 않았다.

은제는 병색이 짙어졌다. 남편 명인이 죽은 후 가까스로 지탱하던 건강이 잿불처럼 사위었다. 밤이면 악몽에 자주 시달렸다. 신발을 잃고 낯선 길목을 헤맨다거나 시아버지 이세중이 넘겨준 토지문서 목함을 간 곳 몰라 찾느라고 온몸이 식은땀에 젖었다.

봄이 왔다.

은제는 집을 떠날 채비를 했다. 친정아버지 홍이원은 물론 첩시어머니 김씨, 시동생 명기 부부의 간곡한 권유 때문이었다. 은제는 아닙니다, 싫습니다, 표면적으로 그렇게 사양하다가 노비 정심이와 삽살이를 앞세웠다. 병명도 뚜렷하지 않은 채 날로 꺼져가는 자신의 핏기 없는 몸을 방치할 수가 없었다. 필묵과 종이, 전답문서, 패물 몇 가지를 챙겨 보자기에 여러 겹 쌌다. 주루막에 넣어 가슴에 안았다. 마지막으로 자주색 깃을 단 녹색 쓰개치마를 쓰며 정심에게 한마디 했다.

“어디로 갈 것인지, 유념했느냐?”

은제는 중문을 거쳐 대문을 나섰다. 예기치 않은 활기가 등을 가볍게 밀었다.

“봉화 근방의 암자로 갑니다. 어르신께서 오래전에 예정해 두셨어요.”

삽살이는 앞서거니 뒤서거니 두 여자의 치맛자락을 휘돌며 설쳤다.

‘너는 뭣도 모르면서 좋기만 하구나.’

은제는 삽살이와 눈을 맞추면 여지없이 가슴이 짠하다. 주인에게 무엇인가를 간절히 원하지만 그 간절함까지 접고 충직성만 보이는 저 우직함. 은제는 녀석에게 향한 연민과 비애가 번거로울 때가 있다. 먼 길을 두고 떠나기도, 그렇다고 밥그릇 챙겨 들고 동행하기도 난처한 경우다. 녀석을 대면할 때 작은 풀꽃처럼 돋아나는 것이 있다. 생명과 애증의 신비랄까. 은제는 걸음을 멈췄다.

"친정 근처 봉화라고 했느냐?"

"네, 아씨 마님."

은제는 고개를 저었다. 해를 등지고 정 반대 북쪽으로 발길을 돌렸다.

"어느 곳으로 정하셨습니까, 한양인가요?"

"기왕 내친걸음 친정집 근방도, 시집 근방도 아니다. 내 병은 내가 알거늘 따라오기나 해라."

"저 삽살이는 어찌하면 좋습니까?"

"제 맘대로 따라오게 둬라."

정심은 삽살이를 번쩍 들어 장옷 자락으로 감싸 안았다.

"귀신, 잡귀 쫓는 영험한 기운이 있대서 이름에 '삽'자가 붙은 아이다. 항시 끼고 다니자. 너나 나나 든든한 신랑 없이 적막강산 쳐다보는 외로운 처시 아니냐. 이 삽살이도 너나 나처럼 독수공방이지만 성깔이 용감하고 당당하다, 우리 삽살이…."

해마다 4월이면 지내던 선조들의 시향 묘제를 떠올렸다.

7

명기 부부는 첩 시어머니 김씨와 이마를 맞대고 은밀하게 속이야기를 주고받았다.

“봉화 큰형님, 행동거지가 아무래도 수상합니다.”

“그 핏덩이가 다섯 달쯤 채우고 낙태된 아이가 아니겠느냐?”

“언덕배기에서 고의로 뒹굴어 낙태된 것이 틀림없습니다. 형님이 외간 남자와 내통한다는 소문은 진즉부터 나돌았어요.”

“등잔 밑이 어둡다고 우리 집안 식구들만 캄캄절벽이었어. 믿는 도끼에 발등 찍힌다는 옛말 조금도 그르지 않구나.”

그들은 밥숟가락만 놓으면 모여 앉아 이마를 맞대고 은제에 대한 일화들을 늘어놓았다. 몸을 일으켜 각자의 처소로 돌아가면서 내린 새로운 결론은 늘 신명이 났다.

“우리들은 절대로 자작극 따위 벌이지 않는다니까. 익은 밥 먹고 미쳤다고 서툰 짓 하겠느냐 말이야.”

완산 이씨 명문가의 영욕이 달린 문제여서 목숨을 걸고 큰형수 은제가 벌인 추악한 내막은 밝혀져야 한다고 다짐했다.

8

머슴은 추녀 밑의 장작더미를 헐어 아궁이에 꾸역꾸역 밀어 넣고 불을 지폈다. 정심이도 삽살이도 잠이 들었다. 천장에 머리가 스치고 누우면 발끝과 정수리가 벽 모서리에 닿는 관 속처럼 좁은 단칸방. 흙벽의 갈라진 틈새로 연기가 꾸물꾸물 샜다. 은제는 아주까리[피마자]기름 등잔불 그을음과 메주 익는 냄새에 눌려 잠을 설쳤다. 해진 멍석이 깔린 구들은 지독하게 뜨거웠다.

'우리들을 아예 구워 먹을 셈이구나.'

은제는 혼잣말로 머슴에게 퉁을 주고 몸을 일으켰다. 필묵 뚜껑을 열었다. 봉화 친정아버지에게 편지를 썼다.

아버님 보옵소서

집을 떠난 지 보름째입니다. 이참에 가보고 싶던 곳 두루 돌아볼 셈입니다. 여기는 한양의 동쪽 시구문[광희문] 근처. 시체란 시체는 모두 이곳을 통하여 한양 밖으로 내보내집니다. 시신 썩는 냄새 때문에 속이 편치 않습니다. 길을 걸어가면서 거적에 덮인 시체 여럿이 아무렇게나 널려있는 것을 목격했습니다. 역적의 잘린 목은 대나무에 꽂혀 효시되며 죄목이 당대에 끝나는 것이 아니고 3대, 5대, 7대까지 미친답니다. 천연두나 콜레라를 앓다가 죽은 어린 것들의 시체는 거적에 싸서 양지바른 곳에서 자연스럽게 탈육이 되도록 하지만 공기가 더럽혀지는 것이 문제입니다. 아버님이 늘 말씀하셨지요. 역질로 죽고 굶어 죽고 골짜기가 해마다 주검으로 두리뭉실하게 메워진다고요. 부모처자가 서로 베고 깔고 함께 죽기도 하고 어미는 이미 죽었는데 아이가 그 곁에서 엎드려 젖을 만지며 빨다가 곧 따라 죽더군요. 울고불고 신음하는 소리도 들었습니다. 여름 무더위에 지쳐 죽은 이들 중에는 겨우내 얼음을 캐던 일꾼이 섞여 있다고 말씀하셨지요? 어느 분이던가. 「얼음 캐는 노래」라는 시를 지으셨지요? 제가 한번 읊조려 보겠습니다.

동지섣달 한강이 처음 꽁꽁 얼어붙자 / 천사람 만사람 강 위로 나와서는 / 쨍쨍 도끼 휘두르며 얼음을 깎아내니 / 은은한 그 소리가 용궁까지 울리누나 / 깎아낸 층층 얼음 흡사 설산 같아 / 쌓인

음기 싸늘히 뼛속까지 스며드네 / 아침마다 등에 지고 빙고에 저장하고 / 밤마다 망치 끌을 들고 강에 모이누나 / 낮은 짧고 밤은 긴데 밤새 쉬지 않고 / 강 위에서 노동요를 서로 주고받네 / 정강이 가린 짧은 홑옷에 짚신도 없어 / 강가 모진 바람에 손가락 떨어지려 하네 / 유월이라 푹푹 찌는 여름 고당 위에는 / 미인이 고운 손으로 맑은 얼음 전해 주니 / 난도로 내리쳐서 온 자리에 나눠주면 / 허공 밝은 태양 아래 하얀 눈발 흩날린다 / 당에 가득 즐기는 사람은 무더위를 모르거니 / 얼음 깨는 수고로움을 그 누가 말해 주랴 / 그댄 못 보았나 길가에 더위에 죽어가는 백성들을 / 대부분 강 위에서 얼음 캐던 사람이라네

하얀 들새들이 진흙 속에 흰 눈더미처럼 서 있기도 했는데 울음소리가 이상하더군요. 알고 보니 크고 둥그런 눈을 가진 부엉이었습니다. 그 울음소리에 맞춰 근방 마을에서는 저녁밥을 짓는답니다. 이곳에서 하룻밤 유숙하게 되기까지 5백 리 길. 집주인들은 새끼줄에 불을 붙여 횃불 삼아 길을 비춰주며 친절하게 저희들을 안내했습니다. 3십 리마다 있는 역에서 조랑말을 바꿔가며 탔는데 때로는 열다섯 살배기 어린 소년이 끌기도 했습니다. 그 꼬마는 1백 3십 리 진흙길을 걸어 꽤 지친 모습이었지만 잘 참았습니다. 좁고 가파른 산길을 용케 잘도 걸었습니다. 벼랑 아래는 제법 깊은 강물이 흘렀지만 조랑말은 뚜벅뚜벅 한결같은 걸음으로 우리를 안심시켰습니다. 어느 댁 공주님이신가 묻지는 않았지만 조아려 모실 높은 분이라고 지레짐작했던 모양입니다. 소문은 빨라서 이웃의 주민들은 빼끔이 열린 문틈으로 내다보며 수군거렸고 이튿날 아침 길을 떠날 때는 동구 밖까지 나와 배웅을 해 주기도 했습니다. 또 어느 곳에서는 군복을 입은 말 탄 사람들이 우리를 영접하기 위해 기다리기도 했습니다. 저는 그들에게 배자전 몇 개를 떨어

뜨려 주고는 합니다. 조선은 산외유산산불진(山外有山山不盡), 산 너머 산, 헤일 수 없이 많은 산이 가로막혔습니다. 보름 전 마을 사람 하나가 고갯길을 지나다가 호랑이에게 잡아먹힌 일이 있다고 합니다. 때마침 고개 꼭대기에 뭔가가 갑자기 숲속을 향하여 내달렸습니다. 한 놈, 한 놈 또 한 놈 모두 여섯 놈이 번개처럼 우리 곁을 스쳐 지났습니다. 호랑이가 아니고 사슴이었지만 간이 떨어지는 줄 알았습니다. 골짜기에서 먹이를 찾아 먹고 저들의 집으로 돌아가는 중이었습니다. 아버님께 돌아갈 때까지 많은 이들의 도움을 받아 무사할 것이오니 아무 염려 마시기 바랍니다. 차후 다시 글월 올리겠습니다.

1677년 2월 막내 여식 은제 올림

은제는 붓을 놓고 무심히 고개를 들었다. 창호지를 바른 문은 손가락으로 뚫은 구멍투성이다. 그중 구멍 하나에 검은 눈동자 하나가 자리를 잡았다. 단 한 번도 깜박이지 않았다. 은제를 뚫어지게 지켜보았다. 다른 한쪽 눈은 안 보이고 또 아무 표정도 보이지 않았다. 은제는 등잔불을 꺼버리고 싶었지만 모른 체했다. 그는 군불을 지피면서 내내 시시덕거렸다. 무엇보다 주인마님을 수완 좋게 달래며 은제 일행이 융숭한 대접을 받도록 꾀하지 않았던가.

"이 방약무인한 녀석아, 보잘 것 아무것도 없느니라."

은제는 미닫이 방문을 홱 열어젖혔다.

"에구머니야. 히히."

머슴은 은제의 기습적인 태도에 엉덩방아를 찧으며 뒤로 넘어갔다. 꼬박 이틀을 쉬는 동안 저녁밥 잘 챙겨준 심덕 좋은 머슴에게 할 짓이 아닌 줄은 알지만 녀석의 끈끈한 눈길이 방문에 들러붙은 채 등잔불을 끌 수는 없었다.

그 무렵 주인집은 잔치를 치렀다. 신랑은 마침 주인집 백 영감이었다. 그는 몇 년 전에 상처를 했고 재혼이었다. 그의 아들 젊은 백씨는, 아버지의 재혼은 노망이며 어리석기 짝이 없는 짓이라고 부당성을 지적하며 울분했다.

"하지만 어쩌겠습니까. 저를 낳아 주신 부친인걸요. 노망한 저분의 자식이라고요."

젊은 백씨는 잔칫상 모서리에 앉아서 상대를 가리지 않고 불만을 늘어놓았으며 혼사는 순조롭게 진행되었다. 새색시는 가마에 실려 왔으며 위엄을 과시하고 존경심이 끓는 분위기 속에서 안채로 안내되었다. 새색시는 어린 나이에, 자기보다 나이가 훨씬 많은 젊은 백씨의 아내의 시어머니가 되었다. 젊은 백씨는 자주 어디서나 한탄을 늘어놓았다.

"아버지가 노망든 것이 틀림없어요. 부질없는 참견을 해서 집안이 도무지 화목할 수가 없습니다. 죽고 싶어요."

은제는 죽은 남편 명인을 생각했다. 시아버지 이세중의 후처와 그의 아들들 그리고 첩을 떠올렸다. 남편 이명인의 주변에서 맴돌던 외로움과 곤혹스러움 그리고 어두운 그늘도.

날이 밝았다. 은제는 길 떠날 채비를 했다.

"향방을 어느 쪽으로 정하셨습니까, 아씨 마님."

"경기도 동북쪽 어디쯤…."

은제는 정심에게, 내키지 않으면 너는 그만두어도 좋다, 라고 말하려다가 그만두었다. 눈물을 짜면서 절대로 그렇게는 할 수 없다고 말할 것이 뻔했다. 이웃사람 문文 아무개가 잔치 음식을 잘못 먹고 밤새껏 물똥 싸고 토하다가 혼수상태로 손수레에 실려 백씨네 마당에 부려졌다.

"정심아, 네 속은 어떠하냐?"

"아무 일 없습니다. 먹지 않았거든요. 아씨 마님은요?"

"나도 안 먹었다. 틀림없이 그 음식이 원인이 됐을 거다. 그 흉물스럽게 생긴 가오리[홍어] 말이다."

"가오리가요?"

"냄새가 지독했거든. 기필코 그 가오리란 놈, 우물가에서 토막을 내어 적당히 씻어 소금을 뿌렸다가 항아리에 여러 날 재웠다가 꺼낸 음식일 거다."

"아씨 마님, 하필이면 이런 못된 마을에 유숙하여 이 꼴 저 꼴 보십니까. 시체가 널린 흉한 산이며 사람 잡는 불결한 음식이며…."

은제는 정심의 말에 그건 아니다, 하고 고개를 저었다. 증조부, 고조부 아니 더 위의 조상이 벼슬살이를 하며 부귀영화를 누리던 곳을 종로통이나 원서동을 택하지 않았느냐는 말일 터.

"그곳에서 하룻밤 유숙하면서 얼굴을 알아보는 노비나 중인을 만나면 어쩌겠냐. 혹여 뭐나 바라고 옛 상전이 찾아온 줄로 오해하게 되면 그도 불편하고 나는 더욱 불편하고….”

은제는 친정아버지가 전해 주던 일화가 떠올랐다. 그들은 인삼 수백 근이며 백미, 콩, 팥 해서 1년 동안 거둔 작물의 절반을 우마차에 실려 보냈다고. 한사코 팔을 저어도 그들의 충직성을 거절할 수가 없었고 그 민망함 때문에 아예 발길을 끊었다고.

“한강 건너 광희문 근처에서 조랑말을 보내버리고, 날이 어두웠지 않느냐. 더 걸어서 동대문까지 갈 시간이 되더냐?”

은제는 정심을 나무라며 들녘으로 시선을 던졌다. 왜가리가 떼를 지어 한쪽 다리로 서있다. 두루미 · 해오라기도 눈에 띄었다. 두루미는 진종일 긴 부리로 제 짝과 논바닥을 어정거린다. 지렁이나 미꾸라지, 올챙이 등을 찾아 고개를 이쪽저쪽으로 기웃거린다. 왜가리는 다리가 가늘어서 걷는 모습이 위태롭지만 침착하게 또는 멋진 청색으로 귀족의 후예임을 과시했다. 은제는 우울하다. 남편 이명인이 소금에 절인 가오리를 즐겨 먹었다는 얘기가 있었다.

의원이 왔다. 본인은 별로 말이 없지만 굉장한 사람으로 인정받았다. 그러나 부모도 처자도 없는 외로운 신세라지만 반듯한 이마와 사려 깊은 눈매는 나이보다 젊어 보이도록 만드는데 한몫을 했다. 그는 보퉁이에서 나무상자를 하나 꺼냈다. 상자 내부는 종이로 잘 치장이 되었는데 아이들이 뱀장어를 잡는 데 쓰는 것과 똑같은 쇠갈퀴 두 개가 들어 있었다. 무시무시했다. 의원은 그 도구 한 개를 손에 들고 환자에게 다가가더니 손목 안쪽을 핏방울이 맺히도록 찔렀다. 의원의 눈에서 불빛이 튀었다.

"저 사람, 이름난 의원입니까?"

은제는 곁에 서 있는 젊은 백씨에게 초조하게 물었다.

"그럼요, 경기하는 아기도 살렸어요. 치료법은 모두 문 의원님이 경험으로 찾아낸 비법인데 신기 그 자체입니다. 불붙인 약쑥 덩어리나 빨갛게 달군 엽전을 어린애의 눈썹에서 두 치쯤 떨어진 머리 위에 올려놓고 그것이 살 속으로 지글지글 타들어 가서 뼈에 닿도록 내버려 두는 것인데, 이 방법으로 아기를 반드시 살리더군요. 소똥을 반죽한 것으로는 종기를 치료합니다. 문 의원님이 어렵게 생각하는 병 하나가 있습니다. 전염병이지요. 이 병의 특효약이 별도로 있는 것이 절대로 아니랍니다. 단지 대신령 비위나 맞춰주고 정성 들이면 된답니다. 특히 어린아이들의 경우 다른 방법은 없답니다."

"술객이군요."

"술객만이 아니지요. 눈으로 보이지도 않는 관절에 긴 바늘로 두 치, 세 치 깊이 침을 찔러 넣기도 합니다. 침을 잘 못 꽂으면 사람이 죽기도 하는데 문 의원님은 절대로 그런 적이 없어요. 문 의원님은, 환자를 아주 절망적인 경우와 보통 허약해진 경우, 그렇게 두 가지로 구분해서 약을 쓰기 때문에 크게 성공합니다."

"그렇군요. 환자가 절망적인 경우가 아니고 몸이 보통 허약해진 경우는 어떤 치료가 있나요?"

"문 의원님은 그런 경우에는 호랑이 뼈로 만든 환약을 줍니다. 호랑이는 짐승들 중에서 가장 강하고 그 몸에서 가장 강한 것은 뼈란 말입니다. 그 환약이야말로 어떤 경우에나 강한 효과를 준다 그 말입니다. 절망적인 환자의 경우는 어마어마한 혼합물을 씁니다."

"그게 뭡니까?"

"뱀, 두꺼비, 지네를 함께 끓인 것을 환자에게 먹입니다. 그래서 환자를 아주 죽이기도 하고 아니면 완치시키지요."

'죽이거나 완치시킨다.'

은제는 젊은 백씨의 애매모호하지만 확신에 찬 말에 넋을 빼앗겼다.

"문 의원님이 특이한 경우에 대비해야 할 때가 있습니다. 말하자면 마음의 병이란 것이 있습니다. 까닭 모르게 시름시름 앓는 병요."

"있지요. 화병 같은 거요."

"그런 병에는 사향주머니, 위장병에는 쇠간, 간장병에는 곰의 간, 심장병에는 도마뱀의 이빨, 기관지염에는 쐐기(나비 또는 나방의 유충), 정신이 오락가락하는 정신착란증에는 구더기, 담병에는 말린 뱀과 매미 껍질 등등입니다."

문 의원은 환자 앞에서 품위가 있고 정숙한 웃음을 절대로 잃지 않았다.

"아씨 마님."

정심은 출행을 서두르며 멍청해진 은제를 가만히 일깨웠다.

"마님은 저 사람의 얘기가 모두 옳게 들리십니까? 민간요법일 뿐인걸요."

"민간요법이 모두 옳지 않은 것은 아닐 것이다."

"그 사람, 의과에 합격한 벼슬아치 의관이 아닙니다. 묘방이나 신술을 가진 의원일 뿐입니다. 게다가 전해 오는 민간요법을 능하게 부리는…."

"그만해라."

충청북도 진천의 완산 이씨 이명인. 그는 약을 먹어보고 침을 맞아보았지만 효험이 없어 죽었다는 이야기는 누구에게서도 들어보지 못했다. 통증을 호소하며 몸부림친 적도 없는 급격한 죽음, 틀림없이 방치된 채 고요히 홀로 맞은 죽음이다. 은제는 미혹의 뿌리를 부둥켜안고 울부짖는다.

'이명인! 당신은 도대체 무슨 병을 앓다가 어떻게 죽었는지 말하라.'

"어디로 향방을 잡으셨습니까."

정심은 어기뚱하게 역참에서 조랑말을 끌고 온 길 안내꾼에게 물었다.

"파주 장단 판부리로 가자."

은제는 야무지게 지시했다. 정심의 버릇없는 말참견이 성가시다.

"연천군 판부리라면 여기서 2백여 리가 넘을 거리인뎁쇼? 이 녀석은 늙고 병이 들어서 먼 길 가자면 꾀를 부릴 것입니다요."

"꾀를 부리다니, 어떻게요?"

정심이 또 앞선다.

"나는 조랑말 잡이로 평생 먹고살았지만 참 만만치 않고 알 수 없는 것이 녀석들의 성질입죠. 궁중 마구간에서 호의호식하며 자란 승용마가 늙고 병들어 쫓겨나면 털만 수북하고 영양부족으로 가죽이 들러붙지요. 허약하기 짝이 없어서 금방 쓰러져 죽을 것 같지만 그게 아닙죠. 발꿈치가 썩 강하고 조금만 성질이 나도 한 뼘 두께의 철판을 깨물어 뜯기도 합니다. 이 녀석도 궁성에서 꽤 좋은 세월을 보내다가 머리털이 길어지고 흉한 몰골로 변하면서 뒷문으로 쫓겨나 짐을 나르는 신세가 됐어요. 동대문에서 춘천·원주로 가는 길, 서대문을 거쳐 개성·평양으로 가는 길, 남대문을 거쳐 수원·이남으로 가는 길, 동소문을 거쳐 철원·원산으로 가는 길에서 살다시피 하면서 짐을 나르던 놈인데 다 늙어 서대문 근처에 사는 민간인한테 팔려서 왔습죠. 걸음걸이가 별나게 토닥토닥 허약해 보이지만 등가죽이 벗겨지고, 뒷다리 무릎 관절 때문에 절룩거리며 두어 걸음 걷다가 비틀거리기 전까지는 아주 의

젓하게 걷습죠. 중국 조랑말 등에 짐을 실으면 낡은 마차처럼 불안하지만 건강한 우리 조랑말은 조용조용해요. 같은 길이라도 덩치 큰 중국 조랑말은 사흘을 못 넘기고 녹초가 될 노정을 덩치 작은 우리 조랑말은 끄떡없습죠. 겨우 두어 뼘 폭밖에 안 되는 벼랑길에서 조랑말 등에 앉아 강물을 까마득히 내려다볼 때가 있습죠. 단 한 번도 미끄러지거나 비틀거리지 않는데, 그런 때는 녀석을 업어주고 싶을 정도입죠. 그렇지만 변덕이 나면 못된 머슴처럼 제 고집을 부립니다."

안내꾼은 길을 걸으면서 내내 수다를 떨었다. 그는 목장의 감목(종6품 사복시)이 평생소원이라고 했다. 정심은 삽살개를 안고 은제를 따라 조랑말 등에 올랐다.

9

"삽살아, 넌 이리온."

은제는 정심에게서 삽살이를 빼앗듯이 넘겨 안았다.

"서기 보이는 저 다리 말이다, 이름이 널문리라고 하지 않더냐?"

"저는 잘 모르겠습니다."

정심은 우물쭈물 성의 없이 대답했다.

"모르다니, 진종일 울고불고 초상 치르던 상주가, 누가 죽었느냐고 묻는다더니 그 말이 꼭 맞는구나. 사나흘 조랑말꾼 안내를 받고 여기까지 왔으면서 그걸 모른다니."

"저는 마님 의중을 도무지 모르겠습니다. 여기가 어디라고 무슨 연고로 안내꾼까지 앞세워 오셨는가요. 조상님들의 세거지 장단 판부리도 아니고 말씀에요."

정심도 알 것은 안다. 이곳 개성까지 오는 동안 영서(지금의 양주)역을 거쳐 벽제(지금의 서울 고양)역, 혜음령(광탄면 용미리 소재. 파주 구간의 시작) 고개를 넘고 동파(지금의 장단)에서 임진강을 만났다. 연천 장단 판부리로 가는 길과 개성으로 가는 두 갈래 길로 나뉘는 곳이다. 혜음령 고개를 넘을 때는 온몸이 굳어버릴 지경이었다. 호랑이와 도둑의 출몰이 잦은 지역답게 대낮이지만 울창한 숲은 칙칙한 어둠을 짙게 뿌렸다. 의주나 중국을 가려면 이 고개를 반드시 넘는 국도다.

'우리 일행이 사신이라도 되나요?'

정심은 입속으로 종알거렸다.

"기왕 콧바람을 쏘일 셈으로 출타했으니 발길 닿는 대로 가는 거다."

은제는 정심의 불편한 심사를 짐짓 모른 체했다.

"도둑이며 호랑이가 수시로 출몰하며 행인들을 괴롭히는 곳이 아닌가요? 그래서 장정들도 주막에서 묵으며 삼삼오오 짝을 지어 넘었답니다."

"안다. 한 번은 힘센 도둑 둘이 장물을 잔뜩 훔쳤는데 으슥한 곳에 묻어 놓고 서로 많이 차지하려고 꾀를 냈단다. 한 놈이 술을 사러 마을로 내려가면서 흉계를 꾸몄단다. 술에 독약을 타서 먹이기로 작정한 거야. 그사이 또 한 놈은 칼을 준비했다가 술병을 들고 온 도둑을 칼로 찔러 죽이고 홍에 겨워서 술을 벌컥벌컥 들어마셨단 말이지. 그래 어떻게 됐겠니?"

은제는 정심의 담력을 키우고 싶었지만 정심은 눈물까지 글썽이며 두려움에 떤다. 기왕지사 혜음령 고개를 무사히 지나고 동파에서 임진강을 건넜지만 정심은 은제의 무심한 듯 평온한 표정이 원망스럽기까지 했다. 청상에 홀로 된 과부의 빈구석은 어디에서도 찾아지지 않았다. 차고 맵고 깔끔하고 홀연히 슬픔에 젖는 여성스러운 맵시는 안개처럼 은제의 주위를 맴돌았다. 희고 얇은 속옷 차림의 잠자리에서도 그 맛은 떠나지 않았다.

'아씨 마님, 참으로 독하십니다. 또 무슨 생각 하십니까.'

"8십여 년 전, 그러니까 너도 나도 태어나기 전이란다. 율곡 선생은 왜적의 침입을 예견하셨고 십만양병설을 주장하셨지만 누구도 율곡 선생의 주장을 귀담아듣지 않았단다. 과거에 수차례 급제하셨고 조정의 부름을 받기 여러 차례, 관직 생활도 하셨지만 학문 연구를 위하여 여기 저 임진강이 바라보이는 곳에 화석정을 짓고 은둔하셨단다. 난간에 기대어 고개를 들면 멀리 서울의 삼각산과 개성의 오대산이 아득하게 바라보인단다. 율곡 선생은 관직에서 물러난 뒤 이곳에서 제자들과 시와 학문을 논하며 여생을 보내셨지. 중국의 칙사 황홍헌도 이곳을 찾아와 자연을 즐겼다는 얘기도 전한단다. 어느 날 율곡 선생이 화석정 기둥에 기름칠을 하시더란다. 오며 가며 보던 주위 사람들이 한마디씩 했어. 늘그막에 정신이 돌아버렸어, 저 망령된 행동거지 좀 봐라, 하면서 혀를 끌끌 찼단다. 율곡 선생은 돌아가시면서 어려움이 닥치면 열어 보렴, 하시면서 봉투를 남겨 주셨단다. 세월이 흘러 임진왜란이 일어나고 4월 그믐밤 선조 임금이 의주로 파천을 하게 됐단다. 폭풍우가 너무 심해 한 치 앞도 내다볼 수가 없었지. 호종하던 이항복이 율곡 선생이 남긴 봉서를 열어보았단다.

—화석정에 불을 질러라.

이항복은 화석정에 불을 붙였지. 관솔이 타듯 불길이 활활 치솟아 대낮처럼 주위가 밝아졌고 한 무리의 백성들이 나타나 마을에서 뜯어 온 판자울타리며 대문짝으로 뗏목을 만들어 선조 임금께서 무사히 강을 건너게 되셨단다."

은제는 정심이 귀 기울여 듣거나 말거나 조부에게서 들은 이야기를 주워섬겼다.

동파역에서 청교역을 향하고 나룻배로 임진강을 건널 때부터 정심은 장옷을 뒤집어쓰고 하얗게 질렸다. 은제는 초현소참역 주막에서 따뜻한 팥죽이며 인삼 끓인 물로 목을 축이라고 달랬다. 그러나 정심은 낯설고 물선 땅, 주막에서는 하룻밤도 머물지 말자고 통사정했다.

"알았다, 그만 돌아가자. 그런데 여기까지 왔으니 너도 세상 돌아가는 이치를 좀 알아야 된다. 양민이 돼서 양민 남편 만나 시집도 가고 자식도 낳아야지 언제까지 종년으로 살래?"

"아닙니다. 아씨 마님 곁에서 늙어 죽을 때까지 살랍니다. 종년이면 어떻습니까."

은제는 화제를 돌렸다.

"이 다리 이름을 선죽교라고 한단다. 지금으로부터 3백여 년 전, 개성 선죽동의 한미한 집안 출신 정몽주 그가 피살된 곳, 저 핏자국 좀 보렴."

은제는, 정심이 네가 무엇을 알랴 싶어 속옷 한 자락 보이다가 문득 주위를 살폈다. 낙엽 더미를 헤치는 다람쥐 한 마리 눈에 띄지 않았다.

'정몽주? 그 늙다리가 무슨 충신이야.'

은제는 어린 시절 아버지, 할아버지, 증조할아버지, 고조할아버지로부터 듣고 또 들어 온 정몽주라는 인물을 덩달아 비아냥거렸다.

정몽주의 집은 개성 서쪽 선죽동이었고 이성계의 집은 동쪽 덕안동(현 승전동)이었다. 이성계의 집이 있는 동쪽 덕안동의 자남산 계곡에서 흘러내리는 노계천이 서쪽 정몽주의 집이 있는 선죽동을 가로질렀고 가로지른 노계천에 놓인 다리가 선죽교다. 송악산의 푸르름은 화강암의 검회색 빛깔에 물크러지면서 드세고 청정한 기백을 드세게 뿜었다.

1390년.

우사의대부(낭사벼슬. 간쟁, 봉박, 서경 등의 일에 관여했음) 홍길민은 재위 2년에 걸친 공양왕 면전에서 노골적으로 분노했다.

"내 나이 4십이 채 안 됐소만…."

홍길민의 불꽃 튀는 시선이 정몽주의 등줄기에 꽂혔다.

"우리 고려의 앞날을 우려한다면 그럴 수는 없는 거요."

홍길민은 정몽주를 노골적으로 경멸했다.

"차근차근 짚어 나가자꾸나, 길민 공. 나야 아는 것 없는 미천한 존재이지만 그만한 것 알만한 공으로서는 뜻밖의 언사요. 15년 전 어린 나이 스물넷에 식년문과 동진사(제술과 합격자)에 급제하고 이내 강릉도안렴사(현 경찰국장) 직임을 맡고 있지 않은가. 그리고 올해는 짐의 명을 순순히 받들어 장령(사헌부의 정4품 관직. 감찰업무 담당.) 등 중책을 맡지 않았는가? 강릉도 안렴사 직책 역시 충실해서 호강한 무리들을 잘 다스려 믿어왔건만 오늘 노익장 정몽주 공을 우상(의정부 정1품. 현 내무부장관)에 임명하고저 하는 짐의 뜻을 거역하는 이유가 무엇인가?"

"말씀드리겠습니다."

홍길민은 노여움을 다소 갈앉혔다. 공양왕과의 그동안의 신뢰와 충성을 무너뜨릴 수 없다는 마지막 안간힘이었다.

"결론부터 말씀드리겠습니다. 포은[정몽주]을 충신으로 볼 수 없습니다. 대세를 살펴서 줄타기를 잘하는 노회한 정객일 뿐입니다. 포은은 송헌[이성계]이 위화도회군을 감행할 당시에도 비판의 목소리를 낸 적이 없고 최영 장군의 몰락에도 아무 말 하지 않았습니다. 심지어 송헌이 우왕과 창왕을 신돈의 자식이라고 주장하며 그들을 폐위하는 데도 반대하지 않았습니다. 아니 오히려 적극적으로 찬동해 공양왕을 옹립했습니다. 그는 우왕을 자기 집에 초대하여 성대한 잔치까지 베풀었던 사람입니다. 물론 송헌이 역성혁명의 뜻을 가지고 있었다는 것을 처음에는 몰랐을 수도 있지만 송헌의 행보에 반대하지 않고 동참한 것은 송헌을 이용하여 권력을 잡으려는 목적이 있습니다. 이런 시각에서 볼 때 포은이 송헌의 역성적 혁명에 반대했던 것은 고려에 대한 충성심이 아니라 자신의 권력을 유지하기 위함이었습니다. 역성혁명에 찬동해도 자신에게 돌아올 이득이 적다면 고려 왕실을 유지해서 자신이 권력을 잡는 편이 낫다고 계산한 것입니다. 포은이 백성을 위한 민본주의적 성리학을 도입했다고 하지만 백성에 대한 충성은 고려 충신 포은과는 전혀 별개입니나. 백성에 대한 애민정신과 국가에 대한 충성은 전혀 다르다는 말씀입니다. 포은은 한미한 가문의 출신답게 임금의 총우를 믿고 어떤 언관에게 누명을 씌워 가두고 추방했습니다. 또한 민정에서 크나큰 오류를 범한 것이 있습니다. 한고을의 전제를 바로잡지 못하고 혼란에 빠뜨렸습니다. 절대로 총재(이조판서를 달리 일컫던 말)의 직임에 임할 수 없습니다."

홍길민은 정몽주와 동문수학하면서 우유부단한 그의 성격을 익히 알고 있었다. 정몽주에게 우의정 관직이 주어진다면 고려는 필시 망할 것이라는 극단적인 결론을 내렸고 고신(벼슬아치의 사령서)에 서경(임금이 새 관리를 임명할 때 사헌부와 사간원이 그에 동의하여 서명하는 일) 하기를 끝까지 거부했다. 이에 반론이 제기되었다.

"포은은 2십 대 초반에 이미 세 번 연속 장원급제를 했습니다. 관직에 나간 이후 포은은 신진시대 세력의 필두로 젊은 선비들 사이에서 상당한 존경을 받고 있습니다. 정치에 나서지 않는 스승 목은 이색을 능가하는 존경을 받으며 강한 영향력을 갖고 있습니다. 목은의 '충성의 대상은 백성'이라는 관점은 맞습니다. 일본에 잡혀간 포로들을 송환해 온 것이 별것 아닌 걸로 보일 수도 있지만 그처럼 발 벗고 노력한 정치가는 포은 말고 없습니다. 이 시대에도 그렇지만 후세도 그럴 것입니다. 중국과 일본은 모두 전란에 휩싸였고 그곳에 사신으로 가는 것만도 목숨을 보장할 수 없는 판국입니다. 태풍으로 표류하는 고초를 마다하지 않고 사신행을 마다한 적이 없습니다. 포은 이전에 사신으로 갔던 나홍유란 인물은 반 죽다가 돌아왔습니다. 왜인들은 고려인을 결코 싫어한다, 사신을 또 보내면 그는 목만 돌아올 것이라고 하는 말에 겁을 먹고 모두들 사신행을 꺼려했지만 포은만은 그러하지 않았습니다. 기어코 목적을 달성하고 돌아왔습니다. 이러한 행동은 결코 노회한 정객이나 권력에 눈이 먼 대신에게서 나올 수 있는 행동이 아닙니다. 이 부패한 시대의 정치판에서 포은만큼 청렴하고 양심적인 정치인도 드뭅니다. 포은은 외교활동만 한 게 아닙니다. 자신의 사재를 털어 모금 운동까지 벌였습니다. 포은의 충성의 대상은 '조정' 이전에 바로 '백성'입니다. 고려의 마지막 기둥이자 양심적이고 청렴한 정치가입니다."

공양왕은 대간 일곱 명과 서경 문제를 두고 장시간 대립되었다. 홍길민은 끝끝내 거부권을 행사하다가 파직되었다. 두문동杜門洞으로 발길을 떼었다. 개성 북쪽 고갯마루에 다다랐다. 조의(관원이 조정에 나갈 때 입는 옷)와 조관(관원이 조의를 입을 때 쓰던 관)을 벗어 나뭇가지에 걸었다. 그리고 유유히 만수산 골짜기 서쪽의 두문동을 바라보았다. 안개와 저녁 어스름에 덮인 골짜기는 신비하고 온유한 침묵을 지키고 있었다. 조선왕조에 머리를 굽히지 않은 부조현 객들은 홍길민을 반가이 맞았다. 고사리와 냉이와 취나물과 좁쌀로 연명하면서 무너져 내리는 흙벽과 갈대 지붕을 지키고 있었다.

"어찌 들어왔소, 길민공."

"공양왕을 지키고 고려 충신이라고 자처하는 대신들이 겉 다르고 속 다른 그 박쥐 같은 인간 포은 정몽주를 두둔하고 있소. 그 늙다리가 우의정으로 임명되고 말았소."

이성계의 지시를 받아 두문동은 머지않아 불이 질러질 것이라는 흉흉한 소문이 떠돌았다.

은제는 멀리 하늘 끝자락을 잠시 바라보다가 몸을 돌이켰다.

"가자, 정심아."

"어느 곳으로요?"

"네가 속 태우며 가고 싶어 하는 곳 장단 판부리로 말이다. 느어미 아비 적부터 우리를 알아보는 작자들이 오죽이나 반가워하겠느냐."

"네, 아씨 마님."

정심은 생기를 보이며 삽살개를 앞세웠다. 청교역을 떠나자 천지간에 진동하던 인삼의 쌉싸름한 향기가 흐려졌다. 개성이 멀어졌다는 얘기다.

"오랜만에 뵙는 부모님께 드려라."

"아씨, 감사합니다."

정심은 등에 인삼보퉁이를 괴나리봇짐처럼 짊어지고 발걸음이 한결 가볍다.

10

은제가 판부리 고릉동에 도착한 것은 아침나절이었다. 길섶의 풀 이슬이 반짝였다. 발끝이 스치는 대로 훌훌 떨어져 치맛자락을 적셨다. 삽살이도 정심이도 신명을 냈지만 은제는 어설프다. 혼인 두어 달 만에 남편이 죽은 박복함이 비탄으로 오장을 비틀더니 이제 앙상하게 뼈만 남은 몰골로 친정집 조상 고향 동네를 찾다니. 느닷없는 감정의 골로 빠지면서 은제는 발걸음이 뜨악해진다. 고릉동은 은제네 일족 6십여 가구가 아직도 5백여 년 동안의 터를 잡고 산다. 멀리 동서남북으로 뻗어 내린 용호산, 천마산, 감악산, 파평산 줄기는 마치 은제네 일가를 비호하는 듯 그 자리에서 그 품격을 변함없이 지켰다. 사당의 맞배지붕이며 고른 물매가 별 탈은 없는 듯했지만 해묵은 잡풀 몇 개가 시름에 겨웠다. 은제는 걸음을 서둘렀다. 꽃담 앞에 이르렀다. 강회를 비벼서 깨어진 기왓장이며 화강석을 둥글게 깎아 새알심처럼 박은 꽃담은 세월의 무상함을 속삭였다. 묘노墓奴들은 수평선을 가르는 은회색 갈매기 떼처럼 어지럽고 싱그러운 몸짓으로 마당을 오갔다. 풍성한 먹거리 장만은 그들의 유일한 낙일 터.

"에구머니나, 진천 아씨 마님 오시는군요. 아무 전갈도 없이 웬 일이십니까?

"그래, 잘들 지냈느냐?"

"저희야 마님 어르신들 음덕으로 잘 지내고 있지요."

낯이 익을 듯 말 듯 한 노비 하나가 달려와 은제를 맞았다. 주름투성이의 눈자위에 물기가 돈는다. 은제가 태어나던 해 두어 달 산모 마님 곁에서 미역국을 끓여 대령한 적이 있다고 했다. 그는 자기 큰딸의 젖을 먹이기도 했다고 했다. 정심이가 별스럽게 반기며 등에 짊어진 인삼 봇짐을 그 늙은 노비에게 안겼다. 아, 그렇지. 정심의 어미였다.

"봉화에서도 마님 어르신 두 분이 오셨습니다."

"안채에 계시냐?"

"사당에 계십니다."

은제는 문득 날짜를 더듬는다. 오늘내일 한식 묘제가 있고, 매달 빠지지 않고 두세 분의 기제사도 끼어있다. 묘노들은 제물을 준비하느라고 일각문을 바삐 들락거렸다. 발길 닿는 대로 떠나 온 곳에서의 우연한 만남이다. 은제는 사당 섬돌로 올라섰다. 띠살무늬의 분합문은 차랑차랑 맑은 햇살을 받고 정갈하게 열려 있었다. 향불 냄새가 짙었다.

"아버님."

은제는 큰절을 했다. 무릎 위에 두 손을 가지런히 올리고 친정 아버지 홍이원을 건너다본다. 눈에 띄게 초췌한 안색이다. 은제는 조심스럽게 일어났다. 감실(사당 안에 신주를 모셔두는 곳)로 눈길이 갔다.

- 개국공신호조판서집현전대제학증남양군 시문경 홍길민
- 자헌대부호조판서대제학증좌의정 시문량 홍여방
- 숭정대부판돈령부사강녕군 시장간 홍원용
- 평안도조도사증대광보국영의정홍문관예문관춘추관당성부원군 시충헌 홍세공

●통덕랑 홍이형

●홍구제

신주가 서열을 따라 차례로 놓였다. 고증조부 · 고조부 · 증조부 · 숙부 · 친오라버니.

밤나무의 단단한 목질에 갇혀 이름만 남긴 그들은 바람과 나무와 흙과 밤하늘의 별처럼 천체 운행의 원리에 순응하며 깊이 잠들어 있었다. 숙부 홍이형과 친정오라버니 구제는 요절한 짧은 생애만큼 간결했다.

"만제도 왔다."

만제는 섬돌앞의 서립옥(사당 섬돌 아래에 지붕을 올려 덮은 건물)에서 주고廚庫를 정리하고 있었다.

"어찌 왔냐? 경황이 없을 터인데…."

만제는 고인의 유서와 의류 몇 가지를 대궤에서 꺼내 들고 은제를 흘깃 돌아보며 말했다.

"마상 몸이 아파 괴섭을 떠나려니 마땅히 갈 곳도 없고 발길 닿는 대로 왔습니다."

"잘했다. 너의 서찰 받고 아버님께서 다소 안도하시기에 모시고 왔다. 오늘 사시巳時(오전 9시~11시)에 묘제가 있으니 너도 조상님께 술잔을 올려라."

"네, 오라버님. 큰 녀석 사휴士休를 비롯해서 두 번째 상하 · 상은 쌍둥이 조카들 잘 있지요?"

"아무렴 잘 있지."

은제는 열 살 안팎의 어린 조카들을 떠올리며 문득 친정아버지의 주위를 맴도는 찬바람을 느낀다. 만제 오라버니에게 눈빛으로 채근한다.

'그중 맏이는 우리 집안에 계종손후로 들여 주시는 거지요?'

만제는 은제의 눈빛에 응답한다.

'당연하지. 다섯 살에 생부를 잃은 나에게 백부님은 먹이고 입히고 가르쳐 주신 생부와 조금도 다름이 없으신 분이 아니냐.'

은제와 만제의 가슴에서 서러움과 환희가 뜨겁게 교차한다.

"이것 보아라."

만제는 종이 한 장을 꺼내 은제에게 보여 주었다. 만제의 생부 홍이형의 유서였다.

—내가 눈을 감고 세상을 영원히 하직하거든 나의 낙남의 뜻을 이뤄주시오. 개경 근방에서 정사에 관심을 기울일 일도 폐를 끼칠 생각도 없습니다. 이 미천함 부끄러워 개경이 보이는 이곳에서 하루빨리 멀어지고 싶습니다. 어린 아들 만제를 두고 떠나는 이 죄책감 또한 감당키 어렵습니다. 부디 저의 뜻을 기억해 주십시오.

1652년 10월 어느 날 홍이형 글

기억에도 없는, 단지 큰아버지 홍이원의 얼굴과 유사할 것이라는 추측으로 형상화됐을 뿐인 부친의 친필 유서는 육성처럼 귀청을 두드렸다.

“우리 남양 홍씨 조상들께서 누누이 강조하시는 가훈이 있지. 제례는 간소해야 한다는 것, 근검하고 절약해야 한다는 것, 그것이 지켜지지를 않아. 이번 묘제에 쓴다고 소 한 마리를 잡았구나.”

“소를 잡았다고요? 조정에서 알면….”

은제가 난색을 보였다.

“묘 관리인이 경기도 감사에게 상소문을 보내고 물론 허락이야 떨어졌지.”

이날도 한탄강은 용호산 기슭을 껴안고 반원을 그리며 푸르게 굽이쳐 임진강을 만나 한강과 몸을 합친다. 물길은 여전히 용호산 기슭을 무심히 어루더듬으며 흐르지만 짐승의 울부짖음이 두어 차례 지난다. 도끼가 인부의 손에서 높이 치솟다가 녀석의 정수리를 두세 차례 찍었다. 녀석은 맥없이 쓰러지고 멱을 따자 선혈이 쏟아졌다. 녀석은 과다출혈로 목숨을 잃었고 포정이 다가간다. 묘료들은 포정의 손이 왕창 늘어 올린 창자를 받아다가 강물에 씻어 건지면서 키득거리고 고환을 은밀한 곳에 감춘다.

“소가 죽고 포정이 칼끝을 들이대면 핏방울이 튄다는 잔인한 장면을 연상했는데 뜻밖에도 나는 전혀 그걸 느끼지 못했단다. 포정의 손짓과 발짓 그리고 몸짓에서 아름다움을 느꼈다면 믿어지겠니? 귀신에 홀린 듯 발휘하는 포정의 뛰어난 기술은 가락에 맞춰 추는 춤사위 같았어. 칼끝이 어디로 들어가서 어디를 거치고 마지막에 칼을 어디로 거두는지 참으로 신비했단다. 칼이 뼈와 뼈 사이, 뼈와 살 사이, 살과 살 사이로 지나는데 그의 말처럼 뼈와 살 사이에 실제로 틈이 있는 것이 아니더구나. 소의 뼈와 살의 조직과 구조를 면밀히 이해하고 칼을 잘 받아들이는 방향으로 진행한다, 부분이 아니라 전체를 파악하고 그 흐름을 탄다면 억지를 부리느라고 힘을 쓸 필요가 없다, 그거더구나. 대체와 대세를 장악하면 포정처럼 여유 있게 흐름을 끌어가거나 타고 갈 수 있지만 그렇지 못하면 흐름에 떠밀리거나 따라가게 된다는 거지. 무슨 말인지 알겠느냐?"

만제는 은제의 표정을 살폈다.

"이제 말하지만 너의 시집 식구들 엄청난 계략을 꾸미고 있다. 단단하게 작심하고 대응해라. 내가 힘이 되마."

만제는 침울했다.

"무슨 말씀이세요?

은제는 만제를 정면으로 바라보았다. 때마침 한 자락 불어오는 바람결에 앞머리 몇 가닥이 이마를 쓸어 덮었다.

"외간 남자와의 내통이 거짓이 아니다, 임신했다가 낙태한 것 또한 사실이다, 라고 물증을 제시하며 주장하는구나. 법정 투쟁도 불사할 모양이야."

은제가 혈육이라고는 하지만 남녀 간의 속내는 당사자 말고 누구도 알 수 없는 것. 이부자리의 홍건한 핏자국이며 벌거벗은 핏덩이의 실체가 도대체 무어란 말인가. 만제는 의혹을 걷어낼 수도, 은제를 두둔할 수도 없는 답답함으로 입을 다문다.

"우리 남양 홍씨 가문의 자부심을 잃지 않도록 해라. 알겠지?"

노비들은 사과 · 밤 · 대추 · 배 등 과일을 비롯해서 주 · 과 · 적 · 포 · 떡 등 제물이 담긴 채반을 지게에 짊어지고 묘지를 향하여 길을 나섰다. 고룡동 마을이 순식간에 텅 비었다. 신라의 마지막 왕 경순왕릉[金傅 927년~945년]으로 가는 길목을 왼쪽으로 비키고 오른쪽 완만한 비탈길을 올랐다.

친정아버지 홍이원과 만제 그리고 은제는 그들을 앞섰다. 은제는 쓰러질 듯 비틀걸음을 걷는 친정아버지를 부축했다. 언 땅이 풀리고 푸나무들이 생장을 꿈꾸는 계절이다. 겨울 동안 눈사태는 없었는지, 땅이 녹으면서 묘 주변 어디 무너진 곳은 없는지. 말은 없지만 그들 부녀는 불화로를 품은 것처럼 가슴만 뜨겁다.

홍이원은 사당 한 귀퉁이에서 아우 이형과 아들 구제의 지방과 축문을 썼다.

—정사년(1677) 3월 18일 세월이 흘러 여덟 번째 제삿날이 돌아오니 아비의 마음이 갈갈이 찢기는 것 같구나. 너의 어미, 너의 처, 너의 아비 또한 살아있어도 살아있는 목숨이 아니다. 이 부끄러움을 무엇으로 씻어버릴 수 있겠느냐. 여기 삼가 맑은 술과 몇 가지 음식으로 위로코자 하니 응감하여라.

—정사년(1677) 3월 18일 형은 삼가 고하오. 세월이 흘러 아우의 스물다섯 번째 제삿날이 돌아오니 아우가 그리운 마음 어찌할 바를 모르겠어서 여기 삼가 맑은 술과 몇 가지 음식을 차려 공손히 올리오니 응감하소서

제주가 향을 피우고 집사는 제주에게 술을 따라 주고 제주는 향불에 술잔을 두 번 돌리고… 집사는 술을 모사그릇에 조금씩 세 번 붓고 제주 두 번 절하고 조상에 대한 문안인사로 참사자 전원은 합동으로 두 번 절하고, 참사자 모두 꿇어앉은 다음 축문을 읽고 두 번 절한다. 지방과 축문은 소각하며 재는 향로에 담고 안쪽에 있는 음식부터 차례로 내린다.

"유세차 정사년(1677) 3월 18일 신유 을축 부 이원 고우 현고 학생부군 휘일부림추원감시호천망극"

아들 구제의 묘 앞에서 축문을 읽던 홍이원의 슬픔은 통곡으로 이어졌다. 축문을 끝까지 읽지 못한다. 만제는 백부 홍이원의 비감이 자신의 탓인 듯하다. 곡장으로 아늑하게 바람막이가 된 홍길민 묘 쪽으로 눈을 돌린다.

은제는, 저 홍길민 어른은 누구신가요? 라고 묻고 싶지만 그만둔다. 혹여 무심히 갈대숲을 헤치는 속삭임에라도 조상의 얼이 깃들었다면 알게 되리라. 만제가 은제의 심중을 간과하지 못했을까,

입을 연다.

“고려 공양왕 시대에 태어나셨다가 조선 초에 돌아가신 분인데 정몽주를 타도했다가 관직을 박탈당하고 한때 두문동에서 은거하셨지. 저기 보이는 저 산이 보봉산인데 그 산에서 북쪽으로 10리쯤 가면 있는 마을이 두문동이야. 마을의 동 · 서쪽에 문을 세우고 빗장을 걸고 문밖으로 나가지 않았대서 두문동이라는 이름이 유래됐다.”

만제는 팔을 들어 턱 밑처럼 가까이 쳐다보이는 개성 부근의 산줄기를 가리켰다.

“태조 이성계가 조선을 건국하자 고려 유장遺將 48인이 들어와서 몸을 씻고 함께 죽을 것을 맹세한 골짜기란다. 세신정이라고도 하고 회맹대라고도 하지. 훗날 태조 이성계는 고려 유신儒臣들을 회유하기 위해서 경덕궁에서 친히 과장科場을 열었지만 이들은 아무도 응시하지 않고 경덕궁 앞의 고개를 넘어가 버렸어. 조선 개국을 꿈꾸는 송헌 이성계에게 유생들의 반발이 특히 심했단다.”

이성계는 홍길민의 주변을 압박해왔다. 수차례 사람을 보냈지만 꿈쩍도 하지 않는 홍길민을 직접 면대하기로 작심했다. 깃털처럼 가볍고 부드럽게, 때로는 둔중하고 어둡지만 호소하듯, 때로는 칼끝으로 자신의 목을 겨냥하며 죽음도 불사하겠다, 는 으름장으로 도움을 요청했다. 관복을 벗어 소나무 가지에 걸어 놓고 평복으로 갈아입었다. 산새도 잠든 심야의 산길을 걸어서 두문동으로 향했다. 홍길민이 어서 이곳 두문동을 떠나 개경으로 돌아와 관직을 떠맡도록 할 셈이었다.

"이 일을 해낼 사람은 길민 공밖에 없단 말이오. 지난번 1차로 보냈던 사람이 청주 정씨 정 총(호 춘곡) 인데 고려를 배반한 역적이라 하여 시해를 당하지 않았소? 2차로 다시 보낸 사람이 노인도 그 역시 입궐을 하자마자 표문을 지은 자를 보자고 해서 마침 문밖에서 기다리던 광산 김씨 김약창(호 척약래)과 함께 들어가지 않았겠소? 그들 두 사람이 모두 그 자리에서 맞아 죽었습니다. 일은 일대로 성사시키지도 못하고 고려를 배신한 천하 역적이라는 무함을 받고 말이오. 언제까지 이 지경으로 국호를 '고려'로 쓰고 고려 국왕의 용포인 청룡포를 걸치고 집무를 돌보아야 한단 말이오. 「고려권지국사」라니. 고려를 무너뜨린 내가 언제까지 국왕의 금인을 받지 못했대서 임시직이라는 꼬리표를 달고 있어야 하오? 고려 35대 왕으로 등극했다는 모멸감을 씻을 길이 없소. 내가 사저를 자주 들락거리는 까닭도 실제로 속내를 보자면 명나라로부터 국호와 옥쇄를 받지 못한 채 수개월을 보낸다는 울분을 삭이지 못해서라오. 길민 공."

이성계는 초조했다. 약소국의 서글픔으로 목이 멘다. 홍길민 그가 누구인가. 명나라와의 친분을 감안한다면 홍길민을 추종할 인물이 대체 누가 있는가.

"그대는 대를 이어 인주도령을 지낸 가문의 후손이오. 2세 홍후 공 이래로 홍대순 등 아들, 손자, 증손자 모두 인주도령을 지내지 않았소. 인주도령이라, 인주[의주]를 수호하고 외부의 침략을 방어하는 지방 군사 책임자, 자치권도 있는…."

은제네 일가는 명나라 황제 주원장과도 안면이 있고 중국 요로에 지인들이 많다. 이성계는 벌써 두세 차례 찾아와 통사정을 했다.

인주는 옛 고구려의 영토였다가 발해의 영토였다가 정안국의 영토였다가 거란에게 망하고 그 땅에 4개의 주를 세웠다. 그중의 한 개 주다. 이성계는 끝없이 펼쳐진 인주의 너른 벌판을 떠올리며 눈을 감고 생각에 잠긴다. 인주는 의주 지역 일대와 압록강 주변만이 아니라 훨씬 북쪽의 요하 부근일 수도 있다. 고려와 거란군의 전투 상황도를 볼 때 홍화진과 가깝다. 홍화진이라면 평안북도 의주군에 설치된 성보다. 거란의 부마 소손녕이 침략하면서 군사 10만 명이라고 큰소리쳤다. 평장사 강감찬은 상원수가 되어 군사 2십만 8천 3백여 명을 거느리고 홍화진에 이르렀다. 기병 1만 2천 명을 산골짜기에 매복시켰다. 강감찬은 굵은 밧줄로 쇠가죽을 꿰어 성 동쪽의 큰 냇물을 막았다가 적이 구름처럼 몰려드는 순간 물을 일시에 쏟아 적 거란군을 크게 패퇴시킨 지역이다. 홍길민은 조상 홍복원에 대한 결코 당당할 수 없는 기억으로 응답을 하지 않는다. 조상 홍복원은 원元나라에 선선히 투항했고 지도자 홍복원을 믿고 살던 백성들은 그곳을 정처 없이 떠나 몰린 곳이 심양이다. 고려와 거란족의 요遼와 여진족의 금金의 국경을 인접한 완충지역이다. 중국이나 고려에서도 넘보지 못하는 지역이며 양국의 평화를 위해서 또는 두 나라의 이해에 걸맞게 중립자적인 위치를 지키는 독특한 지역이다. 중국과 조선의 국경 지역이면서 의주에서 압록강을 건너면 곧바로 중국 땅이 아니라 한참을 더 가서 책문이 있다. 조선국경과 중국 국경 사이의 완충지역이며 넓이 6십만 평방km(1억 8천만 평. 남한 면적에 해당)이다. 고려의 입장에서 보자면 거란이나 여진족과의 관계가 우호적일 때는 상관없지만 그렇지 못할 때는 인주도령의 위세에 첨예한 반응을 보일 수밖에 없었다.

홍복원의 관직은 고려 측에서 보자면 전 7십 결과 시 2십7결을 받는 정5품 무관에 지나지 않지만 중국 측의 요나 금에서 보면 독립지방정권의 수령이다. 세습이 가능하다. 그들 가문은 독자자치권을 유지했고 그 일대의 사정에 정통한 홍 후의 후손들이 그 기반을 바탕으로 세습한 것이다. 이성계는 홍길민을 채근했다.

"2세 홍 후 공을 비롯해서 3세, 4세, 5세 공들이 모두 인주도령직을 역임하지 않았습니까? 몽골의 침입에 패하고 투항한 홍복원 공은 7세, 9세 홍 탁 공의 딸은 충혜왕의 후궁 화비 홍씨, 맞지 않습니까?"

이성계는 홍길민 가문의 족보를 한 줄에 꿰고 있었다. 홍길민은 불편했던 심기가 다소 풀렸다. 이성계는 홍길민의 풀린 표정에 안도하며 넉넉한 웃음을 보냈다. 이성계는 2십여 년이나 연하인 홍길민을 예우 바르게 깍듯이 대했다.

고려는 인주를 지켜주지 못했다. 홍복원은 백성들의 안위를 보장받기 위해서 원나라에 투항[항복]하는 편이 훨씬 자연스럽다고 생각했다. 엄밀하게 말해서 인주는 고려의 직할 영토 바깥인 중국과의 국경에 접한 완충지대, 자력으로 지킬 힘이 없다면 언제라도 강대국에 먹히고 마는 중립국 신세다. 두 세력이 균형을 유지할 때 중립국이 존재하는 것이지 힘의 우위가 결정된 상황에서는 중립국으로서 존립할 수가 없다. 일찍이 몽고에 투항한 홍대순에 이어 그의 큰아들 홍복원과 손자 홍다구 · 홍군상은 몽골의 관리로 몽골식 이름을 갖고 행세했다. 1백여 년 전 얘기지만 홍길민은 그들의 혈통을 내려받았다는 점에 긍지를 느끼지 못했다. 떳떳하고 당당할 수가 없었다. 정치 권력의 이면, 흑백이니 좌우니 하는 논리의 중심에서 시달리고 싶지 않을 뿐이다. 새로운 나라 역성혁명을 꿈꾸는 무관 이성계, 그가 목숨을 걸고 요청하는 면전이다. 그는 더 이상 머뭇거릴 여지를 주지 않는다. 관군 수만여 명을 거느린 이성계가 칼끝으로 자신의 목을 겨냥하면서 담판을 짓자고 한다.

홍길민은 어렵게 입을 열었다.

"몇 가지 당부할 말씀이 있습니다."

"말씀하시오."

“나는 고려의 녹을 먹었던 사람이오. 첫째 충신불사이군 조선 왕조에서 벼슬은 안 하겠소. 둘째 명나라에 들어가 주원장을 만나는 사실을 절대 비밀로 하며 기록을 남기지 말아 주시오.”

이성계는 홍길민의 확답을 듣고서야 자리에서 일어났다. 두터운 어둠을 헤치고 뚜벅뚜벅 마당을 가로질렀다. 대문을 열고 아무 일도 없었다는 듯이 두문동을 떠났다. 홍길민은 등잔불을 껐다. 문풍지가 누추하게 떨고 부엉이가 울었다. 너덜너덜 떨어진 들창문으로 황소바람이 쏟아져 들어왔다. 잠을 이루지 못하고 뒤척였다.

이성계는 5만 여 군사와의 위화도회군을 단행했다. 전투 병력 4만여 명, 보급 병력 1만여 명을 거느리고도 그는 불안했다. 골 깊은 원한을 잠재우기 위해서 최영 장군 등 고려 충신 몇 명의 목을 잘랐다. 그럴수록 그의 불안은 가중되었다. 고려 충신들의 목을 잘랐대서 명나라로부터의 신임을 순순히 받을 처지는 못 된다. 이런 때 홍길민 그를 선택할 수밖에. 부친 홍복원은 원나라로부터 고려군민만호에 제수되었고, 몽골의 길잡이가 되었다. 고려를 침공하는 데 앞장을 섰다. 몽골이 북계의 4십여 성을 함락시킨 후 그곳을 진수했다. 고려의 항복을 종용하는 사신으로 파견되기도 했다. 고려가 강화로 천도를 했다. 그에 대한 보복으로 살리타[撒禮塔]가 침공했다. 역시 홍복원은 북계를 근거지로 협력했다. 살리타가 처인성(지금의 경기도 용인)에서 사살당하고 몽골군이 철수했는데 홍복원은 몽골군의 구원을 기다리며 북계(평안도 지방)를 계속 진수했다.

'아! 빌어먹을!'

홍길민은 비명을 터뜨리며 주먹으로 방바닥을 쾅 내려쳤다.

홍복원은 서경낭장의 직함으로 필현보와 함께 선유사(병란이 났을 때 임금의 명령을 받아 백성을 훈유하는 임시 벼슬) 정의 등을 죽이고 반란을 일으켰다가 북계병마사 민희에게 토벌되었다. 그곳에서 필현보가 죽자 홍복원은 몽골로 도망쳤고 요양과 심양 등지를 거처로 삼았다.

'홍복원 어르신!'

홍길민은 고함을 쳤다.

'몽골로부터 관령귀부고려군민 장관에 임명되셨습니까? 그리고 전쟁 중에 몽골에 투항하고 유망한 우리 고려인들을 통치하셨습니까? 또 이들을 이끌고 몽골군과 합세해서 우리 고려를 공격하셨습니까? 2십여 년이 넘는 세월을 다섯 차례나 우리 고려를 공격하는 네 힘쓰셨습니까? 우리 고려가 북계(현 평안도)를 토벌한 것이 그렇게 원한이 깊으셨단 말입니까? 뚤루게[독로화禿魯花](볼모)로 원에 머물던 우리 고려 왕족 영녕공 준綧과 귀부군민에 대한 통치권을 둘러싸고 대립하셨습니까? 인질로 잡혀 온 그 가련한 우리 고려 왕족 준을 자신의 집에 머물게 했고 그에게 온갖 호의를 베풀지 않았습니까? 우리 고려 왕족 준은 황제의 딸과 혼인을 했고 당신의 이런저런 약점을 알아내어 마침내 고발했지요? 우리 고려를 처들어가고자 호시탐탐 노리는 당신의 속뜻을 알아낸 겁니다. 당신은 결국 관가에 잡혀가 처참하게 맞아 죽었습니다. 당신의 장남 홍다구 역시 관가에 끌려가 모진 매를 맞아 죽다가 살아났습니다. 불행 중 다행으로 2년 만에 복권되어 참전하여 용맹을 떨쳤고 두 아들 홍다구와 홍군상이 원나라에서 관리로 출세하여 사후에 가의대부심양후로 증직 되셨습니다. 홍다구, 그 어른의 본명은 준기俊奇 몽골식 이름은 찰구이察球爾입니다. 그분 역시 우리 고려에 대한 적개심에 불탔고 몽골의 장수 차라타이[車羅大]가 우리 고려에 침입할 때 동참한 무장입니다. 관령귀부고려군민총관이 됐습니다. 재차 우리 고려에 들어와 봉주에 둔전총관부를 설치하고 이해 삼별초의 항쟁이 일어나자 우리 고려의 명장 김방경金方慶과 함께 진도와 제주도에서 삼별초군을 토벌했습니다. 그런데 말입니다. 삼별초의 추대를 받아 왕으로 추대된 우리 고려의 왕족 승화 후 온溫을 당신은 칼로 쳐죽였습니다. 몽골이 일본정벌을 계획하자 소용대장군으로 감독조선관군민총관이 되어 조선공사造船工事를 가혹하게 독촉하여 우리 고려인의 비난을 얼마나 받았습니까. 이해 충렬왕이 즉위하자 도원수 흘돈 휘하에서 동정우부도원수가 되어 아장亞將인 김방경과 함께 쓰시마섬[對馬島]과 이키섬[壹岐島] 등지를 공격했고, 정동도원수가 되어 우리 고려에 주둔했습니다. 그해 원나라 황제의 소환을 받고 돌아갔다가

제2차 일본 정벌 때 우승 실도實都와 4만 군사를 이끌고 합포를 떠나 범문호의 10만여 군사와 합세하여 이키섬과 히라가섬[平賀島] 등지에서 싸우다가 태풍으로 많은 군사를 잃고 원나라로 돌아갔습니다. 그러고는 요양우승 벼슬살이를 지냈지요. 홍복원, 홍다구 두 부자의 우리 고려인에게 향한 적개심은 우리 고려인 후손들 특히 중랑장파 당성 홍씨 가문에는 씻지 못할 치욕이요, 수치입니다. 숨기고 싶습니다. 불행 중 다행으로 저희는 둘째 아들 홍백수의 후손입니다. 홍백수는 머리를 깎고 입산수도하면서 나날을 보냈고 우리 고려를 괴롭힌 일도, 적의를 품지도 않았습니다. 물론 다시 머리를 길렀고 관직을 내려받았지요.'

1392년 깊은 가을.

홍길민은 밀사의 자격으로 명나라 남경으로 주원장을 만나기 위해서 두문동을 떠났다. 추상같은 의욕을 앞세우고 주원장을 만났지만 그의 무겁게 닫친 입은 좀처럼 열리지 않았다. 긴 수염 속에 숨겨진 두 장의 입술이 어렵게 열렸지만 명쾌한 답변은 선뜻 떨어지지 않았다.

"하필 이런 시기에 날 찾아왔는가? 먼 길을 찾아온 빈객에게 해서는 안 될 말이지만 지금 조당에서 의견이 분분하다네."

주원장은 고명(사령장)을 줄 수 없다고 단호하게 잘라 말했다.

"황제 폐하께서 엄명을 내리셨으므로 저로서는 감히 드릴 말씀은 없습니다. 단지 상황 파악은 분명히 하시기를 바랍니다."

"상황 파악이라고 했는가?"

"네, 황제 폐하."

주원장은 어이없다는 표정으로 감히 날 선 눈빛을 보내는 홍길민의 젊음을 눈여겨보았다. 그의 곧은 의지와 패기에 느닷없는 호감을 느꼈다.

"말해 보게나."

"송헌 이성계는 고려가 버려야 할 문란함과 이어 받들어야 할 옳음을 분명히 식별하여 새로운 나라를 세울 기상이 충만한 무관입니다. 중국은 거란족과 여진족의 위협이 상존해 있습니다. 천하 통일을 이루지 못한 채 만일 우리 고려를 버린다면 그들은 배후에서 명나라를 압박하는 형국이 될 것입니다. 우리 고려를 인정하고 오랑캐들을 견제하셔야 명나라는 남쪽으로 세력을 돌려서 천하 통일을 수월하게 이룰 것입니다. 순망치한脣亡齒寒입니다. 입술이 없으면 이가 시린 법, 명나라와 가까이 있는 우리 고려가 망한다면 다른 한 편도 영향을 받아 온전하기가 어려운 이치입니다."

"오, 그대는 밝은 지략가로다. 내일 조회에서 공론화할 것이니 그대가 조회에 참석하여 반대하는 대신들을 설득해 주게."

홍길민은 이례적으로 중국 조회에 참석했다. 홍길민의 겸손한 어조와 조리 있는 이론은 대신들을 설득하기에 충분했다. 그해 12월 홍길민은 중국 조정의 비준을 받아 예조의 『자문咨文』과 『조선』이란 국호와 『유명조선국왕이성계지인』이란 『국새國璽』(국사에 사용하는 관인. 임금이나 임금이 정하는 관원이 나라의 중요한 문서에 국가의 표상으로 사용하는 것)를 받들고 돌아왔다. 홍길민은 자문의 양식을 들여다보고 또 들여다보았다.

조선국왕위모사운운

위차합행이자청조상시행

수지자우자예부

조선의 왕이 어떤 일을 한다.

이를 함께 문서에 적어 보내니 자세히 살펴서 시행하여 줄 것을 청한다.

문서를 받은 곳은 오른쪽에 기록된 예문관이다.

홍길민이 두문동을 떠난 뒤 판부리 그의 저택은 유생들의 항의와 타도에 휩싸였다. 이웃 개성의 성균관 유생들을 비롯하여 전라도 등 각 처에서 모여든 3백의 유생들의 기치는 밀물처럼 걷잡을 수 없었다. 유건과 유관, 유복을 제대로 갖추고 서책을 옆구리 낀 채 홍길민의 저택 꽃담을 빙 둘러쌌다. 개성 성균관 유생들의 주도 세력은 어두운 밤길을 타고 불꽃처럼 타올랐다. 유생 대표의 정중하고도 단호한 목소리가 들려왔다.

"고려 충신으로서 지조를 버린다면 죽은 목숨이라고 생각하지 않으십니까? 위화도회군의 저의를 극명하게 밝혀 주십시오. 최영 장군의 충의를 감히 죽음으로 몰아넣고 고려를 끝장내려는 속임수가 성공한다고 생각하십니까? 충신불사이군! 충신은 두 임금을 섬기지 않습니다!"

가을빛이 처연하게 물든 산야와 청량한 정적에 잠겼던 홍길민의 사저는 삽시간에 먹장같은 불운이 감돌았다, 청주 경씨는 바느질감을 놓고 방문을 밀어 열고 나왔다. 나이 3십을 훌쩍 넘긴, 넉넉하고 안정된 품위는커녕 매일 매일이 줄에 앉은 새처럼 초조했던 차 차라리 결의에 찬 의지를 보였다. 올 것이 왔구나.

"자, 들어들 오시오."

청주 경씨는 돌계단을 내려가 마당을 가로질러 대문을 활짝 열었다. 유생들은 성급하고 무질서했지만 열을 맞춰 저택 마당에 집결했다. 결기에 찬 저들 젊은이들을 어떻게 다룰 것인가. 청주 경씨는 대청 한가운데 서서 옷깃을 여미고 잠시 숨을 골랐다.

"국가의 안녕과 번영을 위하여 불철주야 학문에 전념하시는 유생 여러분들의 애국충정을 높이 삽니다. 동쪽으로 왜구의 끊임없는 침탈과 북쪽으로 대국 명나라를 섬겨야 하는 우리 고려의 비애를 이웃의 어느 나라가 이해하겠습니까? 유생 여러분들은 우리 고려의 등불입니다. 홍길민 어른께서도 고민이 크셨습니다. 다만 우리 고려를 지키고 여러 젊은이들의 하나밖에 없는 생명을 보존하기 위하여 단안을 내리셨습니다. 돌아오시면 여러 유생들의 뜻을 충분히 전달 할 것이니 그리 알고 기다려 주기를 바랍니다."

청주 경씨는 유생들에게 숙식을 제공하면서 충분한 시간을 갖고 대화를 나누었다.

해가 중천에 올랐다.

"청주 경씨가 아니었다면 사태는 유생 몇몇의 목이 잘리는 비극으로 휘몰릴 수도 있었지. 지혜롭게 난국을 극복하신 공으로 하사받으신 벼슬이 '한정택주'란다."

홍이원은 만제와 막내딸 은제의 부축을 받으며 하산길을 재촉했다.

11

"형님, 저의 뜻은 다른 데 있지 않습니다. 형님은 우리 집안의 장손 며느리이시잖습니까. 그런데 후사를 잇지 않으시면 될 말이 아닙니다."

이복 시동생 명기와 그의 처 박씨는 이날도 은제에게 양자 들일 것을 구구하게 권했다.

"알았네. 조금 더 생각해 보기로 하세. 어른들과 상의 말씀도 더 나눠보고…. 오늘은 이만 끝내고 그냥 돌아가는 것이 좋겠네."

은제는 부드럽지만 단호했다. 이제 겨우 세 살배기 어린 아들을 후사로 들일 것을 종용하는 시동생 부부를 납득하기 어려웠다. 첩 시어머니 김씨와의 관계며 눈에 띄게 집안이 구순해진 것은 은제가 원하던 바이지만 날만 밝아지면 새로운 문제를 들고나오는 그들의 이면을 은제는 믿을 수가 없다. 피접이라지만 특별한 병명도 없었고 약 처방을 받은 일도 없는, 단지 산천을 돌아보는 여정에서 건강을 되찾았다. 한두 달만에 돌아왔을 때 은제는 집안의 미묘한 분위기와 맞닥뜨렸다. 먹고 잠들고 거동하기에 별 불편이 없는 몸으로 시댁 진천으로 돌아왔는데 그날부터 은제는 침식이 마뜩하지 않았다. 임신이니 유산이니 외간 남자와의 불륜이니 떠돌던 낭설은 오간 데 없고 하나 낳은 젖먹이 아들을 후사로 삼으라고 조르다니. 은제는 시아버지 이세중이 유배지에서 돌아올 때까지 기다리자고 달랬다. 그때마다 궤의 토지문서를 확인하며 간직하기를 잊지 않았다.

"참으로 형님 속내를 알 수가 없습니다. 지금 저희는 두 번째 아이를 잉태했습니다. 태몽으로 보아 분명 아들입니다. 저희야 젊고 건강한데다 차남입니다. 우리 완산 이씨 가문을 잇는 효심으로 받아 주시면 됩니다."

"작은 도령님도 차차 생산할 여지가 있지 않은가? 두고 봄세. 내가 박명하기 때문에 어린아이에게 허물이 갈까 두려워 아이가 장성하기를 기다리려고 하네."

명기와 그의 처 박씨는 은제에게서 기필코 확답을 받아낸 다음

자리를 뜨겠다는 완강함을 보였지만 은제 또한 두고 보자는 유예 기간을 유연하게 고수했다.

'동서 부부와 그 자식의 됨됨이 떡잎을 살펴보고 차차 결정할 것이네.'

은제는 고개를 조용히 돌렸다.

'임신이니, 낙태니, 외간 남자와의 불륜이니 떠돌던 소문은 어떻게 누구의 입에서 나온 얘기냐?'

은제는 묻고 싶지만 그만둔다. 헤치고 나가야 할 가시덤불을 한꺼번에 쏟아낸다면 지쳐 용단과 혜안이 멸실될 수도 있다.

명기와 그의 처 박씨는 아버지의 첩 김씨를 수시로 찾아갔다.

"저희를 낳으신 생모는 아니지만 잘 모시겠습니다. 저희 부부의 뜻은 변함없습니다. 재산만 저희들 앞으로 돌아오도록 도와주신다면 환희산 자락 아래 2만여 평 논밭은 어머니 앞으로 해 드리겠습니다. 저희 뜻은 한 치의 흔들림도 없습니다. 만형수가 저렇게 옹고집으로 자기 뜻만 앞세우는데 우리 가문을 누가 지킨단 말입니까?"

"그래 어떤 방도가 있는지 구체적인 얘기를 듣고 싶네."

"듣자 하니 어머니의 비자 신향이가 콩밭두럭에서 만형수를 집적거리는 것을 누가 봤다던데요."

"오, 그래. 언제?"

"탯줄이랑 낙태된 그 핏덩이가 녀석의 씨란 말입니다."

"그럼 지난해 가을일이란 말 아닌가?"

"맞습니다."

"이번 피접을 떠났을 때도 다른 사내가 붙어 다녔거나 신향이 녀석이 붙어 다녔을 수도 있습니다."

"신향이 녀석을 데려오세. 제 입으로 실토하는가, 한 번 들어봄세."

"제 귀로 이미 녀석의 말을 들었습니다."

"아무렴, 아니 땐 굴뚝에서 연기 날까? 한창나이에 홀아비 신세니, 눈에 보이는 게 있었겠나?"

신향은 헌걸찬 몸집을 가졌고 비자답지 않게 글을 알고 서책을 가까이했다. 때로는 꿋꿋하게 때로는 유순하고 과묵하게 집안일을 수행했다. 여느 노비들과 구분되었다. 은제의 바쁜 전답 일손을 스스럼없이 돕기도 했으니 두 사람이 정분을 나눌 기회는 있었을 터. 그러나 언감생심 은제는 차갑고 근엄했다. 『사서오경』이니, 『대학』이니, 『근사록』이니 하는 책자를 구해다 주었다. 낮 동안 땀을 흘리며 근면했음을 기억했고 느티나무 그늘에서 책을 읽다가 깜빡 잠이 들어 해가 기울어도 은제는 모른 체했다. 그저 그뿐이었다.

"녀석아, 네가 한마디만 하면 땅 한자리 떼어 주마. 잘하면 큰 형수를 네 아내로 영구히 삼도록 할 수도 있어."

명기 부부는 신향과 은제를 볏단처럼 묶으려고 덤볐다. 막무가 내였다. 신향은 그들의 묶음질에 반응을 보이지 않았다. 신향의 품에 예기치 않은 감정이 뱀처럼 똬리를 틀었다. 글 읽기에도 몰두 되지 않았다. 저들의 가상의 세계가 신향에게는 구체적인 현실로 펼쳐졌다. 은제의 애조 띤 미모와 차갑고 이성적인 판단력을 왕창 무너뜨리고 싶은 악마적인 충동이 수시로 머리를 들었다. 그러다가 그들의 음흉한 탐욕으로부터 은제를 보호해야 한다는 어기뚱한 영웅심이 뒷골을 쳤다. 주인 이세중의 첩실 김씨에게 속없이 보이던 웃음도 사라지고 일손도 뜨악해졌다. 근거를 알 수 없는 분노가 수시로 치받쳤다. 신향은 은제를 무너뜨리고 싶고 보호하고 싶은 양가감정을 한쪽으로 정리하기 위하여 새벽닭이 홰를 치고 울 때까지 이부자리 속에서 뒤척였다. 과연 어느 쪽이 은제의 격조 높은 삶을 지켜주는 방도가 될 것인가. 고민스러웠다. 가당치도 않은 고민을 두고 신향은 자주 술에 만취했고 술기운을 빌어 오다가다 만난 은제에게 허튼소리도 했다.

—아씨 마님, 세상살이 만만치 않습니다. 억울하시더라도 살고 볼 일입니다. 암요, 죽는다고 눈 깜짝할 사람 아무도 없습니다. 죽은 사람만 억울한 거지요.

—혹 제가 도와드릴 일 있으면 말씀하십시오. 도와드리겠습니다, 아씨 마님.

은제는 걸음을 멈추고 우두커니 서서 신향이 떠는 주접을 무심히 넘겼다.

"취했구나, 어서 자거라."

웃기는 것이 민심일까. 신향이 떤 주접이며 걸핏하면 주막집에서 퍼마시는 술버릇 그리고 일손이 전과 같지 않은 행태에 마을사람들은 입질 삼아 숙덕거리기 시작했다.

—그 녀석 상사병이 들었더라구. 춥고 떨린다며 골방에 처박혔다가 부스스 술이나 한잔 마시러 나왔다가 아무데서나 쓰러져 자고는 해.

—홍씨가 받아주는 게야.

—홍씨가 낙태한 것 때문에 녀석이 화병이 났지.

—종놈의 씨라고 쥐도 새도 모르게 낙태시켰으니 안 그렇겠어?

—내가 그 지경 당하면 살인 나지 살인 나. 신향이 녀석이 원래 속없이 착하지 않는가.

—궁합은 봤겠지?

—신향이가 홍씨보다 다섯 살 아래라니 겉궁합이고 속궁합이고 볼 것도 없이 좋다네.

시아버지 이세중이 유배를 마치고 1년 만에 돌아왔다. 그럴 리가 있나? 이세중은 마을을 뒤덮은 은제의 간통 사건을 믿지 않았다. 며느리 은제를 불러 진중하게 안쓰러운 마음으로 속내를 물었다.

"절대로 그런 일 없습니다."

"그럼 그렇지."

이세중은 은제의 여린 어깨며 목, 치마끈에 졸린 나약한 허리를 일별하면서 안도한다.

"알았다, 그럼 나가거라."

설령 그런 일이 있다고 해도 홀로 빈방을 지키는 청상과부, 용서할 일이다. 단지, 은제에게 맡긴 토지문서가 걸린다. 이세중은 장죽을 꺼내 담배를 재운다. 진천 관내가 두더지가 쑤신 땅처럼 뒤숭숭한 이 사건은 망신스럽기는 하지만 토지문서만 회수하면 믿어도 그만 믿지 않아도 그만이다. 이세중은 침착한 실리주의자. 어린 것이 지조를 지켜 완산 이씨 명문가를 더럽히지 않겠다고, 굳게 지키겠다고 목을 매지만 갈대처럼 흔들리는 것이 사람 마음이다. 특히 남의 집에서 데려온 씨가 다른 여자는 밥상 들고 들어올 때와 밥상 들고 나갈 때 변한다. 미덥지 못하다. 일단 며느리 은제에게 시간을 주어 자숙하며 분재기分財記와 토지문서를 제 손으로 내놓도록 하자. 이세중은 후처의 소생 명기 부부와 명린 부부 그리고 첩실의 별십을 쑤신 형국에 모르쇠를 대는 일보다 은제를 배척하는 일이 보다 더 용이하다는 판단을 내린다. 사건의 진실을 밝히기보다 편의를 택하기로 한다. 다수의 아우성을 막기보다 소수의 머리를 쳐내는 일이 간편할 터. 며느리 은제를 애중히 여기던 자신의 선의지가 훼손당하지 않으며 진천 바닥에서 더 이상 흉가의 손가락질을 받지 않고 마무리되도록 하자.

이세중의 출가한 누이가 찾아왔다. 장조카 며느리 은제에게 혐의를 두어서는 안 된다고, 진실 여부를 상세히 밝혀야 한다고, 여자를 두 번 죽여서는 안 된다고 조언을 했다. 이세중은 굳게 다문 입을 열지 않았다. 유배지에서 깨달은 것이 있다면 한 사람의 진실보다, 허위일지라도 다수의 입을 택하는 편이 세상을 무사하고 온건하게 사는 기법이거늘. 출가외인 누이가 더 이상 친정 집안 중대사에 가타부타 간여하는 일이 없기를…. 이세중은 누이가 어서 눈앞에서 사라져 주기를 바랐지만 별채의 은제 거처를 들락거리는 낌새다. 할 말은 다 했을 터다. 어머니 못지않은 도량과 덕을 기울이는 손위 누이고 보면 귀담아들을 일도 있겠거니 싶다. 잠잠하게 그리고 여일하게 동기간 의리를 보일 일이어서 이세중은 동구 밖 언덕을 넘어 멀어질 때까지 배웅을 한다.

'며느리 은제에게 이 말 저 말 하지 마시오. 우리 일은 우리가 알아서 처리합니다.'
라고 말하려다가 그만두고 누님 살펴 가십시오, 따뜻한 인사치레도 잊지 않는다. 매끄럽고 둥근 돌처럼 말이다. 특히 이세중의 심기를 불편하게 건드린 것은 계종손系宗孫 문제에 전혀 관심을 보이지 않는 은제의 태도였다. 후처의 소생 명기 · 명린 두 아들에게서 장손이 생산될 여지는 명약관화 충분하다.

"아버님, 제 말씀 유념해 주십시오. 우리 가문이 어떤 가문입니까. 두 시동생들에게서 앞으로 생산할 자식들이 더 있을 것입니다. 그 여럿 중에 생육과정의 자질을 지켜보며 심사숙고 선별하겠습니다."

은제는 정색을 했지만 눈빛은 물기에 젖는다.

"네 뜻이 정이나 그러하다면…."

이세중은 헷갈린다. 평소 주위로부터 우유부단하다는 지탄을 꽤 받아왔지만 이 문제 역시 이세중의 약점을 여러 날 두고 들쑤셨다. 은제의 나약한 듯하면서 흔들림 없는 맵시와 명기들이 억척스럽게 펼치는 난장질은 각기 대조적인 양상으로 이세중을 혼란에 빠뜨렸다. 애정과 증오, 신뢰와 불신 그 극과 극의 오르내림은 이세중의 건강까지 갉아먹었다. 첩실 김씨의 비자 신향을 불러 자초지종 상황을 파악하려고 했지만 녀석의 진중함은 호락호락 아무 물증도 발설하지 않았다.

12

홍이원은 막내딸 은제를 보자 정신이 번쩍 들었다. 진천까지 사람을 보내어 불러 놓고도 여러 가지가 걸렸다. 집을 비웠다가 감당하기 어려운 사태가 산더미처럼 몰려와 어린 것을 휘몰아치는 일은 없을지.

"내 말대로 정심이와 사내종과 삽살개는 진천에 두고 너만 왔겠지?"

"네, 아버님."

"내가 널 부른 것은 당부할 얘기가 좀 있어서다. 들려오는 얘기로 보아 넌 아무래도 완산 이씨 가문에 순순히 뼈를 묻게 되기가 어려울 것 같구나."

은제는 시선을 내리깔았다. 친정아버지의 오뉴월 잡초더미처럼 어웅하게 일어서는 뼈저린 심려를 차마 정시할 수가 없었다.

"세월도 뒤숭숭하고 말이다."

왜구의 잦은 침입이 거짓 소문이라고는 하지만 다섯에 둘은 사실일 수도 있다. 저 울타리가 없는 젊은 것을 어이할거나. 홍이원은 서둘러 생을 마감하고 싶다. 홀로 남은 막내딸 은제에게 닥친 시련을 속수무책 바라보고만 있는 자신이 한심스럽다. 그러나 은제를 비바람 거센 벌판에 홀로 내동댕이쳐져서는 안 된다는 불같은 염려가 살아야 되겠다는 욕망으로 부글거렸다. 무력감을 걷어치우려는 용단으로 잇새를 조여 문다. 은제가 들어 도움이 되리라는 기대를 하면서 이야기의 허두를 꺼냈다.

"내가 몸이 썩 좋지를 않구나. 일 닥치기 전에 정리할 일이 있다."

홍이원은 벽장에서 목함을 꺼내 열었다. 분재기分財記였다.

"임진왜란이 일어날 조짐이 있자 홍여방 어른께서 준비해 두신 화회문기는 이미 분실되고 그것을 바탕으로 만드신 너의 조부 홍시술 어른의 화회문기만 남았구나. 우리의 홍길민 어른께서 협찬개국 2등 공신 13명에 끼어 책봉되면서 포상으로 받으신 것이 있다. 열거하자면 전지 1백 결, 노비 10구…."

홍이원은 오뉴월 삼복지경에 살기를 띠고 일어서는 바랭이 풀더미 같던 고난의 기억에서 잠시 헤어난다. 공신들에게 주어졌던 포상이 이날까지 힘이 되고 있다.

"1등 공신만큼은 아니지만 2등 공신에게도 그에 못지않은 포상이 주어졌단다. 아버지와 어머니, 아내의 작위가 2등급 상승하고 봉작도 주어지고, 직계 아들도 2등급이 상승되는가 하면 음식 제공, 아들이 없는 경우는 조카와 사위의 작위가 1등급 올라갔다. 그 밖에 구사(고려시대 잡류직)가 다섯 명에 진배파령(임금이 공신에게 특별히 딸려 준 군사)이 여덟 명이나 주어졌단다. 그들은 우리 홍길민 어른이 행차하실 때 '물러나거라 대감 행차하신다~' 하고 외치지. 검은색 사紗나 나羅로 지은 복장에 검은색 건을 썼는데 옷에는 삼수衫袖가 달렸지. 그들 호종 업무를 맡은 구사들도 전지를 17결이나 받았어."

홍이원은 조부 홍시술의 분재기를 펼치고 읽어 내려갔다.

형제와 사식 보는 손자에게

임진왜란(1598)으로 우리 선대가 탕몰하였으니 죽은 자는 그만두고라도 혹은 낯선 땅에서 기거하고 있으므로 혹시라도 돌아올지 하고 기다린 것이 지금에 이르러 16년이나 되었다. 이제 이국땅으로 붙들려가서 소식을 알 수는 없지만 후사만은 빨리 정하지 않을 수 없으므로 우리 형제들은 피눈물을 흘리며 의논하여 먼저 사위祀位를 정하고 그 나머지를 나누어 처치하였으니 서로 경계를 살핌이 없이 오래오래 사환使喚할 일이다. 그러나 나중에 언제라도 혈육들이 살아서 돌아오게 된다면 각자의 몫을 다시 합쳐서 나누도록 처치하여 그 소유를 잃는 폐단이 없도록 할 일이다. 사위祀位는 마음대로 다른 자손에게 허락하거나 방매할 수 없는 것이니 자손들에게 전하여 제사를 폐하는 일이 없도록 할 것이다. 만약 봉사하는 사람이 후손이 없거든 다음 성손姓孫에게 전하며 타성에게는 허락하지 말아서 주인이 없는 영혼으로 하여금 영원히 의지할 곳이 있도록 할 일이다. 토지와 노비를 나누어 갖지는 않았으나 생전에 한하여 갈아먹고 부려서 제사를 받들도록 하였다가 죽은 후에 그 토지와 노비 중에서 사위祀位를 정한 후에 자손들이 고르게 나누어 갖도록 할 일이다.

승중조承重條 : 노奴8구/비婢9구/답沓 40마지기
큰아들 필상必祥 : 노奴62구/비碑64구/답畓495마지기/ 전田 114.5마지기
둘째 아들 필서必瑞 : 노奴72구/비婢61구/답沓409마지기/전田 144마지기
셋째 아들 필창必昌 : 노奴56구/비婢52구/답沓399마지기/전답田沓244마지기
맏손자 이원爾遠 : 노奴28구/비婢23구/답沓 280마지기/전답田畓130마지기

재주財主 : 부 어모장군 홍시술 [착명]
증인證人 : 4촌처남 광양현감 김진성 [착명]
필집筆執 : 종질 유학 홍명구 [착명]

"1천여 구를 풀어 주었건만 떠나지 않고 남아 있는 노비가 2백

여 구가 가깝고 토지가 2천여 마지기가 넘는다. 지금은 내가 병으로 어찌할 수가 없게 됐으나 너희 형제들에게는 일찍이 토지와 노비를 나누어 준 초기가 있으니 이에 따르면 된다. 전답은 너희 여형제들 그리고 만제와 상의한 일이 있다. 너에게는 이곳 봉화에 있는 답5마지기를 특히 허급하고 전라도에 있는 상송답上松沓 9마지기와 멀리 개경 근방에 있는 집터와 정자는 만제에게 분재分財하마."

"저는 그만두겠습니다. 제 몫은 만제 오라버니의 소생 쌍둥이 형제나 장조카 사휴(벼슬하지 말고 쉬라는 뜻)앞으로 별급문기하겠습니다."

은제는 친정아버지 홍이원이 지어준 장조카의 이름 사휴가 시사하는 바를 떠올린다.

"식년문과 병과 4위로 급제하시고 평안도 조도사가 되신 분이 홍세공 어른이시다. 임진왜란 때 군수조달의 책임을 지셨지. 고령 박씨와의 사이에 아드님 한 분과 따님 여섯 분을 두셨는데, 그 한 분의 아드님이 바로 이 분재기를 작성하신 홍시술 어른이야."

홍이원은 자리에 눕는다. 홀로된 제수 창녕 조씨와 홀로 된 며느리 양천 허씨와 홀로된 막내딸의 앞날이 막막하고 어설프고 뼈아프다. 아비로서 재산을 챙겨 줄 일 말고 별 방도가 없고 그 역시 속이 시원하지 않으니 낭패다. 막내딸 홍씨가 떠도는 소문대로 설령 보잘것없는 노비 녀석과 음란한 행위를 저지르고 태아가 사산

됐다 치자. 남편과 자식이 없는 과부이고 보면 순간의 실수도 할 수 있거늘. 홍이원은 분통이 터진다. 증조모 광주 김씨는 남편과 아들 · 며느리를 먼저 보내고 증손 홍이원의 슬하에서 홀로 5십여 년을 더 살다가 생을 마감했다. 그의 곁을 맴돌던 두터운 냉기와 참을성과 질긴 침묵은 고택 구석구석을 달갑지 않은 적막감으로 떠돌았고, 살비듬처럼 떨어지는 비감은 결코 치유되지 않았다. 곡간에 그들먹한 곡식도, 수백여 명 노비들의 근면과 순종과 구순함으로도, 증조모가 지키는 위엄은 늘 헛헛하고 겉돌았다.

홍이원은 막내딸 은제의 시집 완산 이씨 가문과의 소송 문제에 대해 고심하지만 속수무책이다.

"애비 생각에는 아예 시집과 발을 끊었으면 한다. 일단 사람이 살고 보아야지. 그들 틈에서 목구멍으로 밥이 넘어가겠니, 밤으로 잠이 오겠니?"

은제의 신변이 극도로 위태롭다. 절박하다. 이쯤 되면 제 목숨 스스로 끊을 수도 있을 터. 은제는 묵묵부답 생각에 잠긴다. 노쇠한 친정아버지는 물론 친정 사촌 오라버니 만제의 피가 마를 듯한 짐이 되어 구차스러운 삶을 지탱해야 하는가.

"나는 끝까지 큰아버님을 돕고 너를 괴롭히는 완산 이씨 가문과 맞설 것이다. 준비는 완벽하다. 우리 홍씨 가문의 존폐 여부를 내걸고 각오 단단히 하는 거다. 네가 이 시점에서 포기하면 모든 혐의를 고스란히 인정하는 모양새밖에 안 돼."

만제는 수시로 불길한 예감에 눌리며 은제를 타일렀다.

'은제가 행여…그래 행여… 안 할 말로 자진한다면, 그 짓거리를 열부다, 효부다, 라고 세상이 칭송한다면 그건 우매한 착각일 뿐이다.'

13

"가당치도 않은 말로 나를 끝까지 모함할 것인가?"

은제는 명기의 처 박씨를 맞받아쳤다.

"동네 얼굴을 들고 나갈 수가 없습니다. 내 입에서 나간 말이 아닙니다. 비밀은 비밀스럽게 마을을 이미 쫙 덮어버렸습니다."

"첩 시어머니의 비 신향이 녀석이 나로 인해서 상사병이 들었다더니 이제는 누구라고?"

"더 잘 아실 터인데 구태여 내 입으로 말을 하라 하시는 겁니까? 하라면 하지요. 어려울 것 뭐 있어요?"

"해 보란 말일세."

"거 왜 있잖습니까, 신필양이라고…."

"신필양?"

"네, 신필양."

은제는 생게망게 기억에도 없는 이름이다.

"그 사람 입에서 나온 말입니다. 우리가 뭘 알아요."

신필양이 누군가. 아, 뒤늦게 떠오르는 인물. 죽은 시어머니의 친정남동생의 아들과 7촌 간? 은제는 모진 솜씨로 옷고름을 풀고 소매 끝을 당겨 저고리를 훌훌 벗었다. 치마허리 끈에 단단히 조여졌던 희고 눈부신 유방이 부끄럼을 타면서 드러났다.

"자, 보게. 아이를 낳은 젖꼭지인가, 아닌가. 뭐가 달라도 다를 것이네. 듣자 하니 아이를 낳은 젖꼭지는 포도알처럼 검고 굵다네. 유산이라도 아이를 낳은 것은 낳은 거니까 짜면 젖도 흐르고…."

"글쎄요, 낳았다면 낳은 젖꼭지이고 아니라면 아닌 거고."

명기의 처 박씨는 고개를 살짝 돌리며 애매모호한 눈웃음으로 얼버무렸다.

시아버지 이세중은 신필양의 형 신필진을 만났다. 그들은 이미 신필양과 은제의 간통 사실을 인정하는 서약서를 만들었고 은제의 종 정심을 추궁하는 중이었다. 정심은 울며불며 그러한 일 절대로 없다고 항의했다.

"네가 너의 주인마님이라고 버티는 모양인데 이미 서류는 다 만들어졌다. 우리는 관에 고발만하면 일은 끝난다. 네가 끝까지 버티고 사실을 인정하지 않으면 너도 함께 끌려 들어간다. 위증죄라는 것이 있단 말이다. 알았느냐?"

이세중은 신필양의 형 신필진과 협의하여 만든 고소장을 좌르르 펴 보였다. 은제의 노비 정심과 신필양의 형 신필진이 그들의 간통 사실을 명명백백 증언하고 있었다.

"그래도 아직 아니냐?"

이세중은 정심의 결의를 꺾지 못한 낙막함을 누르고 냉소를 날렸다.

고소장을 썼다. 필집은 이세중이 맡았고 증인은 명기와 필진이었다. 정심의 죄목은 정직한 증언을 거부한 것이다. 관으로 끌려갔다. 마당 한가운데 열십자로 엎어졌다.

"석고대죄 하렸다."

태笞를 써야 마땅하지만 장으로 종아리를 2십여 대 쳤다. 그것도 먹히지 않았다. 사흘 뒤 정심은 다시 관으로 끌려가 동틀에 앉혀졌다. 두 다리를 가죽끈으로 감아 고정시키고 신장으로 정강이를 쳤다. 선지피가 곤죽이 되어 여기저기 튀었다. 정심은 혀끝을 잇새에 물고 비명을 삼켰지만 핏물은 지렁이처럼 턱밑으로 흘러내렸다.

"이년, 썩 독하구나."

형리들은 목숨이나 부지시켜 보내자고 눈짓을 한다. 정심은 두 다리가 자대기를 덧댄 것처럼 뻣뻣해 걸음을 뗄 수가 없다. 거적을 뜯어 만든 들것에 걸레 뭉치로 얹혀 집으로 돌아왔다. 목숨은 부지했지만 병신 되겠구나. 은제는 대청에 서서 정심을 마당에 부리고 휭하니 사라지는 형리들을 지켜보며 혼잣말을 했다.

은제는 친정아버지 홍이원의 권고를 한마디로 물리쳤다. 저는 그렇게 못합니다. 소환장이 날아오면 출두할 거고요, 옥살이하라고 판결이 나면 항소할 겁니다. 이대로 수그러지면 저들은 만족스러워 할 터이지요. 죄가 한이 없는 극악한 여자라고 못 박을 겁니다. 제가 밝히지 못하고 죽으면 누가 저의 원통함을 알겠습니까? 끝까지 버티고 오욕을 씻어야 죽은 다음에 원귀가 되지 않을 겁니다. 은제는 소환장을 받고 즉시 관에 출두했다. 소송에 적극 응했다.

"아니?"

"허어…."

이세중을 비롯한 명기 부부, 신필양 형제 그리고 첩 시어머니 김씨는 경악했다. 자신들이 저지른 사건의 전말과 그 결과가 엄청난 두려움으로 몰려왔다. 은제는 봉화 친정아버지의 품에서 조용히 쥐도 새도 모르게 죽음을 선택할 것이며 사건은 자신들이 원하는 바 순조롭게 종결될 것으로 기대했었다. 그들은 은제의 친정아버지 홍이원의 인품을 믿어 의심치 않았다. 수치심을 이기지 못해 딸이 죽음을 선택하도록 할 터. 얘야, 조용히 살자. 시집을 통째로 말아먹을 양이 아니라면 말이다. 네가 사는 날까지는 이 애비가 밥은 먹여 주마. 아니면 차라리 애비 목숨 네가 끊어다우, 그리고 너도 죽어라. 홍이원은 은제를 타이르다 지쳐 식음도 전폐했다. 같이 죽을 수도 같이 살 수도 없는 벼랑이었다.

진천 고을 수령(원님)의 관사에서 재판이 열렸다. 은제는 피고 신분으로 마당 한가운데 시아버지 이세중과 나란히 꿇어앉았다.

대질 심문이 이루어졌다.

“피고는 신필양을 아는가?”

“네, 압니다.”

“누구인가?”

“돌아가신 저의 시어머니의 친정 남동생의 처남의….”

“그것을 묻는 게 아니다. 어떤 관계인가를 묻는 것이다. 핵심을 말하자면 간통 사실의 여부 말이다.”

이때 황급히 대문을 열고 뛰어드는 사내가 있었다. 마을에서 감쪽같이 사라졌던 신필양이었다.

“수령님, 제가 분명히 말씀드리겠습니다. 저는 봄부터 여름이 다 갈 때까지 5개월을 천연두를 앓느라고 고향 충원을 떠나 있었습니다. 홍씨와는 아무 사실이 없습니다. 소송의 전말은 모두 허위입니다.”

“여기 물증이 있다. 너의 아들이다.”

수령이 내보인 것은 5개월쯤 된 죽은 태아였다. 핏물이 말라붙은 창호지를 펴 보였다.

“아닙니다. 그건 저의 자식이 결코 아닙니다.”

“그럼?”

“모르겠습니다. 절대로 저와는 아무런 관계가 없습니다.”

신필양은 눈물로 호소했다.

“그럼 누구의 자식이라고 생각하느냐?”

“모르겠습니다. 홍씨만 아는 일입니다.”

신필양은 땅바닥을 두드리며 울부짖었다. 이세중과 술잔이나 나누며 속을 나누던 마을의 권력자도 이세중을 책망하는 발언을 했다.

“그 핏덩이가 사람의 것인지 아닌 말로 짐승의 것인지 수령님께서는 냉철하게 분별하여 사실 판단을 하시기 바랍니다. 생원 이세중께서 후실 아들과 첩실의 간언에 혼돈을 일으키신 것 같습니다.”

수령은 은제의 무고를 인정하지 않을 수 없었다. 이세중은 수령의 판결을 납득할 수 없다며 2심을 요청했다.

“옥관이 남의 말을 듣고 판결이 잘 못 되었습니다. 원컨대 상급 관청의 감옥으로 보내어 공평함을 얻을 수 있었으면 합니다.”

며느리 은제가 치욕을 견디지 못하고 자진하고 말 것이라는 예상으로 이세중은 은제의 재산을 몰수했다. 관아에서 은제와 필진, 필양을 방백[관찰사]에게 고발했고 방백은 영남에 통문通文을 띄웠다. 필진은 골짜기 소나무에 목을 맸고 필양은 종적을 감췄다. 사건은 청주 감영으로 이관되었다.

은제는 밤마다 진술서를 쓰기에 매달렸다.

—저는 1655년 10월 12일 한양 종로구 연방蓮坊(현 연지동 또는 연건동)에서 1남 4녀 중 막내딸로 태어났습니다. 아버님의 엄격한 가훈 아래 성장했고 여자도 학문을 게을리해서는 안 된다는 밝은

지혜로 『소학』 『대학』 『사서오경』 등을 떼었습니다. 제가 억울함을 호소하는 글을 쓸 수 있는 것도 아버님의 깨이신 덕목의 소치가 아닌가 합니다.

은제는 등잔불을 껐지만 밤이 이슥하도록 잠을 이루지 못했다. 시아버지 이세중과 시동생 명기가 은제에게 대안을 제시했다.

"얘야, 내 말을 귀담아들으렴. 너만 한마디 하면 우리 완산 이씨 가문이 명맥을 유지하게 된다. 제발 이 시아비의 뜻을 존중해 주기 바란다."

"형수님, 한 말씀만 잘하시면 됩니다. 아무래도 결과가 석연치 않습니다. 잘못하면 형수님이나 우리 집안이나 똑같이 거덜 나게 생겼습니다."

"무얼 어떻게 하란 말씀인가요?"

은제는 매무시를 조금도 흩뜨리지 않고 낮은 목소리로 물었다.

"신필양이란 놈이 형수님을 성폭행하려고 덤볐지만 형수님이 저항을 해서 가까스로 면했다고 하십시오. 그렇게 말씀하시면 필양이 녀석 홀로 구속되고 형수님과 우리 부자는 무사할 수가 있단 말입니다."

"그렇게 하렴."

시아버지 이세중은 눈자위가 푹 꺼진 흐린 시선으로 은제를 타일렀다.

"저항을 해서 성폭행을 면했다는 말입니까, 저항을 하다가 결국 강간을 당했다는 말씀입니까?"

"아니, 그야…."

시동생 명기가 은제의 시선을 슬쩍 비키려는 순간 이세중이 어물어물 끼어들어 중동무이시켰다.

"그다음은 네가 알아서…."

—사족의 처와 그 딸을 강간하는 경우 강간의 성립 여부를 막론하고 주범과 종범 모두 때를 기다리지 않고 참수한다.

이 법 조항을 모르는 이는 조선 천지에 없다. 잠시 껄끄러운 정적이 실내를 맴돌았다. 시아버지 이세중은 생각할 시간을 주겠다며 은제에게 네 방으로 건너가거라, 하고 등을 밀었다.

동지를 지내자 밤은 서둘러 찾아왔고 나른한 수면욕과 더불어 은제의 판단력은 '아리랑 세상'으로 돌아가려 한다. 바깥채 정심의 방을 잠시 들여다본다. 이부자리 속에서 머리끝만 보인다. 설마 죽기야 하겠니. 목숨이란 것이 얼마나 질긴데. 발길을 돌이켜 별채 울안으로 향하는데 희부연 털 뭉치가 헛간에서 쪼르르 달려나와 치마폭에 감긴다. 삽살이다. 오, 그래. 걱정 말고 더 자거라. 세상만사 잘 돌아간다. 너도 살만 하지?

'아무렴, 그렇지 그렇구말구~.'

은제는 해롱해롱 자문자답한다. 질감을 알 수 없는 감미로움도 귓속에 속살거린다. 어서 잠이나 들어라. 은제는 벽장에 쟁여둔 술병을 꺼내 뚜껑을 열었다. 정심이를 데리고 남편 이명인이 묻힌 환희산 자락을 헤매고 다니며 딴 진달래꽃으로 손수 담근 두견주다. 몇 모금 삼켰다. 분홍빛깔답게 술맛도 온순하지만 톡 쏘는 뒷맛도 그럴싸하다. 지난여름 내내 수령에게 당했던 모욕감도 물러났다. 두견주 술병을 연거푸 기울여 마신다. 남편 이명인을 땅에 묻고도 은제는 첩 시어머니 김씨의 지시를 받아 진달래꽃 따기와 두견주 빚기에 흥미와 즐거움을 느꼈다. 한나절 따 모은 진달래꽃이 한 말이나 된다. 응달에서 2~3일 건조시켜 둔다. 멥쌀이나 찹쌀을 곱게 빻아 끓는 물과 함께 섞어 범벅을 만들고 보얗게 바랜 누룩이며 밀가루를 섞어 발효시켜 술밑을 빚는다. 멥쌀이나 찹쌀로 고두밥을 지어 고루 잘 펴서 식혔다가 진달래꽃잎 한 켜, 고두밥 한 켜 차례로 앉히다가 맨 위는 고두밥으로 덮는다. 마지막으로 차게 식혀 둔 물을 술덧 위에 붓고 다시 보름이나 이십일 동안 독에서 발효시킨다.

'그때가 행복했나?'

친정아버지 홍이원의 노쇠한 몸이 가끔 은제의 방문에 그림자로 어른거렸나. 꿈이지만 생생한 기적이었다. 너는 우리 남양 홍씨 가문의 여식이거늘 억울해도, 누명을 쓴다 해도 잘 참고 부덕을 잃어서는 안 되느니…. 친정아버지 홍이원은 하고 싶은 말이 더 있었을 터이지만 홀연히 모습을 감춘다.

'부덕요? 인수대비의 친정어머니 홍덕용 할머니를 말씀하시는 거 다 압니다. 저한테는 고조할머닌가, 그쯤 되시지요?'

낡고 시시할 것도 그렇다고 위대할 것도 없던 고조할머니 홍덕용의 입김이 은제의 주변에 새로운 기세를 펼쳤다.

14

"그럴 수는 없습니다. 죄 없는 사람을 모함하고 죄를 벗어나자는 말씀입니까?"

은제는 시아버지와 시동생 명기의 요구를 일언지하에 물리쳤다.

"오, 알았다."

"그래요?"

그들 부자는 신음인지 응답인지 알 수 없는 몇 마디를 남기고 자리에서 일어났다.

이세중 부자는 막판에 접어든 절박감으로 방도를 달리 취했다. 신필양과의 간통 여부에 초점을 맞추려다가 그만둔다.

"형수에게 비루한 모양새를 보일 것이 아니라 역공을 취하는 겁니다."

"역공이라고 했느냐?"

이세중은 비굴한 웃음으로 아들 명기의 뜻에 동조한다. 명기는 인근 마을뿐 아니라 도처의 행상과 참빗장수 노파를 수소문했다. 엽전 몇 개씩을 챙겨주며 소문을 퍼뜨리도록 유혹했다.

"아, 우리 집안이 망할 징조인지 형수가 들어온 지 1년도 안 돼 푸르청청 생때같던 형님이 죽었습니다. 그러더니 인척 신필양이란 녀석과 내통해서 아이를 뱄단 말이오. 탯줄이며 태아를 형수 홍은제 씨가 야밤중에 귀신같이 저 태화산 자락 밑에 묻더란 말입니다. 우리가 꺼내어 보관했는데 썩어서 종당에는 이렇게 핏물 밴 종이만 남았지 뭡니까. 천벌 받을 여자 아닙니까?"

행상과 노파들은 게거품을 물고 떠드는 명기의 본새가 미덥지 못한 구석이 없는 것은 아니지만 눈 질끈 감고 맞장구를 친다. 누이 좋고 매부 좋으니, 좋은 게 좋은 법.

"아암, 그렇지. 고얀년이지."

"게다가 말입니다, 우리 집 재산을 장자 며느리라고 우리 아버님께서 일찌감치 넘겨주어 우리 남은 두 형제며 어머니가 거지가 됐지 뭡니까."

명기는 추관을 사전에 만나고 은제의 젖가슴과 복부를 조사하게 될 관기도 만났다. 돌아서면서 슬그머니 엽전 꾸러미를 건네었다. 은제는 심리를 받으러 압송 출두하면서 말 위에서 몇 차례 주머니에 보관된 은장도를 꺼내 들었다.

'이참에 아예 끝내 버릴까.'

사촌 오라버니 만제가 아니었다면 은제는 기필코 자신의 뜻을 이뤘을까. 아니 핑계다. 사촌 오라버니 만제의 도움을 요청하면서 동행을 원한 것은 완산 이씨 가문에 대한 은제의 강한 반발심으로부터 비롯되지 않았는가.

"절대로 자진해서는 안 된다. 완산 이씨 쪽에서는 이미 관기들에게 수십 량씩 풀어 손을 썼더구나. 너의 재산은 이미 저들의 명의로 변경되었고 내가 그들의 부정행위를 관에 미리 통고했으니 저희들 뜻대로만 되지 않을 것이다.”

만제는 입을 꽉 다물고 증오심을 잠재웠다. 은제는 자신을 지키는 일에 무기력했다. 마른 나뭇가지처럼 비틀린 팔다리며 초췌한 안색. 하늘에 별무리가 떠돌다가 쏟아지는 현기증에 시달린다. 실증이 없어 참패하고도 완산 이씨 가문의 사내들은 송사를 포기하지 않았다. 은제는 추관 앞에 나섰다. 동헌 마당에 병풍과 휘장이 설치되었고 그곳에는 이세중의 비자와 관비 둘이 대기하고 있었다.

“너는 남양 홍씨 홍이원의 딸이며 이세중의 자부 홍은제가 맞느냐?”

“네.”

“마당의 병풍과 휘장이 설치된 곳으로 들어가 옷을 벗어라.”

“무슨 말씀이십니까?”

“간통한 사실이 있고 그 사내의 아이를 낳았다고 들었다. 죄과와 흔적을 숨김없이 밝혀라.”

은제는 형조 관원들에게 양쪽 팔을 완강하게 틀어 잡혔다. 휘장을 들치고 거칠게 밀어 넣어졌다. 관기와 이세중의 비자들이 흉물스럽게 어슬렁거렸고 정심이가 흩어진 몸매로 죽치고 앉아 은제를 흘깃 쳐다보았다. 겁에 질린 시선이었다.

"무엇을 원하시오?"

은제가 고개를 꼿꼿이 세우고 물었다.

"여기 관기들에게 증거를 보여라. 과연 아이를 낳은 젖인가 아닌가."

은제는 저고리를 훌훌 벗고 치마 말기를 풀었다. 두 개의 투명한 젖통이 거침없이 드러났다. 눈이 부시다. 관기 두엇이 다가와 젖꼭지를 비틀고 젖무덤을 터뜨릴 듯 주물렀다.

"됐다. 치마를 걷어 올리고 여기 거적이 깔린 곳으로 와서 반듯이 누워라."

형조 관원 두엇이 다가와 은제를 거적에 눕혔다.

"무슨 짓들이오?"

은제가 그들의 손길을 거세게 내쳤다.

"걸리는 게 있는 모양이구나?"

"과연 아이를 낳은 흔적이 뚜렷한걸?"

은제는 저항할만한 기력이 시나브로 소진됐다. 사지의 맥을 놓았나. 고쟁이를 벗기고 아래를 들척거리는 저들의 미세한 동작, 귓전을 맴도는 웃음소리, 끌고 당기며 가랑이를 벌리는 기척…. 은제는 눈을 감았다.

"어떻소?"

"아이를 낳은 구멍이 분명하오."

"아이를 낳은 구멍이라면 검고 늘어지고 흐늘거릴 터인데 그런

형상이라고 보기는 좀 어렵소."

관기와 이세중의 비자는 판단이 제각각이었다.

"안 되겠구나, 이리 데리고 나오너라."

추관은 자신의 육안으로 직접 확인하겠다고 나섰고 은제는 속옷을 미처 추스르지 못한 채 거적에 담겨 마당에 짐짝처럼 부려졌다. 추관이 자리에서 일어나 돌계단을 짚고 내려왔다. 은제는 나락에서 떨어지는 절망감을 안고 혀를 깨물었다. 추관은 훤하게 열린 은제의 아랫도리를 살폈다. 자신이 겪은 몇몇 계집의 것과 비교했다. 아이를 전혀 낳지 않은 10대 중반의 것, 두셋 뽑아낸 2십 대 초반의 것, 아이는 낳은 적은 없지만 남자의 것을 숱하게 받아들인 3십 대 중년의 것 해서 모양새는 천차만별. 홍씨의 것은 부부 생활도 제대로 해 본 적이 없는 숫처녀의 질박함 그대로다. 그러나 추관은 책임을 어물어물 피하려는 작정으로 입을 열지 않는다.

"나로서는 잘 모르겠는데…. 다른 추관을 2차로 불러 봅시다."

은제는 몸을 추슬렀다. 옷깃을 여미고 머리를 가다듬는다. 이세중은 이미 은제의 전 재산을 몰수하는 절차를 마무리 짓고 의기당당하게 지켜보고 있었다.

"옥살이하면서까지 값진 음식을 보면 시아버지부터 챙기더니 이 어리석은 것아."

만제는 절망했다. 은제의 참담한 모습도 모습이지만 앞으로의 상황에 더 이상 기대를 걸 수가 없었다. 은제가 낳은 태아라고 주장하던 물증을 산에 유기했다고 주장하는 터다.

"정직한 판단을 내려 주시오."

은제가 관중들이 지켜보는 앞에 전라의 모습으로 나타났다. 마침 이웃 고을의 추관이 도움을 요청하는 대로 자리에 배석하고 있었다. 추관 두 사람이 잠시 귓속말을 주고받더니 이웃 고을의 추관이 자리에서 일어났다.

"원고 이세중은 자기 마을 우두머리 남두원을 끌어들여 은제의 간통 사실을 소문내도록 유혹한 바 원고 이세중의 지난날 환곡을 착복한 혐의만 적나라하게 드러났다. 알았느냐?"

이웃 고을의 추관은 은제의 무고를 칼로 자르듯 말하고 자리를 떴다.

"그런데 말이지, 겨우 5개월짜리 태아가 나왔다고 한다면 얘기는 달라질 수가 있지…. 안 그런가?"

진천 고을의 추관은 이웃 고을 추관의 판결을 뒤집을 작정을 했다.

16

저물녘 희끗거리던 눈송이가 밤이 깊어지면서 그악스럽게 퍼붓기 시작했다. 어둠이 희붐하게 씻겼다. 문풍지도 울지 않는데 촛불은 맥없이 흔들렸다. 은제의 흩어진 머리채가 거구의 허깨비처럼 봉창에 내려앉았다. 은제는 먹을 갈고 붓을 들어 진술서를 이어 써 내려갔다.

…저는 1672년 열여덟 살에 완산 이씨 가문의 동갑내기에게 시집온 지 두 달 만에 남편이 병사했습니다. 저의 박복함으로 체념하고 시부모님을 모시며 아래로 두 시동생에게 형수로서의 도리를 다 하려고 노력했습니다. 그러나 재산 다툼과 불미한 누명으로 저는 이루 말할 수 없는 수모를 당했으며 친정부모님께 막대한 고통과 누를 끼쳤습니다. 시아버님과 함께 감옥에 갇혀 문초를 받는 등 법에도 없는 고초를 받았습니다. 이제 모든 혐의가 풀려 무고로 끝을 맺었지만 저의 친정 남양 홍씨 가문으로서는 만대에 씻지 못할 슬픔과 치욕으로 남게 되었습니다. 아버님 부호군 홍이원을 비롯하여 천추에 빛날 저의 가문의 조상님께 사죄하는 마음으로 이 글을 씁니다.

한양에서의 부귀와 영화를 접고 낙남을 결심하신 아버님을 따라 봉화로 내려 온 것이 열일곱 살 때였습니다. 아버님께서는 공신의 후예여서 어모장군으로 19대 숙종 임금을 지근거리에서 모셨습니다. 숙종 임금의 고민을 들어주는 허물없는 상대가 되셨습니다. 숙종 임금께서는 남루하고 소박한 미복 차림으로 자주 단봉문을 나와서 가까운 연방連防의 자택(현 서울대학병원 부지)을 찾아오셔서 흉금을 털어놓고는 하셨습니다. 단봉문은 창덕궁의 정문인 돈화문에서 동쪽으로 이어진 담장에 낸 문입니다. 단봉이란 목과 날개가 붉은 봉황을 일컫는 말입니다. 돈화문은 왕과 사헌부의 대사헌을 비롯한 대관들이 드나들던 문이고 단봉문은 왕족과 그 친인척 그리고 상궁들의 전용문이었습니다. 숙종 임금님은 4십여 세나 연상인 아버님(홍이원)을 찾아와서 흉금을 털어놓으셨습니다. 그러나 동인이니 서인이니 널 뛰듯하는 판국이 어지러워 아버님께서는 훌훌 털어 버리고 낙남의 뜻을 굳히시는 계기가 그 무렵이었습니다. 숙종 임금께서는 정보 수집도 하고 정국의 판세도 가늠하는 기회로 삼으신 것 같습니다. 왕과의 교류가 소문이 나면 이를 두고 정치적으로 이용하려는 음모에 휘말릴 우려가 있으니 아버님께서는 더욱 낙남의 결의를 굳히셨던 것 같습니다. 물론 표면적인 이유는 벼슬살이를 하지 말라는 선대의 유훈을 따르고 아우(홍만제의 부친 이형)와 아들(구제)이 단명하니 더 이상 큰 저택에 살 필요가 없다고 생각하셨습니다. 5백여 명의 노비는 어떻게 할 것이며 판부리의 식읍은 어떻게 할 것인가의 문제를 고민하셨겠지요. 그 끝에 아버님께서는 노비 해방을 계획하셨습니다. 장례원의 노비 문서 원본을 가져다가 모두 불사르고 면천시켜 주셨습니다. 이들의 생계까지 염려하신 아버님께서는 파주 장단의 6만석 지기 농토 중 제전을 제외한 모든 토지를 작인作人들과 해방 노비들에게 무상으로 양여하셨습니다. 아버님은 홀가분하게 한양 살림을 정리하고 사촌 오라버님 만제 등 일가족을 데리고 낙남하신 겁니다. 첩첩산중의 깊은 골짜기를 내려다보시면서 인간지사 무상함을 느끼시기도 했습니다. 숙종 임금께서는 공신의 후예라는 차원에서 벼슬을 하지 않아도 당상관의 예우와 서로 안부를 묻는 유서통을 멘 경차관을 상주시키셨습니다. 처음으로 정착한 곳이 넓은 들판이 있는 봉화군 춘양골마을이라고도 하는 조례실이었습니다. 집안에 형틀과 곤장, 태장 같은 형구들이 있습니다. 죄인을 가두는 옥사도 있습니다. 그러나 그것들이 제 역할을 담당하는 모습을 본 적은 없습니다. 숙종 임금께서는 관찰사가 제대로 일을 하는지 비리나 하자는 없는지 소상히 알고 싶어 하셨고 아버님을 극히 신뢰 하셔서 경상감사의 인준권까지 주셨습니다. 아버님께서는 그들에게 군림하시지 않았고 고을 수령이 도임이나 이임을 하실 때는 찾아와서 인사를 하셨습니다. 경차관이 상주하시기도 하고 수시로 오간 것은 아버님을 떠나보낸 후 숙종 임금님이 소통의 한 맥으로 삼으셨던 것 같습니다. 삼중대광첨의찬성사강령부원군 홍 선 어른은 금은보화만을 요구하던 명나라의 공물을 인삼 5백 근으로 대체시켜 국익을 도모하셨습니다.

은제는 붓을 놓았다. 손이 얼고 등이 시렸다.

17

은제와 정심은 3~4개월 옥살이를 하고 풀려났다. 머릿니가 득시글거렸다. 냄새나고 추레한 행색은 거렁뱅이 아니면 정신병자였다. 진천 시집으로 돌아왔다.

"나는 바빠서 숙부님을 잘 챙겨드리지 못하고 있다. 여식인 네가 틈나는 대로 찾아뵙고 서찰이라도 가끔 올려라."

"알겠습니다. 오라버님."

사촌 오라버니 만제가 잠시 들렀다. 경기 이천이며 수원, 파주 판부리 등 곳곳에 묻힌 조상들의 묘를 두루 살피고 제를 올리는 일로 집을 떠난 지 닷새, 오가는 길이다.

"안색은 다소 나아졌구나."

밭 두럭에 파묻은 쥐의 사체를 찾아내고 배를 갈라 나온 것이 쥐똥일진대 은제의 혐의는 샅샅이 밝혀졌다고 보아야 한다. 그러나 은제의 모습 어딘가에서 쓸쓸함이 묻어났다. 2십여 년은 앞질러 나이를 먹은 듯했다. 만제는 아예 시집과는 상종을 하지 말아야 한다고 못을 박았지만 은제는 대답을 하지 않았다. 집안 곳곳은 첩 시어머니와 시동생 명기, 노비 심향이 곤장을 이기지 못해 죽은 악상의 뒤처리가 아직 마무리를 짓지 못했다. 시아버지의 늙은 육신에 곤장을 치지는 않았지만 이래저래 뼈다귀만 엉성한 사지는 굴신을 못 한다. 만제의 강건함을 두려워하고 패가망신한 시집을 며느리인 자기마저 유기할 수는 없다고 했다. 만제는 알았다, 하고 머리를 끄덕이기는 했지만 내내 미덥지 못한 발길을 돌렸다. 은제는 환희산으로 남편 이명인의 무덤을 자주 찾아갔다. 풀도 뽑아주고 비석도 어루만졌다. 산야에 단풍이 들면 드는 대로 그 현란한 색깔이 비애를 몰고 왔다. 바람결에 우수수 떨어져 휘몰리는 소리에 등골이 써늘하고 다리에 맥이 빠졌다. 한여름처럼 잡풀이 우엉하게 자랐더라면 차라리 주저앉아 쥐어뜯어 주리. 할 일 없이 남편 이명인의 무덤을 찾는 짓거리도 면구스럽다. 그악스럽게 챙긴 논밭 뙈기 재산도 의미가 없다. 드세게 드나들며 괴롭히던 시동생 명기의 시기심도 그 시기심에 맞서던 자신의 분노도 삶의 따뜻한 소식이었을까. 그것들이 썰물처럼 빠져나간 자리가 휑 하다.

밤마다 천장이 내려앉거나 뜨락에 놓였어야 할 신발이며 문서함이 간 곳 없다. 옷자락으로 싸고 덮어도 옆구리가 보이거나 걸핏하면 속고쟁이도 입지 않고 홑치마 바람이었다. 살이 열려 바람이 들고 치맛자락을 끌어당겨 덮으면 달밤의 박덩이처럼 엉덩이가 두둥실 드러났다. 수십여 개의 눈초리가 킬킬거리며 끈적거렸고 전신은 식은땀이 흥건했다. 문득 눈을 뜨면 종달새와 뻐꾸기가 우짖는 봄이지만 은제에게는 문풍지 떠는 엄동이다.

은제는 동헌 계단을 뛰어올라 추관(형벌을 관장하는 관원)에게 이렇게 떠들었다. 나는 해가 저물면 죽으려고 합니다. 저로서는 그저 죽기만을 바랍니다. 그런데 어찌하여 같은 젖가슴 같은 배를 조사한 결과가 이렇게도 여러 가지입니까? 여자가 몸매를 드러내는 것이 수치스러운 일이라는 것을 잘 알고 있습니다마는 지금은 그렇지를 못하니 실로 수다스레 지껄이는 소리를 듣고 견디기가 어렵습니다. 이를 입증하는 것이 그렇게 요원한 것도 아니니 몸소 직접 이를 한 번 살펴봐 주시기를 바랍니다. 은제는 스스로 자신의 옷깃을 풀어 헤쳤다. 젖가슴과 배를 열어 보였다. 망령된 꿈이기를. 그러나 그 기억은 화인처럼 너무도 철저한 현실이었다.

시동생 명인과 그의 아내 박씨 그리고 첩 시어머니 김씨는 장을 맞아 시름시름 앓다가 죽고, 시아버지는 비실비실 허수아비처럼 뼈다귀만 남은 육신을 끌고 다녔다. 막내 시누이는 찝찔한 몸내를 내내 벗지 못했다. 언니~ 어쩌고 하다가 자주 흐느꼈다.

은제는 그동안의 안부를 초근초근 물었다.

"태아라고 우기며 산자락인가 밭두렁인가에 묻었던 것이, 껍질을 벗긴 왕쥐였고 배를 갈라 나온 것이 쥐똥이었으니 어찌 낯을 들고 이 진천 바닥에 발을 붙이고 살겠어요? 작은 오라버니 따라서 나도 진천을 떠나고 싶었지만 홀로 남은 아버님 때문에 그럴 수가 없었어요. 작은 오라버니는 성도 이름도 바꿔 살겠노라고 했어요. 언니, 오해 풀어 주세요. 아버님은 언니를 믿고 사랑하시는 마음에 변함이 없으십니다. 단지 중도에 번복하면 더 큰 재앙과 불이익이 올 수도 있다는 불안감 때문에 끝까지 불복하셨던 겁니다. 비겁하지만 아버님 의중은 그 이하도 이상도 아닙니다."

"잘 압니다. 아기씨."

어린 시누이는 아버지 이세중의 옥 뒷바라지를 했다. 이세중은 2심을 청구하고 청주 옥에 갇혔을 때, 어린 시누이는 극구 말렸다. 아버님 그건 아닙니다. 큰 오라버니 댁 홍은제 씨가 그렇게까지 음해를 받아서는 안 됩니다. 진실을 밝히기 위해서 오라버니 댁 홍은제 씨는 봉화에서 청주 감영으로 올라오고 계십니다. 이세중은 눈을 휘둥그렇게 떴다. 아니 뭐라고? 어린 시누이가 만들어 온 음식을 먹다가 이세중은 수저를 떨어뜨렸다. 창백하게 식은 얼굴로 한동안 멍청했다. 이 노릇을 어찌한단 말이냐. 때 늦은 탄식이 숨통을 조였다.

"명기 오라버니 댁에게 저는 이렇게 떠들었어요. '지금 아버님 목숨이 위태롭다. 만약 아버님이 돌아가시면 억울한 옥사를 일으킨 당신 아버지 박지태와 당사자인 당신 모두 내 손에 죽을 줄 알아라. 나는 기어이 칼을 들어 우리 완산 이씨 가문의 원수를 갚고야 말 것이다'라고요."

"그렇게 하시면 안 됩니다. 아기씨."

은제는 돌개바람이 지난 뒤처럼 희부옇게 먼지 끼고 어수선한 집안을 둘러보며 어린 시누이의 손을 싸잡았다. 삽살이가 달려와 은제의 곁을 맴돌았다. 핥고 빨며 꼬리를 쳤다. 은제는 시누이가 챙겨주는 대로 간단하게 끼니를 때웠다. 회경은 어찌 됐나요? 하고 물으려는데 시누이가 먼저 소식을 전했다.

"명인 오라버니 갓난아기 적에 젖을 먹여 키워주신 유모가 계셨잖아요."

"네, 계시지요."

"그 할머니 아들의 이름이 회경이고요."

은제는 울컥 치미는 노여움을 삼킨다. 명기 일당들은 유모의 아들 회경까지 끌어들여 간통 운운했었다. 너무 똑똑하고 언변이 좋은 녀석이라 호락호락 넘어가고 협조할 리가 없다 싶어 대충 거론만 하다가 말았지만 어쨌거나 이 사건에 연루되어 옥에 갇혔다.

"풀려 나왔나요?"

"아직요. 수시로 말을 바꿔서 판관에게 신임을 잃었답니다. 그래 저래 풀려나오지 못했어요. 종당에는 죽일 거라는 얘기가 있어요."

"그랬군요."

"언제 한번 큰 오라버님 뵈러 묘소에 가셔야지요."

"그렇게 하지요."

은제는 지난여름 청주 감영으로 이송 도중 대량역(현 대량역. 진천군 초평면 용기리) 앞을 지나게 되었고 잠시 내려 남편 이명인의 묘소를 들렀다. 허리춤을 올라오는 잡초와 묵은 풀더미에 덮여 비석은 보이지도 않았다. 옥관들의 농지거리 반, 예우 반으로 배려된 참배는 별 의미가 없었다. 감히 곡소리를 퍼뜨릴만한 용기도 슬픔도 없었다.

—사실로 나는 홍은제를 죄인으로 몰아 끌고 다니기는 하지만 말이오. 저 병든 사내 이명인이 조차도 첫날밤에 홍은제를 건드렸을 리가 만무하다는 생각이 든단 말이오. 그 몸으로 남자 짓거리를 했겠어?

—홍은제는 기필코 숫처녀일 거요.

—이참에 홍은제한테 첫날 밤 이야기나 들었으면 하는데 어떨까?

—듣는 것으로 되겠는가. 기왕지사 만천하에 공개된 젖무덤이며 그 아래 좀 들춰본들 죄 될 것 없잖은가?

그들의 농지거리는 또아리를 틀고 있다가 밤이면 은제의 잠자리에서 흉물스럽게 꿈틀거렸다. 은제는 목욕을 하고 머리를 감아 빗었다. 속옷이며 겉옷 그리고 버선까지 정갈하게 머리맡에 챙겼다. 촛불을 붙였다. 은제의 유일한 벗 문방사우 필묵함 뚜껑을 열었다.

진술서

… 구부舅婦(시아버지와 며느리) 사이의 송사는 인륜의 극악한 변고입니다. 만약 그분에게 누를 끼치는 일에 관련되는 것이라면 제가 무수히 사지를 찢겨 죽임을 당하는 일이 있다고 하더라도 그저를 순수히 달게 받겠습니다. 어찌 감히 시아버지에게 항거하여 자신을 변명할 수가 있겠습니까. 그러나 지금 이 일은 간사한 무리들이 쇠를 녹일 정도로 입방아를 찧어서 시아버지를 속게끔 만들어 그 마음을 그릇된 방면으로 인도한 것입니다. 그 말들이 참으로 망극하여 저의 몸을 더럽히고 있으니 원컨대 이를 말끔히 씻어버리고 지금 죽어서라도 제발 저승에 가서 불결不潔한 귀신이 되는 것만은 면하고 싶습니다.

친정부모님께

…이 불효한 딸에게 재앙이 닥쳐서 부모님께는 근심만 끼쳐드렸습니다. 그리고 또 생각하니 남편의 위패를 의탁할 곳이 없어서 이것이 깊은 통한이 되고 있습니다. 저의 결백이 만천하에 밝혀져 티끌만 한 부끄러움은 없습니다. 혐의가 풀려 제가 원하는 바는 모두 이뤄진 셈입니다. 지난 5년 동안 저는 삶을 살기 위하여 몸부림쳤다기보다 이같은 조용한 죽음을 맞기 위하여 그 세월을 살아냈습니다. 참으로 다행인 것은 추관 어른이 저의 억울함을 풀어 준 것입니다. 어린 손자 둘과 과부 며느리를 거느리신 저의 시아버님을 용서해 주시고 보살펴 주시기 바랍니다.

1685년 5월 초여름에 불효 여식 은제 상서

신문관께

…다행하게도 사리에 밝으신 높은 식견에 힘입어 대단히 원통한 일로부터 풀려나게 되었습니다. 그런데 시아버님께서는 남들로

부터 오직 기만을 당한 것일 뿐 그것이 실제로 시아버님 자신의 마음은 아닌 것입니다. 그런데도 예나 지금이나 저로 인하여 이를 벗어날 수가 없을 것 같습니다. 그런 연유로 제가 저승에 가서도 제 얼굴이나 그 모습을 쳐다보기가 어려울 것 같습니다. 감히 청하오건대 이러한 마음을 가련하게 여기어서 우리 시아버님의 죄를 특별히 용서하여 주소서.

18

정심이 잠에서 깨었을 때 은제는 죽어 있었다. 간밤 등불 아래서 편지를 쓰면서 보이던 평화로운 얼굴 그대로였지만 은제는 분명히 죽었다. 누운 자리며 옷깃이 핏물에 젖어 있었다. 만제가 달려왔다. 애도의 빛을 숨기지 못하고 은제의 시신을 어루더듬었다. 홍이원은 은제를 봉화 명호면 양곡리에 묻어주라고 통고했다. 딸을 죽음으로 몰고 간 이세중을 원망할 기력도 없다. 따라 죽은 노비 정심이며 삽살개의 무덤을 정리하면서 이승을 원망 없이 고이 떠나기만 빌었다. 이 늙은 것도 곧 가마. 홍이원은 시야가 흐려진다. 눈물이 마르지 않는 걸 보니 아직도 죽을 날이 멀었단 말인가. 이웃에 사는 문우 청휴재가 만시를 써서 준다. 부끄럽지만 고맙다. 봉화군 관원들의 조문 행렬이 눈에 띈다. 부끄럽지만 역시 고마운 일이다. 서원 군수가 정중하게 배례를 한다. 병마사 최 숙이 하급관원을 보내어 호상을 했다. 서원(현 충북 청주시)의 양반 사대부들도 장정들을 징발하여 운구했다. 여러 고을에 통문을 띄웠다. 운구 행렬이 이르는 곳마다 비감에 젖었다. 홍이원은 관졸을 사양하고 사가의 하인 노복을 동원하여 상여를 메도록 했다. 노복들이 뒤를 따랐다. 부의도 넉넉했다. 옥마(봉화의 옛 지명)지 규행 성열 조에 은제의 행적이 몇 줄 기록되었다. 서원 군수는 홍은제를 기리는 연례행사를 서둘렀다. 선비들에게 홍은제의 효열을 현창하고 후대에 길이 전하기 위하여 홍은제에 대한 글짓기 자리를 마련해야 한다는 것이다. 기리다니, 기릴 일이 무어요? 그렇지요, 기릴 만도 하지요. 하지만 그것도 저것도 다 아니오. 나는 막내딸 은제의 죽음이 가엾고 슬플 따름이오. 아무도 만나고 싶지 않소. 홍이원은 늙고 마른 주먹으로 방바닥을 두드렸다. 방문을 걸어 잠그고 소식을 듣고 달려온 손님들을 뜨락에서 되돌려 보냈다. 무엇으로도 위안을 삼을 수가 없었다.

— 이세중 일가는 봉화군 명호면 양곡리 홍은제의 묘소로부터 1백 리 지역 내의 근접을 절대로 금하라.

숙종이 내린 엄명이었다.

고리

시어머니가 무쇠솥 걸린 아궁이에 솔가지를 꺾어 넣으면서 마당으로 들어서는 나를 흘끗 보고 말했다.

"편지 경대 위에 뒀다."

일이 잘 풀리지 않고 답답한 지경에 몰린 내게 혹 반가운 소식일지 모른다고 생각한 모양이었다. 간밤에 내린 비로 군데군데 젖은 솔가지는 잘 타지 않았다. 연기가 이맛돌을 핥고 냇내만 났다.

"물 더웠을 테니 저녁 먹고 목욕하렴. 내일이 부처님 오신 날이야."

나는 봉당으로 올라가 방문 고리를 당겼다. 툇마루로 올라서서 허리를 굽히고 방으로 들어갔다. 편지는 가마반드르한 기름때에 절은 시어머니의 경대 위에 있었다. 피봉을 찢었다.

…갓 태어난 돼지 새끼가 어미젖도 빨아보기 전에 실의에 빠진 주인의 쇠스랑 끝에 찍혀 잿더미에 던져지는 기이한 현상이 벌어지고 있다. 너의 애로 충분히 이해하면서도 힘이 되어 주지 못해 안타깝다. 이런 때는 속히 손을 떼는 일만이 능사일 줄 안다….

편지 갈피에는 소액의 우편환이 끼어 있었다. 친구의 아내가 된 동생에게 작은오빠는 자별하게 마음을 썼다. 편지는 나의 언 몸을 휘감아보고 사라진 한 자락의 더운 바람이었다. 편지를 봉투에 넣어 서랍에 던지고 뒷문을 열었다. 가파른 돌산이 굴뚝과 추녀 밑까지 바투 다가와 있다. 그물이 산중턱에 나무들을 의지해서 둥글게 둘러쳐져 있었다. 그 안의 칠면조들이 키 큰 밤나무 가지와 홰에 올라앉아 날갯죽지에 긴 목을 틀어넣고 밤이 오고 있음을 알렸다. 들뜬 벽지 안쪽에서 흙이 한 줌씩 쏟아지는 소리가 났다. 벽장문이 활짝 열려 있었다. 반가부좌를 튼 두어 자 높이의 석가모니불상이 다홍빛 비단방석 위에 모셔졌고, 놋쇠 촛대에서 촛불이 조용히 타올랐다. 만수향 냄새며, 시어머니가 불공을 드렸을 터였다. 거울 앞으로 다가갔다. 검은 구름 떼가 낀 거울 속에 기미 슬고 겉늙은 여자의 얼굴이 담겼다. 왼쪽 눈썹 위의 그리마 같은 흉터가 눈에 들어왔다. 태호의 손에 다부지게 들렸던 주머니칼의 예리한 날이 뇌리를 스쳤다. 그 애는 큰오빠가 화류계 여자와 보쟁여 얻은 아들이었다. 큰오빠는 가끔 태호의 시득시득한 가느

다란 손목을 잡고 시장통을 돌아, 고무신을 사 신긴다던가 바지를 사 입혀 한껏 단장시켜 들여보내곤 했다. 그 외에도 돼지순대나 인절미 같은 것을 배불리 먹였는데 그런 때의 태호에게서 나는 어머니가 없는 아이임을 확인했다. 헐렁하고 철이 늦거나 이른 옷을 입은 태호를 큰오빠가 싸고돌 때의 완강한 벽과 대문 안에 밀어 넣고 돌아선 다음의 외톨이, 그 상반된 사태는 종종 내 가슴 밑바닥에 웅숭깊게 도사린 질투심과 잔인성을 일제히 흔들어 깨웠다. 그날도 태호는 뺨에 좁쌀 같은 소름이 돋은 채 머릿속 피부가 새파랗게 드러나도록 이발을 하고 마당으로 들어섰다. 가슴에 값진 크레파스가 안겨 있었다. 나는 재빨리 대문 밖 동정을 살폈다. 큰오빠가 대장간 쪽으로 막 돌아섰다. 태호는 나를 보자 바지 주머니에서 꽃무늬 박힌 유리구슬 한 움큼과 하얗게 날이 서고 기름칠된 주머니칼을 꺼냈다. 나는 태호 가슴에 안겨진 크레파스에 정신이 팔렸다. 내 책가방 주머니에 있는 크레파스를 생각했다. 손가락 마디만 하게 토막이 났고 색상이 도화지에 잘 흡수되지 않아 이리저리 밀리는 싸구려 제품이었다. 그나마도 없는 색깔이 많았다. 아버지의 얼굴 그리기에서 나는 오십 점을 받았다. 얼굴을 연둣빛, 머리칼을 보랏빛, 눈 · 코 · 입을 검정빛으로 칠을 했었으니까. 나는 태호에게 분통을 터뜨리고 싶었지만 간교한 웃음을 떠올렸다. 태호야, 고모가 딱지 스무 장 접어줄까? 싫어. 오늘부터 매일매일 연필 깎아 줄게. 싫어, 나두 칼 있어. 태호는 유혹에 한 가지도 말려들지 않았다. 나는 초조했다. 이제부터 부엌에 있는 우리 언니더러 엄마라고 부르지 마. 느 엄만 도망갔어. 수원 살아. 나는 오달지게 씨부려뱉고 크레파스 곽을 주먹으로 후려쳤다. 마당에 흩어진 것을 한 개도 남기지 않고 고무신 발로 뭉갰다. 그 꼴을 지켜보던 태호가 고개를 들었다. 주머니칼이 날을 반짝 세웠다. 칼 잡힌 손이 쳐들렸다 싶은 순간, 나는 이마에 화기를 느꼈고 끈끈한 것이 벌레처럼 기어 내렸다.

시어머니는 봉당에 서서 무명 앞치마를 모아쥐고, 어깨와 머리에 앉은 재를 털면서 말했다.

"오늘이 반공일(토요일) 아니냐. 형주가 왜 늦냐."

"제 작은외삼촌네 심부름 보냈어요."

"뭔 일로 보냈냐. 친정에는 군소리하지 마라. 뒷간과 사돈 간은 멀어야 해."

나는 툇마루 한옆에 놓인 개다리소반을 들어다가 밥상 보자기를 젖혔다. 파리가 상 위로 왱왱 날아들었다.

"짐승이 있어 그런가, 쉬파리가 많군."

시어머니는 밥상 위에서 팔을 홰홰 저었다. 텃밭에서 뽑은 열무와 배추로 담은 시퍼런 김치와 장아찌, 파를 굵직굵직 썰어 넣은 막된장 찌개가 덩그렇게 놓였다. 시어머니는 행주치마 허리를 끌러 말더니 방 안에 던지고 몸뻬 바람으로 밥상 앞에 앉았다. 수

저를 들면서,

"그래, 칠면조는 얼마나 팔았니?"

하고 물었다. 내가 선뜻 대답을 하지 않자, 말과 일이 같기란 썩 어려운 게야, 하고 말했다.

"형주 애비만 살았다면 니가 왜 이 고생을 하겄냐."

시어머니는 걸핏하면 죄 많은 늙은이가 혼자 된 며느리 그느르고 산다고 말했다. 나와 눈길 맞추는 일이 드물었다. 흐리마리한 기억을 되살리려는 듯 달구지길 건너편의 들녘으로 시선을 보냈다. 무망 중에 잃은 아들의 무던한 성품과 남편 정 그리면서는 살아도 자식 정 그리면서는 못 살겠더라고, 소싯적 남편의 방랑벽을 자식 하나 키우면서 능히 견디었음을 말하고 싶었으리라. 아들의 상악골을 관통한 스무 해 전의 총성이 난삽하게 울리는 듯 시어머니는 손끝을 가늘게 떨었다. 그는 대학 4학년 때 내게 유복자를 낳게 했다.

"늙은 어미 말 한사코 거역하고 데모에 뛰어들더니 제명에 못 죽있어. 자식이란 걸 낳지 속 낳는 게 아니더군."

마당에는 땅거미가 슬금슬금 기어 내렸다. 밭둑 여기저기의 밤나무가 우둠지마다 패기 시작한 벼이삭 같은 꽃을 허들지게 달았다. 매미가 이악스럽게 우는 여름 한 철, 이 집은 산그늘에 묻혔다. 말복이 지나면 내의를 입었다. 추위가 길었다. 겨우내 내린 눈이 해토머리가 돼야 녹았고 양지바른 뒷간 근처에 붉은 땅이 손바닥만큼 드러났다. 뚝배기 언저리에 시어머니와 나의 수저 부딪는 소리만 이어졌다. 시어머니는 수저를 놓고 몸뻬 허리의 고무줄을 늘이어 손을 깊숙이 디밀었다. 꼬깃꼬깃 접은 누런 봉투를 꺼내어 내 앞에 밀어놓았다.

“사료 사 오너라.”

아들의 상반기분 연금 봉투였다. 시어머니는 눈구석을 적삼 고름으로 씻었다. 눈이 침침할 터였다. 목덜미에 얹힌 갓난아기 주먹만 한 쪽에서 백통비녀가 실없이 떨어졌다. 시어머니는 반백의 파슬파슬한 머리털을 고무장갑을 낀 것만큼이나 큰 손으로 함함히 해주었다.

“사료는 더 살 필요 없어요. 서둘러 처분해야죠.”

“하루 이틀 새에 다 팔 순 없잖냐.”

“팔지 못하면 내버리기라도 해야죠.”

“내일 아침 당장 먹일 모이가 한 바가지도 없단 말이다.”

“굶겨버리세요.”

“저 애가? 산 짐승을 굶긴다는 게 말이나 되냐?”

지난해 2월, 나는 열다섯 해 가까이 몸담아 일하던 교단을 떠났다. 내가 담임을 맡았던 학생이 그네를 타다가 낡은 쇠줄이 끊어지면서 버팀목 모서리에 이마를 찧고 사흘 만에 죽었다. 뇌진탕이었다. 이해와 용서를 비는 나의 간곡함을 저버리고 학부모 측에서 교장을 상대로 배상을 요구하는 법정투쟁을 벌였다. 늘그막의

호봉만 높아진 내가 그 명문 사립 초등학교에 붙어 있기란 남다른 뻰뻰스러움이 필요했다. 나는 교무실 안의 천덕구니였다. 사건을 무마시키지 못한 데 대한 책임을 지고 사표를 냈다. 집 근방의 암자에 공양주 보살로 있는 시어머니의 식객 노릇을 시작했다. 시어머니는 백여 호가 될까 말까 한 마을의 지서주임이던 시아버지가 과로로 쓰러진 뒤 살림은 기울었지만 산목숨에 거미줄 치는 법 없다고, 괴롭거든 망설이지 말고 퇴직하라고 종용했다.

그날도 나는 신문이 배달되기 전에 잠이 깨었으므로 풀이슬 맺힌 논둑이며 성남시와 잇는 달구지길을 걸어보고 돌아왔다. 툇마루에 앉아 한 잔의 쓴 커피와 산으로부터 내려온 풋내 나는 새벽 공기를 마시며 신문을 펼쳤다. 야산에서 칠면조를 방목하는 사진과 기사가 3면에 산뜻하게 실려 있었다. 성계 2백 마리를 7십 평에서 키우는 면적의 경제성, 질병에 강하고 돼지 다음으로 사료효율이 높으므로 자본의 순환이 빠른 점, 육류를 금기하는 고혈압환자가 안심하고 먹을 수 있는 육질의 특성을 소개했다. 우리가 살고 있는 집 울 뒤의 산은 칠면조를 방목하기에 적당한 조건을 가지고 있었다. 마을에서부터 1킬로미터 가까이 격리된 것이며, 눈앞에 펼쳐진 흔한 풀밭, 밤나무숲을 가로질러 흐르는 맑은 골짜기 물이며가 그랬다. 내가 칠면조 사육장이 밀집한 문정동 버스정류장에서 하차한 것은 은실 같은 햇살이 투명하게 퍼져 오르는 이른 아침이었다. 남한산 기슭으로 진입하는 질펀한 들녘에는 수없이 많은 비닐하우스들이 들어찼고, 주변의 산에는 눈이 하얐다. 비닐하우스와 흰 눈 위에 쏟아졌다가 날아온 바늘 같은 햇살은 근시인 내 눈을 적잖게 괴롭혔다. 눈시울을 좁히고 안경을 검지 끝으로 밀어 올렸다. 〈한일칠면조분양〉의 화살표 방향으로 발길을 떼었다. 옷깃으로 쌀랑한 바람이 파고들었다. 코트 깃을 세웠다. 제방을 낀 물줄기가 살얼음 밑으로 흰쥐처럼 달리다가 멈추고 그러다가 꾸물꾸물 맴돌곤 했다. 망망대해처럼 보이는 비닐하우스 안에서는 칠면조들이 청동색 깃털을 번쩍이며 기개 있게 거닐었다. 낯선 사람의 기척에 놀라 긴 목을 곧세우고 눈을 두릿거리며 기괴한 소리를 질렀다. 대쪽 갈라지는 듯한 탁한 울음소리는 미친 듯 껄껄거리는 것 같기도 하고 마디마디 끊으며 자지러뜨리는 기교는 절박하게 호소하는 듯했다. 약속한 듯 번차례로 울어대는 소리가 산기슭을 쩌릉쩌릉 울렸다. 방대한 사육 현장에 압도당하며 나는 업자와 마주 섰다.

"우리 협회에서 추진 중인 사업이 넷이 있습니다. 첫째, 안양에 통조림 공장을 세울 부지를 확보했으며, 둘째, 칠면조 내장을 이용한 수프를 가공합니다. 삼양라면 회사와 협약됐죠. 셋째, 서울시내 모 호텔에서 위탁으로 소비시켜 주겠다고 나섰으며, 넷째, 롯데 · 신세계 백화점에 냉동판매대리점을 한 곳씩 두었습니다."

그는 명함을 한 장 주었다.

"분양된 지 7개월 지나면 암컷은 알을 낳는데, 본 협회에서는 개당 1천 원에 사들입니다. 원하시면 부화시켜서 마리당 1천8백 원씩에 분양해 드립니다. 판로는 절대 책임져요. 1년 가까이 되면 수컷의 체중이 10 내지 15킬로그램으로 불어나는데, 킬로당 2천5백 원입니다. 추위에 약하므로 초추에서 중추로 넘기는 한 달 동안만 비닐하우스에 난로를 피우십쇼. 그 기간만 넘겨주면 방목이 가능합니다. 경험이 없는 분은 4분지 1만 실패할 각오를 하십시오."

"분양 절차는 어떻게 되죠?"

"오늘 계약하시면 20일 뒤에 분양됩니다. 계약분이 7천 수를 넘었습니다만, 그 안에 한두 번 들러주십쇼. 다른 분의 몫을 빼보겠습니다."

나는 나의 사업이 반드시 성공할 것이라고 확신했고, 굳이 다른 사람 몫을 빼달라고 은밀히 부탁했으며 그 안에 꼭 오겠다고 말했다. 애초 3백 마리를 분양받고 계약금만 지불하려던 계획을 바꿔 5백 수 분양가 전액을 선불하고 집으로 돌아왔다. 새끼들을 한 달 동안 키워 낼 만한 비닐하우스를 형주와 마당 한가운데에 짓고 업자를 다시 찾아갔다. 구멍이 숭숭 뚫린 라면상자에 부화된 지 4주가 지난 새끼들을 담아 주면서 업자는 말했다.

"2주쯤 된 놈들을 그 시세에 분양해야 하는 데 선생님은 경험이 없으신 것 같아, 2주 더 키워 날개가 많이 자란 놈을 드리는 겁니다. 실패율이 거의 없는 시기지요."

나는 그의 후의에 몇 번이고 감격했다. 열 개의 상자 속에서 노란 부리를 여닫으며 놈들은 악머구리 끓듯했다. 나의 시야는 뱀껍질 같은 깃털에 싸인 어린 생명들로 가득했다. 어린 생명들에게 부어질 모성이 들끓었다.

비닐하우스 안에 야전침대를 한 대 들여놓고 함께 자며, 새끼들에게서 잠시도 눈을 돌리지 않았다. 전등도 밤새껏 켜두었다. 온 · 습도에 주의하며 밤잠을 설쳤다. 아카시 잎을 잘게 썰어 익힌 좁쌀이나 계란 노른자와 버무려 먹였다. 그러나 추위에 약해 겹겹으로 몰려 잠드는 버릇 때문에 압사가 많았다. 구석에 더미를 이루고 잠든 놈들을 헤쳐 주는 내 손에는 조류 특유의 뜨끈한 체온이 전해졌다. 고열의 어린것 입에 젖을 물릴 때처럼 가슴이 저렸다. 마이신과 흑두병 예방약을 사료에 적당량 배합시켜 먹였지만 까닭 모르게 배나 목이 희멀겋게 부어 죽고, 잠든 사이 고양이나 살쾡이에게 가슴살이 뜯기고 죽었다. 아침마다 다리가 뻣뻣이 굳어 모로 자빠진 놈을 집어내면서 나는 극심한 낭패감에 빠졌다. 문득문득 일손을 놓았다.

1년 후 살아남은 암놈이 알을 낳기 시작한 때는 분양받을 때의 2분지 1에 해당하는 숫자였다. 수컷 한 마리가 암컷 네다섯 마리를 거느릴 정력이 있다고 했다. 필요한 수놈의 숫자는 정력이 쇠퇴할 경우를 염두에 둔다고 해도 2, 3십 마리다. 6십 마리가 넘는 수놈들은 사료를 축낼 뿐이다.

나는 분양업자를 찾아서 활기 있게 나섰다. 버스를 내려 남한

산 기슭 초입에서 잠시 눈을 들었다. 순간 나는 아, 하고 신음 같은 탄성을 질렀다. 누더기처럼 찢어진 비닐이 바람에 펄럭였고 반원형의 비닐하우스를 버티고 있던 각목이나 대나무가 함부로 꺾인 채 뒹굴었다. 산 밑을 휘돌던 괴성과 청동색의 은성한 깃털을 자랑하며 기개 있게 거닐던 칠면조의 자취는 간 곳 없었다. 나는 걸음을 멈추고 발치를 내려다보았다. 전신으로 더운 피가 줄달음을 쳤다. 몸의 기력이 발바닥으로 남김없이 빠지는 듯했다. 무릎이 휘청했다. 다시 걸었다. 칠면조를 사육하고 있을 비닐하우스가 한 곳이라도 남아있지 않을까 하는 생각 때문이었다. 남한산 기슭까지 깊숙이 들어갔다. 나의 기대는 적중하여 단 한 동의 사육장이 후미진 골짜기에 남아 있었다. 걸음을 재촉했다. 해거름에 낯선 거리에서 만난 불 밝힌 창처럼 나를 턱 없이 감동시켰다. 나는 코트 주머니에서 손을 빼어 각목에 비닐을 허술하게 붙인 문짝을 열고 들어갔다. 사내 하나가 등을 둥그스름하게 굽혀 이쪽에 돌려대고 앉아 각목에 박힌 못을 노루발장도리로 뽑고 있었다. 한옆에는 국방색의 낡은 야전침대가 반 접혀 세워졌고, 취사도구가 서름질도 안 된 채 어수선하게 바케스에 담겨 있었다. 난로에는 불기운이 없었고 산그늘에 덮인 북향의 하우스 안은 썰렁했다.

"말씀 좀 여쭙겠어요."

그는 일손을 멎고 고개를 들었다. 4십이 훨씬 넘었음 직한 마른 대추 같은 얼굴이었다.

"칠면조를 분양하던 업자들은 어디로 갔나요?"

"댁은 뉘슈?"

"1년 전에 분양받은 사람입니다."

"댁도 당했구먼. 신문, 텔레비전에 선전 많이 했지. 어리석은 사람 돈 뜯어먹고 깨끗이 날랐소. 나두 오기로 버티긴 하오만, 돌부리 차야 제 발 아프지. 사료 대를 당할 수 없어서 볏짚을 썰어 먹인다우. 산짐승 굶길 순 없고 차라리 제풀에 병이라도 들어 몰살했으면 좋겠소. 저 꼴 보우."

그는 칸막이 된 사육장 문을 열었다.

"볏짚이나마 하루 세 번 꼬박 먹일 수만 있으면 다행이겠소. 이젠 한 번으로 줄여야 할까 봐요."

"통조림공장이니 냉동 판매대리점이니 하던 말들은 어떻게 됐어요?"

"다 그럴듯한 사기극이었소."

나는 올 것이 왔음을 확인하자, 어이없게도 안도의 한숨이 새어 나왔다. 헛웃음이 비어져 나올 것 같았으므로 입술을 앙당그러지게 다물고 사육장 안을 들여다보았다. 아연실색을 하고 말았다. 놈들은 나이는 꽤 먹음직한데 털빛으로 알아보게 마련인 암·수의 구별도 되지 않았다. 몸을 돌이켜 볼 수도 없을 만큼 비좁은 공간에 털이 몽땅 빠진 칠면조들이 들어차 있었다. 비듬투성이의 맨살이 드러난 칠면조의 사육장 안은 연말을 맞은 여자 목욕탕과 흡사했다. 놈들은 벌거벗고 아우성쳤다.

"왜 털이 없습니까?"

"영양부족이우. 저희들끼리 털을 뽑아 먹는다오."

아닌 게 아니라 놈들은 목을 빼어 제 부리 앞에 막아선 동료들의 옆구리, 목덜미, 넓적다리에서 깃털을 콕콕 집어 끼륵끼륵 넘겼다. 살인적인 아귀다툼이었다. 나는 진저리를 치면서 문을 닫았다. 사내에게 인사말도 건네지 못하고 서둘러 나왔다.

내가 키운 칠면조들은 한 아름에 들어 올리기도 어렵게 충실하다. 잘 먹고 잘 자고 성의 유희도 자유스러웠다. 수컷은 꽁지깃을 쥘부채처럼 펴고 교태를 보이는 암컷의 주변을 맴돌다가 등을 짓누르고 올라섰다. 의뭉스럽다. 꽁지깃을 수긋하고 젖꼭지 같은 살점을 내밀었다. 암컷은 진달래꽃 색깔의 깔때기를 솟구쳐 빠르게 흡입했다. 황망히 고개를 돌리고 자리를 뜨려는데 장끼가 놀라 갈참나무 아래 낙엽 더미에서 수직으로 날아올랐다.

시어머니는 울 밖에다 까치집 같은 둥지를 싸리나무 가지로 만들고 점판암 슬레이트 조각으로 비가림을 해주어 알을 여남은 개씩 안겼다. 한 놈은 날갯죽지 밑으로 깃털이 보송보송 마른 새끼를 보이기 시작했다. 시어머니는 사료가 담긴 사기대접과 물 양재기를 부리 밑에 놓아주고는 허기진다 무슨 효도 보겠다고 먹으러도 나오지 않냐, 하면서 몸을 가붓이 들어 둥지 밖으로 꺼내 앉혔다. 방금 껍질을 깨고 나와 끈끈하고 누르끼리하게 젖은 놈이 사타구니에 끼었다가 비실대며 일어났다. 한 번은 사료 바케스를 들고 골짜기를 내려오면서 큰 걱정거리가 생겼다고 했다. 알을 품던 어미가 이틀째 둥지를 나가 소식이 없다는 것이다. 끼니를 거르고 온 산을 헤맸다. 등산객이 한 짓 아닐까요? 나는 대수롭지 않다는 듯이 말했다. 아무렴, 그들도 사람일 텐데 새끼 품는 어미를 집어 가겠냐? 시어머니는 그렇게 말해놓고 혹 그럴지도 모른다 싶었는지 허긴 사람처럼 독한 짐승도 없느니라, 하고 한숨을 쉬었다.

하루 뒤 해 질 녘에 시어머니는 얼굴에 웃음을 담뿍 떠올리면서 치마폭에 칠면조를 담아 안고 낙엽송 사이를 빠져나왔다. 목이 말랐던 게야, 물 떨어진 바위 밑에 웅크리고 있더구나. 시어머니는 앞가슴을 젖혀 보이면서 이것 보렴, 했다. 가슴뼈가 아른거렸고 주변의 살이 울혈이 져 있었다. 툇마루에 헌 옷가지를 깔아 젖은 몸을 앉히고 한 자락으로 등을 덮었다. 비트적 거리며 까막까막 졸았다. 두어 시간 뒤 어미는 죽었는데 시어머니는 농밀한 악취를 풍기는 알과 함께 뒷간 옆 두엄자리에 묻었다.

형주는 교모를 벗어 바지 뒷주머니에 구겨 넣고 팔을 가방에 걸친 채 산모퉁이를 돌아왔다. 울타리가 없었으므로 산을 끼고 반원처럼 풀숲에 깔린 오솔길이 툇마루에 앉아서 빤히 보였다. 나는 서름질 통에 빈 그릇들을 집어넣다가 총총히 달려가 가방을 받았다.

"작은외삼촌 만나 뵈었니?"

"내일 태호 형하고 같이 오시겠데요."

형주는 비누 그릇과 수건을 들고 마당길을 걸어 밤나무 아래 냇가로 갔다. 나는 저녁상을 차렸다. 형주가 수건을 어깨에 걸치고 밥상머리에 앉았다.

"칠면조 좀 팔아보실 수 있다던?"

이때 무슨 일들이 있냐, 하면서 시어머니가 말참견을 했다. 나는 잠시 사이를 두었다가 칠면조 좀 처분해 달라고 부탁드렸어요, 하고 말했다. 시어머니는 더 묻기는 그만두고 댓돌 위에서 고무신을 찾아 발에 꿰고 마당으로 내려섰다. 마뜩잖다는 안색이었다. 줄에 희끗이 널린 빨래를 걷어 안고 허리를 두드렸다. 형주가 밥상을 물리고 제 방으로 건너간 뒤, 부엌으로 갔다. 시커멓게 그을은 서까래에 달라붙은 거미줄이 기류를 타고 일렁거렸다. 살강 아래쪽의 흙벽이 큰 고양이가 넘나들 만큼 무너졌다. 수수깡 외가 형해처럼 드러났다. 약쑥이며 떡갈나무잎이 비에 씻긴 싱그런 얼굴로 기웃거렸다. 고무 함지에 물을 차랑하게 채웠다. 옷가지들을 훌훌 벗어 부뚜막에 던졌다. 나는 흰 구름 속에 갇힌 듯 비누 거품을 뒤집어쓰고 수건으로 살을 문질렀다. 몸의 비눗기를 물질로 씻어 내린 다음 물기를 말리고 옷을 주워 입었다.

시어머니 곁에 이부자리를 깔고 몸을 눕혔다. 시어머니가 뒤치락거리는 낌새더니 내 쪽으로 얼굴을 돌렸다.

"태호라면 네 큰오라버님 자제분 아니냐?"

"네."

"지금은 맘 잡았는가."

태호는 아득하게 너른 전답 수천 평을 물려받았다. 부동산 투기바람을 타자 일부를 뚝 떼어 팔았다. 손쉽게 태호의 손에 챙겨진 지폐뭉치는 종잇장처럼 놀아났다. 그를 건축업자로 운수업자로 탈바꿈시키더니 급기야 어둡고 눅진한 골방의 투전꾼으로 전락시켰다. 문득 작은오빠가 태호를 데리고 온다는 사실이 목에 걸린 가시처럼 쑤셨다. 형주의 방에서는 늦게까지 책장 넘기는 소리가 들려왔다. 소쩍새가 울어댔다. 두어 달 전 태호의 결혼식을 보기 위해서 친정 나들이를 갔었다. 아내를 얻고 아이를 낳아 적으나마 스스로 벌어 아내와 자식을 먹이며 입히는 즐거움을 알기를 바랐다. 매화나무 가지 끝끝마다 수수 알갱이처럼 꽃망울이 부풀고 있었다. 봄비가 추적추적 내렸다. 울안의 아카시 나무숲이 아우성치듯 푸르름을 더해 갔다. 오랜만의 나들이였다. 태호는 자기의 아내가 된 여자와 저를 길러준 어머니와 나의 형제들이 둘러앉은 자리에 만취한 모습으로 나타났다. 비에 젖은 머리칼 틈으로 엿보이는 눈빛에는 냉소가 서려 있었다. 편한 자세로 앉아 고개를 들었다. 나는 태호의 섬뜩한 눈웃음에 빨려들듯 꼼짝도 할 수가 없었다.

"칠면조 사업은 잘되우?"

태호는 내 대답이 나오기 전에 다음 말을 이었다.

"훈장질하던 솜씨 아깝소. 칠면조 똥구멍이나 들여다보고 살다니."

붉은벽돌담장 쪽의 줄기차게 쏟아지는 빗발을 지켜보던 작은오빠가 태호의 말을 잘랐다.

"지나간 기억에 매달려 사는 것처럼 어리석은 게 없다. 앞을 내다보고 항상 새롭게 살아야 해."

그 이후로도 태호는 종종 나의 소식을 묻더라고 했다. 나의 패가를 기다리는 것일까. 나는 이날 밤을 숫제 하얗게 밝히다시피 했다.

시어머니는 처마 끝에 분홍색 연꽃등을 달았다. 도라지 · 시금치 · 콩나물 · 고사리 나물 반찬을 장만하며 즐거워했다. 시어머니는 벽장문을 활짝 열었다. 불상 앞에 촛불을 켰다. 형주와 내게 절을 시켰다. 소원을 어김없이 풀게 해달라는 절이었다. 108개의 염주를 헤아리고 108개의 염수가 끝날 때까지 해야 한다고 했다. 이놈의 짓, 소용없는 짓, 평생을 이렇게 살아온 어머니는 왜 남편 앞세우고 과부 며느리와 애비 없는 손주 데불고 연금으로 살게 됐느냐고 마음속으로 퍼부었다. 통곡하듯이 오체투지는 수없이 반복됐다. 시어머니는 화평한 낯빛이었다. 회색 장삼을 걸쳤다. 가늘고 흰 테의 돋보기를 콧등에 걸쳤다. 불경을 꺼내 한가운데쯤을

폈다.

"앉거라. 한 구절만 읽어줄 테니 잠시 듣거라. …사람의 성질은 마치 들어갈 구멍을 알 수 없는 덤불과 같이 알기 어려운 것이다. 사람의 성질은 네 가지로 나누어 볼 수 있다. 첫째는, 괴로워하는 사람이니 잘못된 가르침을 받아서 고행을 하는 사람이요. 둘째는, 다른 이를 괴롭게 하는 사람이니 생물을 죽이고 기타 여러 가지의 참혹한 행동을 하는 사람이다. 셋째는…."

시어머니는 돋보기를 벗고 책을 덮었다. 고개를 들었다. 안개가 망사처럼 휘감긴 검단산 허리로 시선을 보냈다.

태호와 작은오빠가 밤나무숲 오솔길에 나타난 것은 정오 무렵이었다. 풀숲을 스치는 그들의 발자국소리는 투박하고 빨랐다.

"어서 오우. 먼 길에 애썼우."

시어머니는 작은오빠의 손을 답싹 잡았다. 작은오빠는 시어머니에게 답례를 보낸 다음 사육장을 건너다보았다.

"한 마리도 남길 것 없다. 속히 처분해야지 적자가 누적되면 곤란해."

작은오빠는 적이 침울해했다.

"몇 마리나 처분해 줄래?"

작은오빠의 말에 태호는 두 팔을 마주 걸어 손을 양쪽 겨드랑이 밑에 두고 몇 마리요, 모두? 하고 나를 흘끔 쳐다보았다.

"2백여 마리 돼."

"얼마요?"

나는 이 물음에는 말문이 막혔다. 태호의, 선을 자르듯 분명한 질문이 나를 주눅 들게 했다. 어느 군주가 저렇듯 당당할 수 있을까.

"한 마리에 얼마요?"

태호가 종주먹을 대듯 퍼붓는 수치數値에 대해 이처럼 백지일 수가 있는가. 나는 뇌수의 장애나 질병 따위로 정신작용의 발달이 저지되고 연령에 비하여 지능단계가 낮은 사람처럼 멍청했다. 작은오빠의 채근하는 듯한 눈길과 마주친 다음 겨우, 주고 싶은 대로 줘, 하고 말했다. 입속말처럼 아주 작은 소리로.

태호는 사육장 쪽으로 걸어가 울안을 둘러보았다.

"우선 한 마리만 얼큰하게 술안주로 볶아 보슈. 들바람 쐬며 작은아버지랑 소주 한잔 마시게시리."

태호는 저고리 안주머니에서 만 원권 지폐를 뽑았다. 왼손으로 허리를 휘어잡고 세어 넘겼다. 작은오빠는 골짜기 물 떨어지는 바위 밑으로 걸어가너니 손과 얼굴을 씻으며 서성거렸다.

"이 많은 숫자를 어떻게 처치할테?"

나는 1백만 원을 들고 얼굴에 마른 웃음을 띠며 물었다.

"양로원 · 고아원 · 극빈자 찾아다니며 사회사업가 행세 한번 할라오."

태호는 어색하게 싱긋 웃었다. 나는 온몸의 모공에 친친한 바람이 스미는 듯한 고약한 기분과 피부가 갯솜처럼 부풀어 오르는 듯한 감각 때문에 연방 이마에서 볼 · 눈두덩이 · 귓불 등을 손바닥으로 문질렀다.

"산 채로는 운반하기가 불편하겠어. 아예 도살해서 라면박스에 꾸려줘."

태호는 내던지는 말처럼 씨부리고 몸을 돌렸다. 태호와 작은오빠가 어깨 너머로 담배 연기를 뿜어 날리면서 산기슭을 내려갔다. 나는 사료 바케스를 찾아 들고 울안으로 들어갔다. 나무토막으로 바케스의 중동을 탕탕 두들겼다. 곳곳에 흩어져 거닐던 칠면조들이 뒤뚱거리며 몰려왔다. 청동색의 물결이 밀려오는 듯했다. 나의 다리는 순식간에 놈들의 억척스러운 식욕에 휘감겼다. 사료 바케스와 나무토막을 내던지고 살이 포동포동 찐 암컷 한 마리를 붙잡았다.

"형주야."

나는 칠면조를 안고 사육장을 나와 기슭을 내려오며 높은 소리로 불렀다. 형주는 열린 방문으로 핏기없는 얼굴을 비쭉 내밀었다.

"이것 좀 죽여라."

나는 부엌에서 창칼을 들고나왔다.

"저 개울가로 가."

형주는 칼과 칠면조를 양쪽 손에 하나씩 받아들고 어정쩡한 눈빛으로 쳐다보았다.

"뭘 하니? 외삼촌이랑 태호 형 술 한잔한다잖아. 너도 고기 좀 먹어야 해. 대학인지 생지옥인지 얼굴이 누렇게 떴어. 죽을 노릇이지, 원."

나는 수다를 떨면서 밤나무 아래 개울을 건너는 작은오빠와 태호를 바라보고 재촉했다. 형주는 별말 없이 몸을 돌이켜 개울 쪽으로 걸어갔다. 나는 무쇠솥에 물을 길어다 붓고 아궁이에 솔가지를 꺾어 넣었다. 성냥을 그어 불을 붙였다. 솔가지는 연기 한 움큼 없이 불길에 싸여 시원시원 타들어 갔다.

물이 더웠다. 형주가 칠면조 발목을 쥐고 부엌문 앞에 섰다. 칠면조는 물구나무서기를 하고 부리로 선혈을 방울방울 떨어뜨렸다. 형주의 손에서 발목을 건네어 받아 쥐고 솥뚜껑을 밀었다. 수증기가 부옇게 떠올랐다. 칠면조를 대야에 담고 바가지로 더운물을 떠 부었다. 몸뚱이가 고루 젖었다. 구수하고 탑탑한 깃털과 살 냄새가 콧속으로 스몄다. 옴포동이 같은 피부가 젖은 털 사이로 허옇게 드러났다. 냇가로 가 빨랫돌 위에 놓고 털을 밀었다. 태호의 게걸스러운 웃음소리가 들려왔다.

"너 뭣 하냐?"

시어머니는 내 손의 것을 내려다보다가 기가 막힌 듯 몸을 돌이켰다.

"내 뭐랬니. 친정에는 아쉰소리 말라 했지."

시어머니는 비틀걸음으로 내게서 멀어졌다. 배를 갈라 내장을 뜯고 똥집에 칼자국을 내어 모래를 털었다. 갈비뼈 사이의 선짓덩이를 손끝으로 후벼 흐르는 물에 던졌다. 각을 뜨고 토막을 내어 냄비에 담았다. 부엌으로 갔다. 얼큰하게 양념장에 재워 석유곤로에 올려놓고 불을 댕겼다. 나는 툇마루로 올라서서 헌 구두가 얹힌 선반 위에서 비닐 끈 뭉치와 가위를 찾아 들었다.

"형주야, 엄마 좀 더 도와줘야겠다."

그 많은 칠면조를 도살하려면 서둘러도 해 지기 전에 끝내기는 어렵지 싶다. 어쨌든지 일을 벌이고 늦으면 마을로 내려가 일손을 얻어 보리라 작정하면서 나는 사육장 쪽으로 걸어갔다. 뒤를 돌아다보았다. 형주는 아무 말 없이 그러나 결코 유쾌할 수 없다는 듯 두 손을 바지 주머니에 찔러 넣고 내 뒤를 따랐다.

"이놈들을 다 죽여서 달래요?"

"할 수 없잖니. 이러니저러니 해도 궁지에 몰린 우리를 도와주는 건 내 살붙이밖에 없는 거다."

나는 두어 자 길이로 비닐 끈을 자르며 초근초근 타일렀다. 형주는 사료통에 모이를 한 움큼씩 떠 부어주면서 눈치 없이 접근해온 놈의 발목을 손쉽게 거머쥐었다.

"이리 안고 오너라. 발목부터 묶자."

형주의 가슴 높이까지 들어 올린 두 손에는 이내 칠면조의 긴 목이 틀어 잡혔다. 동체를 물주머니처럼 늘어뜨리고 날개를 퍼득거렸다. 형주는 입을 꾹 다물고 팔에 혼신의 힘을 기울였다. 손목이 부르르 떨렸다.

"저 애가?"

나는 어처구니가 없어 미간을 찌푸리고 입을 다물지 못했다. 형주는 안 되겠다 싶었던지 어깨 너머에서 휘둘러 허공에 호를 그린 다음 바위 모서리에 모질게 내리쳤다. 모로 자빠져 발버둥이를 치자 형주는 다가가 목을 느긋이 밟았다.

"넌 비닐 끈으로 발목이나 묶어."

가슴을 달구어진 돌로 지질러놓은 듯했으므로 내 목소리는 모질음을 쓰듯 고통스럽게 끌려 나왔다. 칠면조의 거동이 잠잠해지자 형주는 발길로 가슴의 이쪽저쪽을 뒤적거려주고 몸을 돌렸다. 울안의 삼엄한 공기에 놈들은 목을 곧추세우고 구석구석 몰려다녔다. 이미 사료통에 모이를 한 움큼씩 떠 부어 유혹할 수는 없었다. 형주는 날렵한 동작으로 놈들의 뒤를 좇았다. 매번 손끝에서 아슬아슬 빠져나갔다. 형주는 돌연히 걸음을 늦추더니 산기슭 위쪽으로부터 그물을 떼었다. 사육장 한가운데 섰던 갈참나무 둥치에, 떼어낸 그물 한 자락을 걸었다. 형주의 손끝을 안타깝게 피해다닐 공간이 절반으로 좁혀진 셈이다. 쫓기는 놈들의 단말마의 고함이 해가 설핏해진 골짜기를 잦게 누볐다. 나는 비닐 끈의 양쪽 끝을 잡아 매듭을 짓고 그 고리[환環]에 매듭을 집어넣어 칠면조의 목에 씌웠다. 나뭇가지의 그루터기에 걸었다. 여기저기서 설죽은 칠면조들이 나무둥치를 안고 안간힘을 썼다. 마지막인 듯한 동작이 끝난 뒤의 칠면조는 너무 길어진 목이며 체중이 불편스러웠으리라. 형주가 즐비한 칠면조 두름을 멍하니 둘러보다가 방금 낚은 칠면조를 가랑이 사이에 눕히고 날개를 양쪽 발로 밟았다. 멱줄띠에 칼끝을 박았다. 갈퀴 같은 발톱이 형주의 사타구니를 긁적대었다. 느닷없이 날갯죽지가 빠지고 홰를 치면서 까치걸음으로 두어 걸음 달아났다. 형주의 얼굴과 옷섶에 핏방울이 튀었다.

"엄마, 우리가 이 짓 꼭 해야 돼요?"

형주는 소매로 얼굴을 문지르며 분노와 울음 섞인 목소리로 말했다. 형주의 왼쪽 손등에 살점을 뜯기고 핏물이 돋은 자국이 있었다. 칠면조의 발톱이 스친 모양이었다.

"이것아."

나는 질겁을 하며 갈참나무잎을 하나 따 들고 달려갔다. 상처에 잎을 붙이고 비닐 끈을 돌려매려는데 내 손에서 형주의 팔이 억세게 빠져나갔다. 형주가 중심을 잃고 부리를 열어 가쁜 숨을 몰아쉬는 칠면조에게 성큼 다가갔기 때문이었다. 형주의 슬리퍼 뒤축에 칠면조의 목이 으스러지게 눌려 있었다. 형주의 입가에 쾌재를 부르는 듯한 미미한 웃음기가 떠올라 있었다.

"너희들, 그 죄 어떻게 받을래. 내가 전생에 무슨 죄를 졌기에 이 꼴을 보아야 한단 말이냐."

엷은 물빛 갑사 치마와 저고리를 입고 낡은 구슬 지갑을 든 시어머니가 울안을 들여다보았다. 소름이 치는 듯 손수건으로 연방 콧등을 닦으며 등을 돌렸다.

"어디 가시게요?"

"미꾸라지 한 사발 사서 방생 할란다."

나는 고리 만들던 비닐 끈을 든 채 늙은 나무뿌리와 돌무더기와 낭창거리는 나뭇가지를 피해서 주춤주춤 기슭을 내려가는 시어머니를 우두망찰 바라보았다. 처마 끝에 매달린 연꽃등이 샛바람을 타고 흔들렸다. 그늘이 해를 따라 자리를 옮겼으므로 태호의 승용차는 햇살 속에 방개처럼 엎드려 있었다. 시어머니가 징검돌을 디디며 내를 건넜다.

향기가 있는 집

저희 집으로 오시지요, 라는 간단한 문자메시지를 받았는데 이어서 전화가 또 왔다.

"지금 곧 오시지요."

문자메시지를 서둘러 확인하지 않는 나의 습성을 우 여사는 알고 있을 터다. 이런 때일수록 우 여사의 사근거리는 표정과 말솜씨와 꽃화분이 사철 너울거리는 거실 분위기를 떠올리면서 나는 유쾌하다.

"가겠습니다, 네."

문제의 토지는 손톱달 모양의 대지와 반달 모양의 전답이 맞붙어서 일그러진 보름달 모양을 이룬 땅이다. 1백8십 평, 집 한 채 앉히면 나름대로 전원주택의 맵시를 갖추기에 별 무리가 없다. 대개는 경매를 통해서 외지인들의 손에서 놀아났는데 그때마다 문제의 땅은 가격이 올랐고 여기저기 붉은 말뚝이 꽂히고는 했다. 한번은 전직 경찰 공무원 출신이라며 퇴직금으로 매입했는데 노후에 들어와 살 예정이라고 당찬 꿈을 보이다가 종무소식이더니 우리 네 집을 고소 사건으로 걸어 넣었다. 소유권자가 또 바뀐 것이다. 집 한 채가 들어서려나 보다 하고 무심했는데 날벼락처럼 날아든 등기우편물에 우리 네 집은 긴장하지 않을 수 없었다. 연 사용료 1백만 원을 지불하지 않으면… 어쩌고저쩌고 간담이 서늘한 내용을 늘어놓았다.

그 땅의 위치는 우리 집과 우리 뒷집이 사용하는 길목이었는데 코너의 우 여사네 집을 거쳐 인의예지 현판이 걸린 재실을 끼고 3미터 포장도로가 쭈욱 산자락 아래 박상우 씨네 집으로 트인다. 주말이면 외지인이 컨테이너 한 동 들여놓고 여가 시간에 텃밭으로 일구는 산자락으로 이어지는데 문제의 땅 소유자는 우리 네 집만을 겨냥하고 있었다. 정리하자면 문제의 땅은 우리 집의 깃대 모양의 도로와 재실 계단, 우 여사네 울안과 연접되어 있으면서 문제의 그 땅은 절대 요긴한 길목이었다. 그들은 그물을 치고 물고기를 잡자는 형국이었지만 하루 이틀 지나면서 나는 담담해지기 시작했다. 미룰 데가 한두 군데가 아니었다. 우선 널찍하게 포장된 도로가 아니어도 건강한 두 다리가 있으니 못 갈 곳이 없다. 혹여 걷기 불편하면 외출을 금하면 된다. 마을 주민들의 개인 소유 도로의 사용료를 나는 진작에 지불한 셈이다. 우리 집터는 전답을 용도 변경한 경우가 아니라 애초 대지였다, 그러므로 선대부터 마을 토박이였던 박상우 씨만이 마을 주민들과 협력하여 책임을 지고 앞장서야 한다….

우 여사는 둥굴레 찻잔을 예모 있게 쟁반에 받쳐 들고 왔다. 본론으로 들어가기를 진중하게 기다렸다. 나는 찻잔을 들었다. 이때,

"이 사건을 대체 우리더러 어떻게 하란 말입니까?"

토박이 박상우 씨의 장남이 탁자 위에 펼쳐진 서류 뭉치를 손바닥으로 두들기며 불온한 어투로 내질렀다. 나는 그의 낯을 정시했다. 나이 4십은 넘겼을 법한 말끔한 표정에 조금도 흐트러짐이 없다.

"이거 우리가 책임 못 집니다. 이사 온 지 2십여 년이 넘은 여러 분들이 계신 데 왜 우리가 책임을 집니까?"

"알았어요. 나는 두 발로 걸어 다니겠습니다. 인의예지 현판이 걸린 재실 옆 둑을 거쳐 무덤이 있는 아무개 씨 밭둑으로 비잉 돌아서요. 됐지요?"

나는 자리에서 일어났다. 두세 시간 후, 나는 다시 우 여사네 집을 찾아갔다.

"결론이 어떻게 났습니까?"

"얘기는 간단해요. 고소인은 이미 변호사에게 사건을 의뢰했으니 우리도 변호사를 선임하자는 얘기입니다."

"박상우 씨더러 주도하라고 하세요. 도로로 사용하게 된 경위

등 이제까지의 내력은 우리보다 박상우 씨가 더 잘 아실 터입니다. 그 길을 도로로 이용하면서 우리는 건축허가를 받았습니다."

"변호사에게 의뢰합시다."

우 여사의 남편 정 선생은 공직생활 4십여 년 은퇴자의 정리된 모습으로 차근히 말했다. 나는 2십여 년 전 집터를 매입할 당시 지주였던 박상우 씨의 음흉한 속내를 실토했다.

"그때 우리가 매입한 토지는 대지 1백5평짜리와 3십 평짜리 두 필지였습니다. 3십 평짜리 인감증명은 빠졌더군요. 3십평 짜리는 생면부지의 인물이 토지주였음에도 우리는 두 필지에 해당하는 총액을 박상우 씨에게 지불했어요. 집성촌인 이 마을사람들의 재실 현판『인의예지』를 믿고 남편은 그들과 술 한 잔 기울이면서 그럭저럭 마무리 짓고 싶어 하더군요. 측량을 해 보니까 그나마 절반이 앞집 철조망 안에 점유됐더군요. 박상우 씨에게 납득을 시켰지요. 일단 철조망 안의 15평을 찾아야 한다, 3십 평 소유주를 만나야 한다 하구요. 박상우 씨는 나에게 눈길도 주지 않더군요. 그의 아내는 남자들이 하는 일에 왜 여자가 나서느냐고 홀대하는 말을 했고 박상우 씨는 우리 집안을 둘러보며 남편만을 면대하고 싶어 하더군요. 남편은 사태가 잘못돼 돌아가고 있다는 것만은 분명히 파악했고 인의예지가 무너지면서 그들과 슬슬 거리를 두더군요. 충돌을 피하면서 타협안은 나한테 떠맡기는 낌새였어요. 남편의 의중을 존중하지 않더라도 사태는 이미 박상우 씨에게 불리하게 돌아갔어요. 바람결에 소문을 들었는지 3십 평 땅 소유주가 어느 날 우리 집을 찾아왔어요. 논의를 하자는 것이 아니라 올봄부터는 땅을 찾아 채소라도 심어 먹어야 하겠다는 거예요. 우리 집 주변을 둘러보면서 어슬렁거리다가 돌아가더군요. 6개월 만에 철조망 안에 점유된 15평을 찾고 박상우 씨에게서 3십 평 땅값을 돌려받았습니다. 돌려주면서 조건을 붙이더군요."

"조건요? 무슨 조건요?"

우 여사의 남편 정 선생이 반문했다.

나는 찻잔을 들어 입안을 축이고 다음 말을 이었다.

"큰길에서부터 마을 초입을 지나 우리 집까지 장장 7~8백여 미터의 도로는 마을 주민들이 농로로 사용하던 토지로서 현재도 세금을 내는 개인 땅입니다. 그에 해당하는 합당한 보상을 하라는 겁니다. 구체적으로 말해서 마을 회관 건립 일환으로 일정액의 기탁금을 요청하더군요. 그 타협안에 저희 남편은 두말 않고 일금 4백여만 원을 기탁했습니다. 토지대금 총액의 3분지 1에 해당했습니다."

그만하기가 다행이야, 하면서 남편은 쌍수를 들고 화답했으며 드디어 정부의 적극적인 도움이 주축이 되어 회관 건물 2층이 의젓하게 탄생했다. 그 과정에서 함양 박씨 일족 즉 우리가 기탁한 돈이며 정부의 지원금을 주무르던 아무개의 손에서 주먹구구식으로 돈이 놀아났다는 것이다. 구체적으로 말해서 천 원 단위는 물론 만 원 단위는 대충 꼬리가 잘리고 그나마도 영수증 처리가 있기도 하고 없기도 했는데 이 사건은 인의예지 마을의 후손답게 법정 투쟁까지는 번지지 않았지만 외지인과의 유대 관계에서 불신의 온상이 되었고 토박이들은 형님, 동서, 아주버니, 대부, 시동생 하면서도 외지인들의 주머니에서 흘러나온 돈의 향방에 신경을 곤두세우기 시작했다. 토박이들은 외지인 때문에 동네 인심 사나워지고 좋던 의리에 금이 갔으며 가진 것 없이 밥 세 끼니만 먹고도 인의예지를 중시하던 동네 망쳤다고 탄식했다.

"아, 문제의 땅이 바로 이것인가요?"

정 선생이 지적도 한 장을 들고 왔다.

"깃대처럼 길게 도로와 이어져 있지요."

나의 이름으로 명기 된 부분을 붉은 볼펜으로 표시하면서 정 선생이 지적도를 펼쳐 보였다. 남편은 일이 마무리되자 아, 수고 많았어, 자기 이름으로 해 주지, 라면서 걸맞지 않은 농지거리로 얼버무렸다. 어 우리 마누라 까무러치는 줄 알았네, 어허, 결코 두 번 다시 이런 실수는 저지르지 않겠다는 말 대신 남편은 애정 표현을 그렇게 했다.

"도로 사용에 대한 책임은 이 마을 주민과 박상우 씨만의 전적인 책임입니다. 그들을 믿고 이주해 들어 온 우리는 협조적으로 따를 터이니 사건의 전말은 박상우 씨와 마을 주민들이 주도하도록 하셔야 됩니다."

잠시 후 정 선생과 그의 아내는 조용히 고개를 끄덕였다.

"아무튼 이 사건에 앞장설 생각도 없지만 금일봉을 투자할 뜻도 전혀 없습니다. 발품을 들여 쫓아는 다니지요."

박상우 씨와 그의 아들은 한동안 연락을 끊더니 10여 일 만에 준비된 서류를 법원에 제출했노라고 정 선생을 통해서 알려 왔다.

"작가님은 제외시키고 우리 세 집만 해당 사항으로 끌어가자고 하더군요. 혼자 투쟁하시라는 거지요."

그렇게 하지요. 나는 두 다리만 믿고 살겠습니다, 라고 속말을 하면서 고개를 끄덕였다.

그날 나는 홀가분하게 자리를 떴고 이후 우 여사는 차를 같이 마시자고 자주 불렀다. 겨울에도 실내에서 꽃이 피었으므로 우 여사는 그 꽃들의 분위기를 닮는 것인지 언제 보아도 밝고 부드러운 표정이었고 옷깃에서조차 향료 냄새를 잃지 않았다. 인공 향료이기는 해도 청결감이나 귀티를 유지하는 데 도움이 되었다.

1년여 가까이 두어 달에 한 차례씩 우리 네 집은 떼로 몰려 법원에 출두했나. 생소한 사건이 주는 체험과 오랜만의 외출은 나의 자유롭고 느슨한 일상에서 별 부담이 없었다. 피고소인들이 단 한 사람뿐인 고소인을 둘러싸고 분기탱천, 의기양양 불쑥불쑥 던지는 말은 독화살이 되어 상대방의 기를 죽이기에 충분했다.

"지목이 대지라고는 하지만 포장된 길이라는 거 알고 매입했잖소!"

"우리 마을 사람들 그렇게 답답한 사람들 아닙니다. 대화를 통해서 해결해야지 소송 좋아하면 3대가 망해요!"

"바쁜 농사꾼을 농사철에 이렇게 와라 가라 해도 되는 거요?"

여기저기 웅깃웅깃 서성거리던 피고소인 4~5명은 한마디씩 했다. 금반지를 번쩍이며 기생오라비같이 행색이 멀끔하던 고소인은 어색한 미소로 얼버무리더니 슬그머니 사라졌다. 예상했던 대로 우리는 승소 판결을 받았지만 사건이 수원 대법원으로 넘어가던 어느 날이었다. 우 여사로부터 이 사건으로 마을 회관에서 회의가 열리게 됐다는 전화 한 통을 받았다. 법정 대리인이라는 3십대 후반쯤 되는 말끔한 청년이 회의를 주관하고 있었다. 모든 법적 절차는 취소할 것이며 따라서 소유권자가 건축할 계획이 있으므로 마을 여러분들은 협조해 주시기를 간곡히 부탁드린다는 결론이었다. 이장을 비롯해서 이 동네의 터줏대감 격인 함양 박씨 종친회의 총무가 노익장 어른답게 온유한 어투로 응답했다.

"좋습니다, 이제까지처럼 우리 마을 발전에 외지인들께서 지대한 협조 주시기를 간곡히 부탁드립니다."

회의를 끝내기가 바쁘게 젊은 법정 대리인은 서둘러 자리를 떴고 우 여사를 비롯한 우리 피고소인들, 마을 이장, 종친회 총무 등 일행은 각기 집을 향하여 발길을 떼었다.

"진작 그렇게 나오지."

박상우 씨가 웃으며 느긋하게 말했다.

"그 새파란 사람이 법정대리인이라 하던가요?"

우 여사는 사태가 싱겁게 끝났다는 생각이 들었던지 홀가분해 하면서 누군가를 비웃고 싶어 했다. 나는 우리 일행의 뒷담을 들으며 아직 마무리가 덜 됐고 고소인은 또 다른 음모를 꾀할 것이라고 말했다. 자기가 당한 만큼 또 누군가를 속일 것이다. 결코 손해를 보지 않을 것이다. 수차례 소유주가 바뀌었듯이 또 그렇게 앞으로도 계속…. 속고 속이고 그렇겠지.

나는 서류를 뒤적여 고소인의 주소를 찾아냈다. 전화국의 114를 돌렸다. 주소지를 밝히자 즉시 정확하게 전화번호를 알려 주었다. 일이 잘되려는지 고소인 정상항 본인과 즉시 접선되었고 매입의사와 매도의사는 즉각 진행되었다.

"솔직히 말씀드리지만 정상항 선생께서 그 땅에 집 짓고 와서 살기는 좀 곤란할 것입니다. 안 할 말이지만 이 마을 토박이인 박상우 씨 비위를 건드리셨어요. 처음부터 그렇게 나오셨으면 얘기는 다를 터인데 법정 소송으로 1년여를 넘게 끌려다녔으니 감정이 상할 대로 상한 판국이란 말입니다. 어떻게 생각하세요?"

"맞습니다. 이렇게 말씀드리기 뭣하지만 저도 속았어요. 중개업자가 변호사라기에 무조건 믿었지요. 그런데 어찌 된 변호사인지…."

로스쿨 제도 이후 양산된 법무법인의 안착지가 부동산 중개소라던가.

“매도하시지요. 꼭 사겠다는 분이 계십니다.”

“예, 그렇게 하겠습니다.”

“얼마까지 받을 셈이시지요? 긴 얘기 하지 마시고 한마디로 간단하게 말씀하세요.”

“제가 들어간 돈만 찾으면 넘기겠습니다. 이문을 남기기에는 물건이 좀….”

“당연하지요, 그 물건에서 이문은커녕 손해나 안 보시면 다행으로 아셔야 해요.”

나는 그의 입장이 썩 불리하게 돌아간다는 상황을 간파했고 그 약점을 꼬집어 목소리에 힘을 실었다. 어물어물 기가 죽은 상대방의 목소리가 들려왔다. 얼마까지 생각하느냐는 것.

“2천5백만 원요.”

“네? 어허 그건 아닙니다.”

그는 어이없다는 듯 헛웃음을 남겼고 그의 전화 끊는 소리보다 내가 먼저 수화기를 놓아 그의 기를 죽였다. 되면 되고 말면 말고…. 나는 각본을 짰고 그 각본대로 움직일 셈이었다.

일주일 후, 그 작자에게서 전화가 왔다.

“조금만 더 생각해 주시면 팔겠습니다. 솔직히 말씀드려서 1억은 받아야 하지만 사정이 사정이니만큼 그 금액은 어렵겠고요….”

“알겠습니다, 생각해보고 연락드리지요.”

이런 때일수록 연막작전, 지연작전이 필수다. 나는 아들딸들에게 이러저러한 물건이 나왔으니 생각해 보고 연락 달라, 아니면 엄마가 매입할 생각이다, 그런 줄 알고 돈이 좀 부족하면 너희들에게 도움을 요청할 수도 있다, 등의 언질로 관심을 집중시켰다. 두 아들딸들은 일언지하에 거절했다. 아닙니다, 필요 없습니다, 이구동성이었다. 도대체 지금 젊은 애들은 부동산에 관심이 없다니까. 사 두면 오를 터인데, 가장 믿을 만한 투자처가 부동산인데 말이다. 알다가도 모를 일이야. 젊은이들의 사고방식이 한심하기는 했지만 별다른 대책이 없었다.

'장차 너희들이 여기서 살게 되더라도 저 물건이 두고두고 골머리 아프게 굴 터인데 말이지.'

나는 여러 개의 통장을 꺼내 잔액을 살피면서 매수 능력을 가늠했고 대강 맞춰 보겠다는 심중을 굳혔다. 겨울 한 철 폭설이라도 내리면 우리 집 앞까지의 S자 비탈길은 목숨을 걸어야 한다. 문제의 땅을 매입해서 주차장이나 우체통을 세워 집배원의 노고를 덜어 주고 양지바른 곳 한 자락에 배추나 파, 상추 따위나 심어 가꾸면서 말이다. 피할 수 없으면 즐기라고 하던가? 까짓 난생처음 내 멋대로 일을 저질러 보리라.

나는 굳게 작심을 하고 우 여사에게 경위를 설명했다, 첫머리에 우선 강조한 것은 자식들 대까지 이어질지도 모르는 법정 고소사건이다, 불씨를 품고 있다, 우리 대에서 결말을 보자, 였다. 우 여사는 크게 공감했다. 금액에 있어서 나는 다소 부담스럽다, 함께 투자하자, 최저 2천 5백만 원으로 잘라보았지만 전혀 먹히지를 않는다, 공동 투자하자, 라고 허두를 떼었다.

"작가님, 무얼 그걸 같이 사요. 우리가 혼자 사던지 그럴게요. 그 땅이 우리 울안과 연접돼 있기도 하구요."

우 여사는 아주 가볍게 단안을 내렸다. 내가 홀로 몇 날 며칠을 그 문제로 자식들과 논의를 거듭한 결과 비협조적인 반응도 그러하지만 통장 잔액을 두고 머리 아프게 더하기 빼기를 거듭한 결과인데 반해서 우 여사의 결론은 허탈할 지경으로 명쾌했다. 나는 다짐하듯 재차 물었다.

"그렇게 하시겠어요? 단독으로요?"

"네, 여보 안 그래요?"

부부가 혼연일체 10분 만에 결론을 내렸다.

"얼마 달래요?"

"모르겠습니다, 우선 제가 2천5백만 원을 제시했어요. 안 된다고 잘라 말하더니 일주일 만에 연락이 오네요, 조금만 더 생각해 달라네요. 웬만하면 팔아넘기겠다고 하기에 이익 보실 생각은 안 하시는 게 좋아요, 그곳에 집 못 지으실 거예요. 이 동네가 집성촌이거든요? 마을 초입부터 길이 개인 소유의 농로이고 담합하면 못 할 일이 없습니다. 아셨지요? 라고 내가 당한 만큼의 엄포로 나갔어요. 욕하면서 배운다던가요?"

"그러셨어요? 여보 어떻게 할까, 우리는 5천만 원으로 잘라 버릴까요? 사면 사고 말면 말고."

우 여사 부부는 잉꼬부부답게 이심전심이 척척 잘 되었다. 멀찍이 소파에 앉아 티브이 뉴스를 시청하던 정 선생 역시 가볍게 그렇게 하지 뭐, 라고 응수했다. 그야말로 일사천리로 처리되었다. 매수자와 매도자가 만날 약속 장소며 시간이 즉석에서 이뤄졌다. 가격은 만나서 타결을 보기로 했다.

며칠 후 오후 2시, 계약 체결 장소는 역시 우 여사네 꽃향기 넘치는 집 거실로 정해졌고 나는 중개인 자격으로 합석할 작정이었지만 자신이 없어 이웃의 김 사장을 대동하기로 했다. 이 마을에서 유일하게 타성바지지만 뚝심 좋게 발언권을 행사하는 건축업자다. 처가 동네에 와서 큰소리치느냐고 바른 소리 잘하는 방개 할머니에게 느물느물 할 말 다 한다. 왜 처가 동네에 와서 살면 안 되는 법이라도 있어요? 아내가 촌수가 높아 누님이나 시누이님으로 예우를 받는 데다 순직하게 이집 저집 말없이 농사 일손을 잘 기들어서 인성을 받는다. 잘 알지도 못하면서 얼마에 사라, 팔아라 이러쿵저러쿵할 수가 없는 일이던 참에 김 사장은 내 말 몇 마디에 거들겠다고 선뜻 나섰다.

"내가 그 물건에 대한 내력은 잘 알지요. 조정해 보겠습니다. 무려 4~5차례에 걸쳐 경매로 나왔고 그때마다 매수자는 들어간 등기비를 덧붙여 팔아넘겨 손해는 안 봤지만 별 이익은 못 봤다고 하겠지요."

"가격 절충 잘하세요, 틀어지지 않도록 요령껏 분위기 잘 봐가면서요."

"어차피 이런 일은 주거니 받거니 한다 안 한다 하면서 일어났다 앉았다 날짜를 끌게 마련입니다. 몇백 원 몇천 원짜리 슈퍼마켓 물건 사고파는 것도 아니고 말입니다. 그날로 당장 결정되면 이 노릇만 해 먹게요?"

김 사장은 각오를 단단히 했고 나는 김 사장의 각오 못지않게 마음 졸이는 부분이 있었으므로 우 여사에게 당부를 했다.

"승소 판결이 날 때까지 박상우 씨 부자가 수고한 것은 잘 알지만 손해배상이니 뭐니 처음부터 조여들어 가지 말았으면 좋겠어요. 매도자의 속셈은 아직 불투명합니다. 얼마를 받겠다, 아니면 그만두겠다, 라는 말을 한 적도 없지만 법적 판결문에 보면 손해배상 청구를 하라는 조항은 없거든요. 단지 고소인에게 무효 판결을 내렸을 뿐입니다."

"작가님, 그렇다면 작가님만 제외하고 손해 배상을 요청하고 받아내기로 하겠습니다."

"처음부터 손해 배상을 청구하면서 나가지 말자는 겁니다. 박상우 씨 부자는 손해 배상을 우선적으로 내 걸 위험성 때문에 자칫 이 계약을 깨뜨릴 소지가 있어요. 박상우 씨 아들은 젊은 패기만 가득 차 있습니다. 한마디로 말버릇이 없어요. 인의예지, 이 마을의 후손이라고 믿을 수가 없어요. 이 자리에 합석시키지 말고 우리 김 사장님이 주관하시도록 하지요."

나는 몹시 초조했다. 그들 부자 일가와의 관계에서 첫 단추가 잘못 끼워진 모양새로 맙상이 됐던 터에 그동안의 들어간 경비의 4분지 1에 해당하는 금액 15만여 원을 나는 무려 3개월을 끌었다. 동네에서 마주쳐도 고개를 돌렸다. 그들 일가를 괴롭히려는 고의적인 속셈이었다. 내용증명을 띄우겠다는 문서가 등기로 날아왔다. 일금 15만 원 때문이라니 개가 웃을 일일 터. 두세 차례에 걸쳐 온라인 계좌로 송금을 했다. 보복심이 극도에 달해 있었다.

며칠 뒤, 매도자와 김 사장, 우 여사 부부 등 우리는 정한 날짜와 시간에 맞춰 우 여사네 꽃향기 짙은 거실에 둘러앉았다. 우 여사가 때마침 걸려온 휴대폰 전화를 받았다. 박상우 씨 아들이었다.

"네, 모두 참석하셨어요, 연락드리면 그때 참석하세요. 우리끼리 처리해 보구요."

우 여사는 참배 맛 같은 미소를 떠올리며 내 옆자리에 앉았다.

"작가님이 하도 꺼려하셔서 우리끼리 해보다가 안 되면 전화하겠다고 했어요."

"연륜이 있는 노익장끼리의 대화가 부드럽고 순하지요. 젊은 사람이 끼면 급하고 단도직입적이고 상대방보다 자기주장이 강하게 앞서고…."

어느새 나는 둥글게 닳고 닳은 유연성을 보이고 있었다.

우 여사 부부가 계약서 작성을 준비하는 동안 김 사장이 거구를 시트에 푹 잠기도록 앉더니 등받이에 한껏 등을 기대었다. 한쪽 다리를 꼬아 걸친 자세가 좌중을 압도했다. 드디어 법정 소송으로 1년 이상을 끌고 다닌 엄중한 죄인임을 알아야 한다고 개탄했고 이어서 몇 년도 어느 작자의 손에서는 들어간 돈의 반절도 건지지 못한 버려진 물건을 당신이 홈빡 바가지 썼노라고 오장을 들쑤셔 주었다.

“그나저나 매입자께서 먼저 말씀해 보세요. 얼마면 사시겠는가.”

소유주 정상항 씨가 김 사장의 말을 중동무이시켰다.

“우리야 싸게 사면 좋지요. 파실 분이 손해나 안 보시면 파실 건지.”

“그럼요, 본전이나 건질 생각입니다.”

“5천만 원요. 아니면 두말하지 마세요. 사면 사고 말면 말겠습니다.”

우 여사가 가볍게 잘라 말했다.

“좋습니다. 계약서 씁시다.”

인터넷뱅킹으로 계약금이 건너가고 5만 원권 지폐로 현금 2백만 원을 준비한 우 여사 부부는 계약서를 쓰다가 잠시 중지하고 매도자를 신중하게 건너다보았다.

“법정 대응 차원에서 서류 준비 따위에 들어간 경비 총액 60만 원, 법정 출두 총 6회, 1회당 손해 배상 10만 원, 1가구당 75만 원,

배상하셔야 됩니다."

소유권자 정상항 씨는 나를 건너다보았다. 이런 얘기는 없었다, 어떻게 된 거냐, 그렇게는 못 하겠다, 등등의 의미가 담긴 눈길이었다.

"정 선생님."

나는 잠시 숨을 골랐다. 여유 있는 표정으로 입을 열었다.

"가까운 제주도 여행 한 번 다녀오신 셈 치시지요. 심적 고통은 물론 이웃 간의 불목으로 이 동네에서 살아야 해 말아야 해, 라는 명제를 놓고 저는 밤잠을 설쳤습니다. 이웃 간의 불목, 돈으로도 치유가 어렵게 됐어요. 우리도 변호사에게 의뢰했다면 경비가 7배는 초과됐을 겁니다. 이만하기가 다행인 줄 아시고 원만하게 처리하시지요."

정상항 씨는 갑작스레 양지바른 들녘에서 용비어천가를 부르며 풀을 뜯는 순한 양처럼 한숨을 쉬었다.

*

우 여사가 이런저런 등기서류들을 준비하는 동안 우리는 전보다 더 자주 마주쳤다. 각자 현관문만 나서면 3미터 도로를 마당처럼 가운데 끼고 수시로 만난다고 해야 옳다. 풀을 한 주먹 뽑다가 만나기도 했으며 산책 삼아 뜰을 나섰다가 매실나무나 목련나무

가지 틈새로 서로의 옷깃만 어른거려도 따뜻한 봄 날씨 한 자락처럼 반갑고 포근했다. 우 여사는 작가님, 어제 잠깐 갔더니 안 계시더군요, 라는 간단한 인사말로 안부를 전했고 나는 우 여사에게서 맡아지는 향기며 사철 꽃덤불이 너울거리는 거실을 떠올리면서 많이 바쁘셨지요? 하고 응답했다.

"무슨 일로 오셨었지요?"

오며 가며 천천히 나누어도 좋을 급할 것 없는 용건인 듯했지만 나는 우 여사가 이끄는 대로 울안 통나무 의자에 나란히 앉았다.

"우리 작은 아들 명의로 등기를 끝냈어요. 터를 좀 돋우고 하천 복개 허가만 내면 돼요. 현재 사용 중인 도로는 생각 중이예요."

"네, 집터가 반듯하게 살아나겠군요."

"두 필지가 총 180평이거든요? 이렇게 저렇게 집 두 채는 지을 수 있어요. 우리 남편이 건축 전문이잖아요. 보는 눈이 있어요."

우체통이나 하나 꽂아놓고, 한겨울 폭설이 내리면 자동차가 한 바퀴도 구르지 못하는 s자 코스를 면하기 위해서 나는 잠깐씩 주차장으로 이용할 뜻이었는데 집 두 채를 들여앉힐 예정이라니, 역시 눈이 보배가 아닌가. 그 안목으로 우 여사 부부는 여기저기 부동산을 소유하고 있으며 월세 수익만도 몇백만 원이다.

"임자 제대로 만났네요."

호오~ 네~, 우 여사는 벚꽃 같은 웃음을 만면에 지어 뿌리고 날렸다. 그 꽃잎들은 기이한 낭패감으로 몰려오다가 나의 발치에 떨어졌는데 몸을 일으켜 그것들을 밟을까 말까 어릿거리면서 나는 자리를 떴다.

"공사 곧 시작할 거예요."

등 뒤에서 우 여사의 벚꽃 같은 낭보가 횡재했다는 듯 한 차례 더 쏟아졌다. 나는 돌아다보지 않고 집으로 걸음을 떼었다. 컴퓨터 앞에 앉아 전원을 누르고 자판을 찾는다. 할 일은 이 짓뿐이다. 소설 쓰기—.

우 여사네 부부는 봄 내내 지적도와 도면을 뒤집어 보고 엎어 보며 측량 말뚝을 여기저기 꽂더니 최종 결론을 내렸다.

"잘해야 겨우 열 평짜리 한 동 앉히겠습니다. 인접한 지역과의 경계에서 폭 2미터를 떼어야 하고 출입구를 허용하는 것이 필수이다 보니 현재의 도로를 완전히 폐쇄하고 하천 복개 도로를 개설하지 않으면 그나마도 불가능 하단 얘깁니다."

"애초부터 하천 복개를 전제로 하셨지 않나요? 계획대로 하게 안 되나요?"

"어렵다고 봐야겠어요. 하천과 인접한 밭주인이 절대 불가하다고 나옵니다. 이해 상관은 없지만 법적으로 그 밭 주인의 동의가 있어야 가능하다고 합니다."

"인척 관계인 박상우 씨가 적극 협조하겠다고 했을 터인데요. 안 되나요?"

나는 인의예지의 마을임을 상기하면서 반문했다.

“그랬지요. 그 복개라는 공사 자체를 정부에서는 상당히 문제가 있다고 보고 있고 주민 누구 한 사람이라도 반대를 하면 불가한 사항이라고 못을 박습니다. 더군다나 인접한 토지주의 동의는 필수더군요. 정확하게 경계를 지켜 공사를 하면 전혀 피해가 갈 리도 없지만 복개 도로가 생기면 오히려 자기네 밭 통행에도 상당히 도움이 발생될 조건인데 반대 이유를 이해할 수가 없어요.”

그 봄이 가고 여름이 오도록 별 신통한 소식이 없던 어느 날 마을 종친 중 촌수가 높다는 루시아농원 안주인이 나를 찾아왔다. 이 문제를 자기 남편에게 맡겨 보자는 것이다. 그 인접 토지의 소유주는 진작부터 매물로 내놓은 입장이며 루시아농원 측에서 매입 의사가 있다는 귀띔을 누군가가 해 왔다. 글쎄요, 이 사람 저 사람 분답하게 청을 넣을 필요 있겠어요? 조금 더 기다려 보겠습니다. 우 여사 부부는 별 관심을 보이지 않고 절기가 바뀌도록 소식이 없다가 불현듯 루시아농원의 연락처를 알고 싶어 했고 나는 지체 없이 그들의 연락처를 문자로 날렸다. 원만하게 처리되시기를 바랍니다, 라는 덕담과 함께.

*

“궁금한 것이 있어서 왔어요.”

“네, 말씀하세요.”

나는 자리에 앉지도 않았고 우 여사 부부도 나에게 자리를 권하지도 않았다. 주방에서 무슨 일인가를 하던 물 묻은 손을 씻지도 않은 그들 부부에게 나는 용건부터 말했다.

"구체적으로 길이 어떻게 조성되는 거지요? 길을 중심으로 느티나무 위치가 어디쯤이 되나요?"

"구체적으로 설명 드릴까요?"

정 선생은 도면을 들고 몇 마디 설명을 시도하다가 밖으로 나가실까요? 아예 현장을 보면서 설명을 드리는 것이 이해가 빠르실 것 같습니다, 라면서 현관문을 열었다.

"여보. 약속 시간 됐어요, 나갔다가 들어와서 말씀 나누시지요."

우 여사가 남편 정 선생의 말을 가로막았다.

"어, 그럴까. 시간이 벌써 그렇게 됐나?"

아내 우 여사의 말 한마디에 정 선생은 몸을 돌렸고 나는 정 선생이 치밀하게 그린 도면을 들고 현장과 비교 세세히 살폈지만 신설될 길의 위치가 가늠되지 않았다. 어떤 곳에도 문제가 될 느티나무의 위치는 표시되어 있지 않았다. 서너 시간 후, 우 여사 부부의 연락을 받고 나는 현장에 나갔다.

"구체적으로 도면상에서 느티나무 위치가 어디가 되는 거지요?"

정 선생은 바쁜 일정이지만 설친다거나 느슨해 보이지 않는 차분한 어조로 현장과 도면을 비교하면서 상세하게 설명했다. 우측에 느티나무를 끼고 급커브를 틀어 기존의 3미터 도로를 거쳐 좌

측의 나무 한 그루는 베어버린다. u자가 두세 개쯤 이어진 모양새의 경사진 3미터 도로….

"복개 공사가 끝나면 지금 사용하는 도로는 폐쇄하실 예정이지요?"

"그렇다고 봐야지요."

나는 집으로 돌아왔다가 다시 우 여사네 부부를 찾아갔다.

"느티나무를 베어버리셔야 될 것 같습니다."

"네?"

우 여사가 소파에 앉아 경악을 하더니 고개를 돌리고 그건 말도 안 된다고 잘라 말했다. 나는 두말없이 자리에서 일어났다. 이웃집 김 사장을 찾아갔다.

"복개 공사고 뭐고 내 허락 없이는 아무것도 못 할 줄 알라 하시오. 물이 넘치면 우리 집이 가장 큰 피해가 온단 말이오. 가서 얘기나 들어 봅시다."

김 사장을 앞세우고 다시 우 여사 부부를 찾아갔다.

"걱정 마세요, 오늘 결판냈습니다. 하천과 인접한 밭 주인의 허락이 떨어졌습니다. 루시아농원 주인 박 사장과 점심 식사하면서 타협안을 찾았습니다. 잘 될 겁니다. 공사는 김 사장님이 맡아 주시면 좋겠습니다."

"나는 그런 공사 전문이 아니어서 뭐라 말할 수는 없지만 누가 하든지 간에 그 복개 공사라는 거 잘못하면 우리 집 물에 잠깁니다.”

김 사장이 끙짜를 놓았다. 오, 나의 우호군! 안도의 한숨을 내쉬다가 이내 빠르게 돌아가는 상항에 긴장했다.

“이장도 마을 사업으로 추진하겠다고 동의했습니다.”

“이장 아니라 이장 할애비라도 내 허락 없이는 안 된단 말입니다.”

“김 사장님, 제 말씀 잘 들어보십시오. 될지 안 될지 확언은 못하겠지만 마을 사업이면 가능성이 있다고 봐야겠습니다. 시에서 알아서 하겠지만 대강 공사비 3천5백만 원으로 예상한다 치고 우리가 그 공사비 전액을 마을에 내놓는 겁니다. 우리 마을의 숙원 사업이 뭡니까. 도시가스 끌어들이는 일 아닙니까. 10억 가까이 드는 그 공사비에 도움을 드리겠다고 했습니다.”

이쯤에서 김 사장은, 어허 그렇다면야, 아주 잘 된 일입니다, 좋지요, 라면서 만면에 웃음을 화들짝 떠올렸다. 나는 밤잠을 설쳤다. 뒷집과 우리 두 집만 사용하는 길이다. 뒷집은 젊은이들에게 세를 주었고 집주인은 자주 바뀌어 얼굴도 모른다. 나야 자동차 팔아 치우고 두 다리로 걸어 다니면 된다지만 걸리는 것은 또 훗날 자동차를 부리고 다닐 내 자식들의 문제다. 휴대폰을 꺼내 우 여사와 루시아농원 박 사장에게 모든 공사 계획 중지하시기 바랍니다, 이장님을 거쳐 관에 항의 하겠습니다, 라고.

이장은 단잠에서 깨어 겨우 상반신만 일으킨 찝찝한 표정으로 나를 맞았다. 5십 대 초반의 나이, 자신의 꿈을 귀농이나 전원생활로 귀착시킨 처지가 아니고 이것저것 손을 댔다가 대책이 별무해서 부친의 땅 3백여 평을 팔아 빚을 청산한 답답한 경력이 있기 때문일까, 마을 노익장 틈에 끼다 말다 하면서 이장직을 떠맡기는 했지만 늘씬하게 훌쩍 큰 키와 그에 걸맞게 모가 나지 않는 잘 생긴 얼굴을 대할 때마다 나는 농사일에 시달린 그가 늘 안타깝다. 관공서 직원이나 흔히 말하는 국민배우로 성장하면 인기가 꽤 높을 것이라는 하찮은 생각과 길을 잘못 든 젊은이, 라는 생각을 한다. 찌뿌둥한 표정이 나의 심기를 거슬렀지만 그냥 넘기고 용건으로 들어간다.

"복개 도로가 개설되면 경사진 노면의 급커브에, 집이 한두 채 건축되면 전방 가시거리가 1, 2미터 미만의 위험천만 사고 다발 지역이 될 것입니다. 정부로부터의 공사비 3천5백만 원 전액을 건축주가 마을에 대납 기부한다는 것도 말이 안 됩니다."

이장은 처음부터 마지막까지 내 말을 듣기만 하더니, 알았습니다, 진작 그렇게 나오시지—라고 불만했다. 단 한 사람의 반대만 있어도 공사는 불가하다는 전제가 있었던 만큼 사건은 짧고 간결하게 처리되었지만 우 여사 부부를 아침저녁으로 울안에서처럼 대면하던 일이, 우 여사네 거실에서 향기를 맡으며 차 한 잔 나누던 여유가 저만치 물러났다. 아니 잃었다고 말해야 옳다. 거실에서 향기를 즐기며 마주 앉아 차 한 잔 나누던 여유가 몰락한 영지

領地에는 애벌레처럼 꾸물거리는 동작이 독풀처럼 돋기 시작했다.

*

그 겨울 오후, 나는 우 여사네 양지바른 마당을 기웃거리다가 젊은이가 거실 유리 문을 통하여 알아보고 반색을 하는 바람에 어정쩡 이끌려 들어갔다. 너른 거실에서 냉기가 쌩하고 돌았다. 젊은이는 벽난로 옆에 작은 탁자를 놓고 컴퓨터 자판을 두드리고 있었다.

이미 난 화분이며 영산홍 철쭉 등 추위를 타고 시들거리는 놈들이 있었다.

"우 여사가 저놈들 꽃피우려고… 절대로 난방비는 아끼지 않던데…."

젊은이는 내 말에는 전혀 귀를 기울이지 않았다.

"차 한잔하시지요."

젊은이는 영국 유학을 마치고 돌아왔으며 문학작품을 번역하는 직업을 꿈꾼다고 했다, 여류 독문학자 전혜린의 글을 좋아한다고 말했을 때 나는 젊은이의 글솜씨가 궁금한 적이 있었다.

"난방비는 아끼지 않아도 될 터인데…."

실내의 냉기와 시들거리는 화분들을 일별하면서 나는 우 여사의 취향을 확인시켜 주었다. 젊은이는 믹서기에 테이스터스 초이

스 커피를 득득 갈더니 따끈한 물에 두 잔을 내려 쟁반에 받쳐 들고 왔다.

"걱정 안 하셔도 됩니다. 저희 이모는 겨울이면 난방비가 아까워서 이곳을 떠납니다. 분당의 아주 삭은 열다섯 평짜리 오피스텔에서 월동을 하시지요. 이곳은 겨울이 길고 눈이 자주 오고 가파른 경사의 S자 코스 길이 위험천만이거든요."

"저 꽃 화분들은 우 여사가 애지중지 다루는 것들이잖아요."

젊은이는 이쯤에서 입을 꾹 다물고 잠시 찻잔에 시선을 박는다.

"저는 이 겨울만 지나면 이곳 이모 집을 떠날 예정입니다."

"화분들이 죽어 간단 말입니다."

"이모 손에도 마찬가지예요. 버리고 수차례 사들인 것들입니다. 내심은 난방비 아끼지 않고 꽃을 살리는 편이 아니라는 걸 저는 잘 알거든요. 이모 손에 죽었을 때는 말없이 처리하지만 올해처럼 추위가 극심한 겨울, 내 손에 죽은 저놈들을 처리하면서 속 깊이 저를 탓하겠지요. 난방비 많이 나왔다고 탓하는 이모의 원성보다 저놈들이 추위를 타고 죽는 편이 저는 떳떳해요. 이모는 난방비를 고심하다가 울안 추녀 밑 공간에 연탄보일러 방을 새로이 지어 붙였어요. 일금 4천만 원을 출자했지요. 연탄 창고도 지어 붙이고요. 울안 전체가 짐짝들로 꽉 찼지요. 이모 취향입니다. 걸신들린 듯이 사들이고 채우고…."

젊은이는 태연하게 말했다.

나는 기억한다. 특히 봄이면 빈 껍질만 앙큼하게 남은 통마늘이 벽에 걸렸다가 고스란히 접으로 쓸려 나왔고 망고, 체리, 파인애플 따위가 얼부푼 흉한 몰골로 흙구덩이를 미친 듯이 메웠다. 나는 그들 사체에서 일말의 죄책감이나 부끄러움을 읽을 수 없었으므로 주인을 향한 불쾌감이 자꾸 머리를 들었다.

"저 피아노요?"

젊은이의 말을 좇아 나는 벽난로 한옆의 다갈색 영창피아노에 눈길을 보냈다.

"멋이지요. 이 집에서 피아노 소리가 흘러나오던가요? 허영심이고 위선이지요."

우 여사를 따라 소프라노 조수미의 독창회에 참석한 적이 있는 나는 젊은이의 안색을 물끄러미 건너다보았다. 어투에는 희고 차가운 고요가 서릿발처럼 깔려 있었다.

"저한테는 이종사촌 남동생이자 이모한테는 장남이지요. 그 아이 혼처를 구할 무렵이었습니다. 노래 교실 동인들과 시작한 취미활농을 좀 더 적극적으로 광범위하게 펼치면서 신붓감을 물색하더군요. 어디에 몇 평짜리 아파트를 장만해 두었고, 어디의 창고형 아파트에서 나오는 사글세를 받아쓰게 할 것이다, 파출부 대어주고 바이올린 교습소 등록해 줄 것이다, 몸만 와줘도 좋다고 정성을 쏟더군요. 신부가 전공을 바꾸고 싶다는 뜻을 비치자 대학도 보내주겠다고 했습니다. 문제는 결혼 이후 아이를 한둘 낳기 시작하면서 상항이 1백8십도 달라진 겁니다. 새로운 전공을 위한 대학 진학은 스스로 포기했다 치지만 아이를 파출부에게만 맡길 수 없다. 시어머니가 양육해 달라는 요구가 전면에 대두되었고 셋째 아이를 낳고부터는 그 실랑이가 폭탄선언을 불러오더군요. 시부모가 아이를 양육해 주지 않으면 이혼도 불사하겠다 등등. 이모도 자기 인생 살아야 되겠다고 맞선 겁니다. 이때부터 이모의 물질 공세랄까 애정 표현도 단호히 멈추더니, 그래 이혼할 테면 해라, 라면서 사태는 최악으로 급속히 굴러떨어졌고 근간에는 발걸음도 끊겼습니다. 물질 공세의 타협안에 익숙했던 그들은 결국 재산포기 각서를 써라, 쓰겠다, 라는 막판 결론까지 내리더군요. 포기각서를 써서 주고받더군요. 부모와 자식 지간에요. 혼사가 이뤄질 당시 아이를 낳으면 키워 주겠다는 계약 조항은 빠졌던 모양입니다. 피차가 책임질 약속한 바 없다고 실토하면서요."

봄이 오면 이모 곁을 떠나겠다는 말을 재차 뇌까리면서 젊은이는 쓸쓸하게 웃었다.

고교 시절 어머니가 죽고 아버지는 새 여자를 얻었으며 일금 2천만 원을 주면서 너 좋을 대로 살아라, 라고 말했다. 젊은이는 집을 훌쩍 떠나 과거 어머니와의 다정한 형제자매였음을 추억하면서 짐을 싸 들고 이모 곁으로 왔다. 돈 2천만 원을 이모에게 보증금처럼 맡겼고 그 돈으로 이모는 유학 자금을 대 주었다. 잔액이 거덜 나면서 젊은이는 이모에게 대책 없는 객식구가 되었고 이 겨울을 마지막으로 떠날 채비를 했다. 전혜린은 대학교수 시절 7~8세 연하의 제자를 사랑했다가 뜻을 이루지 못하고 스스로 죽음을 선택했지요? 라는 말을 하면서 젊은이는 탁자 위의 찻잔을 거두어 갔다. 나는 우 여사가 하던 말을 생각했다.

—우리 조카 애는 여자가 있었지요. 임신을 한 채로 헤어졌어요. 예쁘고 착했는데 왜 헤어졌는지 지금도 난 모르겠어요. 그 이후 나이 4십이 넘도록 결혼할 뜻을 전혀 보이지 않네요. 하나뿐인 남동생과도 연락이 끊겼어요. 바람결에 들리는 소식은 인도네시아라던가 외국 어느 나라로 취업을 떠났다고도 하고….

어둠이 내린 창밖에는 희끗희끗 눈발이 날리기 시작했다.

*

"우리 집 좀 둘러봐 주세요. 우리 그이가 도무지 맘을 못 잡네요. 덥고 몸도 안 좋아서 도저히 떠날 처지가 아닌데…."

우 여사가 3미터 포장도로를 가운데 두고 오다가다 울안에서 만나자 열흘간의 유럽 여행 일정을 알려 왔다. 작가님 산책 즐기시라고 울타리도 문도 해 달지 말자고 했다는 우 여사의 배려도 있었지만 볼거리가 다양해서 또는 볼거리들을 자랑하고 싶어 하는 우 여사의 속내를 간파한 터다. 특히 돌아봐달라는 부탁이 아니더라도 내 발길은 우 여사네 울안을 스스럼없이 드나들었다. 맘을 못 잡다니. 큰아들과의 불민不憫(사정이 딱하고 가여움)함이 10여 일간의 해외여행으로 해소될까. 우 여사는 상대방의 뜻을 잘 이해하고 자신을 뒤로 물릴 줄도 아는 영리한 구석을 보이는데 어찌 된 까닭인지 큰아들 부부에 대해서만은 자신의 판단을 굳게 내세웠다. 작은며느리가 외동딸이어서 친정재산을 몽땅 물려받을 처지이고 키도 저보다 크고, 그런 이유로 큰며느리가 시샘을 한다는 것.

"어쨌거나 부모로서 할 도리는 다했으니까 더 이상 신경 쓰지 말자 해도 우리 집 그이는 못 견뎌 하네요. 저만 못된 시어머니 되는 거예요. 아버님은 절대로 아닌데 어머니 탓이라며 두 분 이혼하셔야 된대요. 자식한테 별소리를 다 들어요. 그나저나 문제의 저 땅 집을 지어 우리 작은며느리 사돈댁네 와서 살게 할 작정이었는데 다 틀렸어요. 작가님이 반대를 하셔서요. 한 가지 방도가 있어요. 느티나무를 왼편에 두고 오른쪽 우리 울안으로 바짝 길을 트는 겁니다. 작가님네가 사용하시는 현재의 도로와 직선거리로 곧장요. 커브가 지지 않도록 이렇게요."

우 여사가 손짓, 발짓으로 성의껏 설득 작전을 폈음에도 나는 꿈쩍도 하지 않았다. 사람을 믿다가 함정에 빠지는 일이 어디 한두 번이던가. 저 인의예지도 못 믿을 터에. 아니라면 아닌 걸로 아시지.

"그나저나 우리 조카 연락처 작가님은 아세요? 간다 온다 말 한

마디 없이 짐을 싸가지고 떠났어요. 내가 있었더라면 이부자리를 좀 챙겨 줄 것을."

젊은이는 자신의 전화번호와 용인 민속촌 근방이라는 거처를 대강 알려주기는 했지만 이모에게는 비밀이라는 토를 달았으므로 나는 입을 열지 않는다.

"작은아들 일본 유학을 보내면서 저하고 차별했나 싶어 섭섭했던 모양이지만 내 자식하고 차별을 안 할 수가 있어요? 남편이며 시집 식구 눈치도 보이고요."

우 여사는 이 부분에서 다소 켕기는 부분이 없지 않다. 시아버지와 시어머니 두 노인을 조카는 참으로 극진히 모셨다. 우 여사를 둘러싸고 세 사람은 시위를 하는 듯했다. 친할아버지 친할머니를 챙기듯했다. 따뜻한 식사와 과일 챙겨 드리기, 담뱃불 붙여 드리기, 말벗해 드리기, 일요일이면 버스 타고 성당 모셔다드리기 등 작은일 큰일 가림 없이 세심했다. 지시를 받거나 이해타산이 개입된 관계라고 할 수가 없었다. 피지배자들끼리의 연민일까, 우 여사로 하여금 기묘한 질투심까지 유발시켰지만 그들 세 사람은 은밀하게 서로를 다독였다. 시집 어른의 눈치가 보인다는 말은 언감생심 엉뚱한 사태를 유발시키려는 빌미에 지나지 않는다. 약자끼리의 담합일진대 우 여사로서는 모른 체하는 편이 현모양처의 반듯한 체모임을 모를 리 없다.

고양이 밥은 골짜기 건너 성 여사에게 부탁했을 터이지만 우 여사는 그 말까지 나한테 이실직고하지 않는다. 눈곱이 낀다거나 밥을 먹지 않으면 동물병원에 모셔가서 진료시키고 새끼 낳으면 애정 퍼부으며 들여다보고 그도 저도 귀찮으면 불임수술 시키고 그 취향을 별로로 보는 나의 심중을 알아챌 만큼 눈치가 빠른 여자니까. 텃밭에 씨앗을 뿌릴 요량으로 곱게 손질을 하면 어느결에 오줌똥 싸놓고, 사랑채의 문이 바람이 그악스레 불어 열렸다 싶으면 2~3일씩 은둔하면서 일 저질러 놓고, 쓰레기봉투 쑤셔놓고 기척도 없이 떠벌리는 일들이 성가시기 짝이 없기로 몇 차례 우 여사의 기호를 불평했지만 우 여사는 눈도 깜빡이지 않는다. 시간 많은 벼락부자들의 겉멋인지도 모르지요. 젊은이는 자조했다.

"작가님네 앞집 옹벽에 쓴 저 붉은 페인트 글씨 우리가 지워도 되지요?"

우 여사가 가리킨 것은 '길 없어요! 돌아서 가세요! 길 없어요! 돌아서 가세요!'라는 경고문이다.

"보기 흉해요. 작은며느리네 사돈 부부가 우리 집터 둘러보러 왔다가 저 글귀 보고 아연실색하시더군요."

"가만두세요."

우 여사네 일가에게는 보기 흉한 글귀에 지나지 않지만 나는 울분이 치솟아 며칠을 고민한 끝에 하루 품을 들인 작업이다. 그놈의 내비게이션이라는 '길도우미' 단말기만 믿고 밀려든 차량들은 봄여름 내내 나를 괴롭혀 왔다. 여우같이 날렵한 자줏빛 소형 승용차에서부터 집채만 한 엄장을 이끌고 나타난 레미콘[양회반죽] 교반기攪拌機에 이르기까지 수시로 가슴이 철렁거리지 않았던가. 처음 몇 차례는 교통경찰처럼 마당에서 그들의 잘못된 진입을 지적하면서 돌려 나가는 길목을 친절하게 알려주기도 했지만 집을 비운 사이 마당의 화분들이 박살나 어수선한 몰골로 자빠져 있는 지경까지 도래했다. 붉은 페인트의 열띤 경고문도 별무효과였다.

면사무소 지적계에서도 그들 공사장의 위치를 확인할 길이 없어 난처하던 어느 날.

드디어 우리 집 마당 입구로 진입한 우람한 위용의 레미콘 교반기란 놈과 맞닥뜨렸다. 운전기사가 고샅길 입구에서 주민 김 반장과 실랑이를 벌이던 차였으므로 재빨리 승용차를 몰고 그들 일당의 뒤를 쫓을 수가 있었다. 직진으로 쭈욱 내려가다가 작은 삼거리에서 급히 좌회전을 하면서 산등성이를 벌겋게 깎아내린 공사장이 한눈에 들어왔다. 우리 집 바로 뒷산이었다. 불법 공사로 박성수 씨네 비닐하우스 한 동이 흙더미에 깔리고 우리 집 울안 맨홀이 넘쳐 축대를 파먹은 바로 그 공사 현장이었다. 레미콘 교반기 한 대가 비탈길을 내려오다가 잠시 멈추었다.

"친절하게 알려 주셔서 대단히 감사합니다."

운전기사는 치레의 말을 날렸다. 나는 별말 하지 않고 스쳐 지났다. 거푸집이 저쪽 멀리 까마득하게 올려다보였고 그 주변에서 서성거리던 사내 몇이 나를 알아보고 슬슬 비탈길을 내려왔다.

"내가 현장을 왜 찾아왔는지 아시겠지요?"

"네, 죄송합니다."

"현장 소장이 누구시지요?"

"아, 네 접니다."

"이대로 그냥 넘어가지 않겠습니다."

"네, 잘 알고 있습니다. 어떻게 해 드릴까요?"

현장소장은 죽으라면 죽겠다는 태도였다. 그의 풀 죽은 모습에 문득 측은지심이 일었다. 나는 건축주를 찾았다.

"네 접니다."

현장소장과 비슷한 연배였지만 행색이 조금 더 말끔하고 권위의식이 배어 있는 듯한 무표정이 구분되었다.

"제가 몇 날 며칠 신경을 곯였는지 아세요?"

"네, 죄송합니다. 보상하겠습니다. 말씀만 해 주십시오."

생후 이 나이에 이르도록 이처럼 조아리며 굽어살펴달라는 젊은이를 대면하기는 평생 처음이다. 뜻밖에도 나는 그들 나이가 내 아들 또래임을 어림짐작한다. 가슴으로 더운 기운이 물살처럼 퍼지면서 마당에 주차시킨 자동차를 박아 수리비가 수백여 만 원이 나왔다는 등 바가지 좀 홀딱 씌울까 싶던 거친 심사가 훌훌 거두어진다. 나는 조용히 입을 연다.

"붉은 페인트의 경고문이며 그것들을 준비하는 동안의 일당,

뒷마무리에 소요될 시간과 최소한의 경비….”

건축주는 농협 창구까지 편하게 안내, 요구한 금액을 순순히 지불하면서 홀로 계신 어머니가 시골집을 원하셔서 마지막 소원을 풀어드릴 셈이라고 했다. 인의예지를 표방하면서 그는 친근감을 도모했다. 이날 보상받은 금일봉의 일부를 떼어 김 반장에게 전달했다. 돈을 혼자 삼키는 일은 항상 뒤탈을 끌고 오는 법.

“우리 집 돌 축대가 엉성해졌어요. 돌이 한두 개 빠진 겁니다. 안 그래도 현장소장에게 따져볼 참이었어요. 사실 나도 같은 업종에 종사하면서 이해 못 할 바는 아니지만….”

김 반장은 겉치레로 울울불락하다가 슬그머니 누그러졌다.

“혼자 사는 어머니가 계신데 산골 생활을 원하셔서 어머니 모시려고 짓는 집이랍니다.”

“그 말을 믿을 필요도, 안 믿을 필요도 없지만 지금 젊은 애들이 행여 어머니 모시려고 집을 지어 드리겠습니까? 말만 번드르르하지요. 즈그 어미 재산 뺏으려고 흔히들 그런 짓거리 합니다. 오늘 그 건축주가 그렇다는 게 아니고요.”

인의예지를 표방하는 마을, 그 의미는 속속들이 웃음거리가 되고 있다.

*

우 여사 부부가 여행길에서 돌아왔을 법하지만 향기 짙은 옷 한 자락 볼 수 없이 두 계절을 보낸 겨울, 우 여사가 불쑥 찾아왔다. '향기 짙은 옷 한 자락 볼 수 없이 두 계절을'이라고 표현한 것은 그만큼 나도 우 여사도 전과 달리 걸음이 뜨악해졌다는 얘기다. 눈에서 멀어지면 마음도 멀어진다던가. 폭 3미터 도로를 울안인 양 가운데 두고 옷자락만 어른거려도 엽서 한 장 받은 듯 부담 없이 눈인사를 주고받던 사이가 유야무야 소원해진 것이다. 시간이 지나면…라고 미적미적 시간을 흘려보내던 차였으므로 반가움 반 놀라움 반의 어설픈 내방객이 됐다. 우 여사는 목소리를 다소 높이면서 차분하게 경위를 설명했다.

"큰아들네 손자들이 보고 싶지만… 보러 갈 엄두는 낼 수 없고 큰애 학교 갈 나이가 됐고 셋째 막내 손자가 돌이 돌아왔기에 계좌로 거금을 보냈거든요? 열흘이 넘었는데 받았다는 전화는커녕 문자 한 줄 없네요. 이사 가는 아파트의 싱크대 새로 갈아주지 않았다고 불만하던 것이… 그것 때문에 문제가 불거진 것 같기도 해서 후회가 되기에 느덜 맘대로들 해라 하고 돈이나 보내 주면 되겠지 했거든요?"

우 여사는 그것도 저것도 아니고 큰아들 며느리 부부의 속내를 알 수가 없다는 여운으로 말끝을 흐렸다.

"그나저나 지금 살고 있는 이 집도 결국 즈덜한테 물려줄 터인데 왜들 불만하는지 감을 잡지 못하겠어요. 팔아서 다 쓰라는 말만 내세워요, 두 아들들이 닮은꼴이에요. 그건 그거고 혹시 우리 공사 저지한다고 면사무소에 고발하셨어요?"

"무슨 말씀이지요? 무슨 공사 하시는데요?"

우 여사는 금시초문에 생게망게한 말을 태연하게 했다.

"작가님과는 오해 없이 잘 풀어간다고 알고 있거든요. 그런데 오늘 아침에 법무사무실을 운영한다는 박 모 씨 부인이 달려와서 고함을 치는 바람에 공사 차가 자재 싣고 돌아가 버렸어요. 자기네 땅 피해가 절대 가지 않을 터인데 도무지 알 수가 없어요."

내가 듣기만 하는 동안 우 여사는 목소리가 낮아졌다.

"지금 자식들은 부모 죽기만 기다린다면서요?"

우 여사가 얼굴에 웃음을 띠고 담담하게 말하는 동안 나는 그럴 수도 있지요, 라고 생각했다. 8, 9십을 바라보는 시부모를 모시는 얘기에서 우 여사는 늘 그들이 밥 먹는 습성을 지적했다. 입안에서 우물우물 침에 버무려진 음식물을 걸핏하면 손바닥에 뱉어 들여다보고는 한다, 시어머니는 양변기의 물을 떠서 양치질을 한다, 시아버시는 끽연에 음주를 즐기시지만 건강에는 전혀 해롭지 않으신 거 같다, 우리 집 양반 재직한 동안 상을 치러야 조의금 본전 찾는다, 퇴직 이후에 돌아가시면 조객 없다, 나간 돈 절반도 못 추린다, 라면서 한을 풀고는 했다. 나로서는 듣고 또 들어서 지리멸렬한 소재가 됐음에도 우 여사는 눈치도 없이 명주실 뽑듯 나불거렸다.

"박 아무개라는 사람, 그 땅 매물로 내놨다는 말이 있는데 우리가 샀으면 싶어요. 공사 후딱 해치우는 방도는 그 길밖에 없거든요. 그 작자들 뱃구레 사진 좀 찍어 보자고 했어요. 어떤 괴물이 들어앉았는지, 동네에서 욕 안 하는 사람이 없더군요."

우 여사의 옷자락에서 맡아지던 향기의 근간이 무엇이더라, 라고 생각하다가 나는 고개를 돌렸다. 물질의 풍요로움과 범벅이 된 몸내였을 뿐이지만 쉽게 매도하기는 안쓰러운 구석이 있다. 내 모습의 일부분임을 부정할 수 없었으므로….

우 여사가 돌아간 뒤 나는 마을 이장에게 전화를 걸었다.

"언젠가도 말씀드렸지요. 우리 아랫집 우 여사네 복개 공사요, 재실의 계단과 인접한 부분에서부터 10미터 남짓만 이어집니다. 힘을 좀 보태 주시지요."

"복개요? 시궁창 만들기 공사입니다. 하천 그대로 이용하시면 얼마나 보기 좋습니까? 미나리도 심고 물 좋아하는 식물들 심어서 꽃도 피우시고요."

"알겠습니다. 이장님 말씀 들어 보니까, 그렇게 하는 일이 자연보호도 되겠네요."

나는 너그럽고 행복한 얼굴로 이장의 뜻에 담뿍 맞장구를 쳤다. 내가 가장 혐오하는 교활한 편의주의자, 그 달착지근한 맛을 즐기며 단단한 각질 속에서 길들여지고 있었다.

무허가 컨테이너 집

냉장고 문짝 중간층에 캔맥주와 캔사이다가 각기 하나씩 쟁여져 있다. 당장 급히 장을 보러 가지 않아도 되므로 다행스럽다는 생각이 든다. 여름휴가 차 맏딸네 일가가 가방에 챙겨 가지고 와서 즐기다가 남긴 물품이다. 나는 기호식품이 따로 없다. 검정콩 두유를 준비하는 것도 어쩌다가 방문하는 이들 특히 커피를 꺼리는 객들을 위해서다. 그들을 따라 나도 한 봉지 뜯어 마시기는 해도 그나마 잊을 때가 더 많나. 캔맥수나 캔사이다가 냉장고 안에서 무심히 굴러다닌 지가 꽤 됐다. 캔인데 뭘, 유통기간이 따로 필요하겠나. 한 계절을 넘기지 않았으므로 안도하면서 땅콩 등 안주를 곁들여 쟁반에 받쳐 들고 현관문을 나선다. 3미터 포장도로를 가로질러 울타리가 따로 없는 우 여사네 집 뒤울안 텃밭 두럭으로 들어선다. 우 여사의 남편 정 과장이 가끔 골프채를 휘두르기 위해서 설치된 십여 평짜리 골프연습장을 지나 어디선가 날아와 뿌리를 내리고 둥치를 어마어마하게 성장시킨 오동나무 밑을 지났다. 텃밭이며 집터가 가파른 경사로 이뤄져 골프연습장과 오동나무 그늘 그리고 배추, 무, 쑥갓, 상추가 심어신 텃밭을 지나는 동안 왼쪽 돌 축대 아래로는 우 여사네 거실이 한눈에 내려다보인다. 그들 부부는 나의 시선을 꺼리기는커녕 커튼을 활짝 열어 두고 동쪽의 햇살을 마음껏 받아들이듯 나에게 산책로를 겸해도 좋다는 언질을 주었다. 대형 유리창을 통해서 내려다보이는 우 여사네 거실은 사철 꽃무리의 색깔이 현란하게 어우러졌거나 식탁이나 소파의 덮개를 비롯해서 커튼의 백색이 청결감을 자신만만 뿜어냈다. 특히 해외여행을 일주일 이상 떠난다거나 장기간 집을 비울 때는 비행장을 향하는 공항버스 안에서 간단히 문자로 전하기도 했다. 깍듯한 예의의 말씀과 더불어.

'귀국하는 대로 찾아뵙겠습니다.'

밭두렁 길은 걷기에 불편이 없을 정도의 폭이다. 잡초의 극성을 당할 묘책으로 건축 폐자재로 적당히 방석처럼 덮어 두었으므로 보행에는 별 불편이 없지만 햇살이 철철 넘치면서 사철 꽃무리의 색깔이 눈부신 거실의 미적 감각에는 다소 뒤처진다. 어쨌거나 그들 부부의 안락한 실내를 내려다보는 나의 시선을 조금도 불편하게 생각하지 않는 그들 부부를 나도 무람없이 생각하면서 2십여 년을 좋은 이웃으로 살아왔다. 3백여 평 대지에 살림집을 둘러

싼 빈 뜰에는 수백만 원짜리 노송 몇 그루를 비롯해서 능소화, 방부 처리된 수입 목재 울짱을 타고 오르는 줄장미 넝쿨, 백일홍, 채송화, 도라지, 인동초, 다래 따위 줄기들의 얼크러진 생명력은 물론 그들 꽃의 눈부심은 실내외를 차고 넘쳐 우 여사는 매일매일 이른 아침 눈을 뜰 때부터 잠이 들 때까지 유열이 차고 넘친다.

나는 사철 물이 마르지 않는 골짜기를 지난다. 마을을 저고리 동정처럼 둘러싼 앞태봉과 뒷태봉의 물줄기가 한데 어우러져 모인 골짜기에 토관을 묻은 공간 2십여 평을 우 여사네가 주차장으로 써먹는다. 늙은 밤나무 한 그루가 그늘을 넉넉하게 깔아주는 데다 골짜기 물이 철철 넘치니 한여름에도 더위를 모르는 명당자리다. 불밤송이가 떨어져 쳐내는 일이 성가시기는 해도 우 여사는 횡재한 기분으로 그 주변을 애지중지 가꾼다. 주변에 대나무를 심어 인적이 함부로 근접할 수 없는 비밀스러운 욕탕을 만들어 걸레를 빨기도 하고 호수를 연결해서 가뭄에 지친 정원에 물을 뿜어 주기도 한다. 누구 말 하는 사람 하나 없으니 생각할수록 옹골차고 대견하다. 어느 해 장마철에는 차고 넘쳐 울안으로 계곡물이 범람하는 수난을 겪었지만 어디 공짜가 있으랴, 받은 만큼 베풀어야 하는 것은 정한 이치.

나는 함양 박씨네 재실 계단을 짚고 올라서서 대문 위의 현판을 잠시 올려다본다. '인의예지仁義禮智'. 잠긴 문틈으로 마당을 살핀다. 마당에 잔디는 깔렸지만 약쑥, 애기똥풀, 질경이가 어웅하게 설쳐 쑥덕질들을 한다. 웃긴다~ 웃겨~ 늙은이들 세월 다 갔다니까~, 이제 우리 판국이야. 인의예지? 뒷에 써먹다 버린 개뼈다귀 같은 수작이야~. 뜰이며 대청, 나무 대문은 먼지에 덮이고 퇴락한 습기에 젖어 정적만이 느리게 일렁거렸다.

2십여 년 전, 이곳 원당리에 집터를 구하고 집을 지을 때 우리 부부는 저 '인의예지'에 매료되었던가. 함양 박씨 집성촌에 대해서는 절대적인 호감을 품었다. 한마디로 인의예지는 운치가 뛰어난 마을로 돋보이는데 한몫을 했다. 고색이 창연하다거나 앞뒤 뜰의 공간이 드넓어서 장엄하고 은밀한 깊은 사연을 품었음 직한 비경은 아니었지만 회색빛 기와지붕의 번득이는 기와 골은 시멘트로 지어 올린 건물에 찌든 우리 부부의 시각을 감동적으로 자극했다. 아침저녁 눈만 뜨면 '인의예지'라는 현판을 대면한다는 것은 매일 산사에서 새소리를 들으며 눈을 뜨는 기분일 것이라고 탐심을 보탰다.

쟁반의 캔음료가 냉기를 잃지 않도록 걸음을 서둘렀다. 재실 흙담장을 끼고 공터를 지났다. 집주인 을순 씨가 2십여 년을 살다가 비운 지 1년 반 만에 사람의 기척이 들려왔다. 사내는 도와주는 이 없는 거친 일에 몰두할 뿐 곁눈도 주지 않는다. 시선의 일정 각도 안의 물체는 당연히 감지하게 되어 있을 터인데 사내는 나의 출현을 의도적으로 무관하게 여기는 듯했다. 그에게 가까이 다가갔다.

"이웃에 사는 사람입니다. 을순 씨 아드님 되시지요? 이영근 씨라고 알고 있습니다."

"아, 네. 이정근입니다."

"그렇지요, 참. 이정근 씨."

착오 일으킨 점을 서둘러 시정하고 쟁반을 그의 앞에 내밀었다. 아침 9시 햇살이 퍼질 무렵 마을길을 산책하다가 흘깃 지나친 사내가 을순 씨의 아들일 것이라는 나의 예측이 맞아떨어진 셈. 오래전 을순 씨가 수시로 보여주던 3십 대 적 아들의 사진을 나는 기억했다.

"더운데 목 좀 축이시지요."

사내는 뒤숭숭하게 이삿짐이 널브러진 굴속 같은 어둑한 방에서 선뜻 마당으로 나섰다.

"전등 좀 켜시지 않구요."

이날 캔맥주와 캔음료, 땅콩 등 기호 식품을 낯선 사내에게 예우를 갖춰 제공하는 나의 짓거리는 내 평생에 처음이자 마지막일 터이시만 교양을 갖춰 친근감을 보이기로 작정했다.

"한전에 연락해서 전선을 이미 끊었습니다. 지난봄에요."

지난봄이라면 3, 4개월 전 그러니까 을순 씨가 죽음을 맞은 직후의 일이다. 빈집에 전기가 가동된다는 것은 위험천만이지요, 라며 사내는 내막 한 가닥을 흘렸다. 네, 그렇지요. 사내의 말에 응수하면서 그 무렵의 미묘한 상황을 상기했다. 사내는 반가운 낯빛으로 캔맥주 뚜껑을 땄다.

“여기 와서 사시지요. 어머니가 평소 정근 씨와 이 집에서 한 번 같이 살아보고 싶어 하셨거든요.”

늙은 은행나무 그늘의 수돗가 평상에 앉아 사내에게 몹시 권하고 싶었던 말을 했다. 캔맥주를 시원 시원 들이키고 난 뒤, 사내는 별로 꺼리는 기색 없이 맞은편 작은 바위에 걸터앉아 이야기를 시작했다.

“그럴 생각도 해 봤는데….”

나는 그의 말이 이어지기를 기다리면서 시선을 발치로 떨어뜨렸다. 사내가 말하기 불편한 부분이 있을지도 모르기 때문이다. 말하기 불편한 부분—.

사내의 어머니 을순 씨는 수시로 나에게 들려주던 말이 있다.

집을 나와 겨우 이렇게 사실 거였어요? 이렇게 사실 거면 다 정리하고 저랑 같이 사세요, 어머니 이렇게 사는 거 보기 싫어요, 하지 않겠어요? 을순 씨는 아들이 울먹거리면서 하더란 말을 아들의 효심을 읽을 수 있는 유일한 반증으로 삼는 듯했다. 그래서 뭐라고 하셨어요? 이렇게 무허가 컨테이너 한 동을 집이라고 의지하고 사는 꼴이 아들 자존심에 몹시 상했겠지요. 아니다, 어미는 살 만하다, 내 걱정 말고 너는 너대로 나는 나대로 살자, 했어요. 그 뒤로도 과일 봉지 들고 자주 찾아왔지요. 건물 짓는 막노동판에서 인부로 굴러먹기는 해도 건강한 몸 하나 믿고 잘 살아라, 했더니 그냥저냥 어미 말이 먹혔던 모양이예요. 그런데…. 이쯤에서 을순 씨는 빈 찻잔을 거두어 들고 주방으로 가더니 냉장고에서 껍질이 시들거리는 참외 한 개를 과도를 곁들여 쟁반에 받쳐 들고 왔다. 도시에서 굴러들어왔지만 예우를 갖춘 여자의 맵시는 한결 같았다. 그러다가… 광주 읍내에 사는 홀아비 영감을 수양 언니가 소개를 해서 오가게 됐어요. 그때부터 아들이 발을 끊더군요. 그 홀아비 영감이 왜 필요하셨어요? 라고 묻는 것은 어리석은 짓이었다. 언제였더라, 그때 나는 그렇게 물었다가 궁지에 몰린 일이 있다. 답답하기는 참, 소설 쓰는 작가라면서 그런 것도 모른다니, 라고 한심스러워하며 장광설을 늘어놓았다.

혼자 살자니, 이놈 저놈 넘겨다봐서 성가시더라, 싸울 때도 혼자 떠들어야 하니 이건 지고 들어가는 꼴이 되더라, 밥을 먹어도 혼자 먹으니 맛이 없더라, 마당에 눈이 쌓여도 빗자락 들어서 쓰레질해 주는 놈 하나 없더라, 몸살감기가 와도 약 한 봉지 지어다 주는 놈 없더라, 끝으로 한 가지 더 있지만 을순 씨는 입을 다문다. 뜨끈한 물에 포동포동한 몸을 덥히고 비누 거품을 일구어 씻은 다음 전등을 끄고 쾌적한 잠자리에 들 때면 긴 긴 밤, 6십을 넘긴 작은 몸집이지만 품어 줄 사람이 그립더라는 말은 그만둔다. 이쯤에서 을순 씨는 나이 3십을 넘긴 한창 나이에 노총각으로 사는 아들 정근을 생각한다. 불현듯 돈만 있으면 며느릿감은 지천이라는 결론에 다다르면서 에라, 끝장을 보자는 심정으로 수양 언니가 넌지시 던진 영감을 받아들인 것. 돈 때문에 영감을 얻었다는 얘기다. 돈은 노총각 아들을 꿍쳐 줄 요량이었는데 일이 사뭇 뒤틀리더라는 것이다. 세상 살기가 그렇게 만만한 것이 아니지요. 나는 문득 남편이 걸핏하면 잘 되겠지, 라고 쉽게 생각하는 나의 안일한 사고방식에 경각심을 줄 때 써먹던 어투를 흉내 내었다.

"광주 읍내에서 두 아들에게 푸줏간이며 슈퍼마켓을 열어 먹고 살게 하고 부동산 사무실을 차고앉아 돈푼께나 만지는 줄 알았잖아요. 실제로 돈푼이나 만지기도 하는데 어찌 잔챙인지 한 달에 20kg 양평 쌀 한 포 짊어지고 오면 그만이우. 생일 때, 추석 때, 설 때 돈 십만 원은 주고, 눈 오면 요 앞 재실까지 사람 다닐 만큼 길은 뚫어 줍디다. 없는 거보다는 낫지만 기둥서방도 아니고…."

을순 씨는 어정쩡하게 마무리 짓는다. 현관문이 달린 알루미늄 기둥의 칸막이 유리창에 밤톨만 한 구멍이 뚫렸고 을순 씨는 그 구멍이 수상쩍다고 누누이 말했다. 그 구멍은 어른 키보다 약간 낮은 위치에 있었고 과연 특수한 기구의 정교한 기능으로 뚫린 구멍이었다. 누가 그랬을까. 나는 차마 묻지 못했는데 을순 씨가 먼저 궁금증을 풀어 주었다.

"지금은 없어졌지만 작가님네가 집 지어 이사 오기 전에 그 뒷산으로 넘어가는 마당길이 있었어요. 그러니까 '삿상의 집'이니 '박 장군'이니, '통일부 장관'이니 한다 하는 인물들이 대궐 같은 집을 짓고 이사 오기 전이예요. 봄부터 가을 겨울 내내 그 마당길로 동네 토박이 영감들이 나무하러 오르내리기도 하고 약수를 뜨러 오르내리기도 했지요. 이른 봄이면 그 뭐라더라 갑자기 생각이 안 나네. 나무 둥치에 주사기 같은 걸 꽂아 수액을 채취하기도 했는데 그 물이 아주 영험하다네요. 산밤이니 고사리니 취나물이니 먹거리가 지천이었는데 그 동산 양지바른 곳에 어머니 묘를 모신 서울에서 왔다는 뜨내기 하나가 있었어요. 마누라는 서울에서 딸년네 손주 봐주고 자기는 부모님 묘지기로 그 옆에 컨테이너 하나 갖다 놓고 산다는데 영 건달 냄새가 나더군요. 생기기는 멀쩡하게 생겨 나 같은 건 거들떠볼 리도 없겠는데 걸핏하면 와서 차 한 잔 달라 어쩌저쩌 수작을 떱디다. 자칫 잘못하면 눈 시퍼렇게 살아 있다는 여편네한테 못 볼 꼴 보겠다 싶어 뜨악하게 대했지요. 품팔이 갔다 와보니까 저렇게 구멍이 났습디다. 이런 얘기 저런 얘기 아들한테는 일일이 털어놓을 수도 없고…. 알고 보니까 그 산을 전원주택 단지로 개발할 속심으로 주소를 이 동네로 옮겼답디다. 주소만 이 동네 사람 것 빌리고, 살기는 그 컨테이너에서 산답디다. 서나 나나 무허가 컨테이너에서 살지만 내 재산은 이 무허가 컨테이너에 깔고 앉은 밭 5십 평이 전부지만 그 사내는 부모를 모신 산 덩어리 전체가 자기 재산이잖아요. 몇만 평이라더라, 하늘과 땅 차이지요."

을순 씨는 '하늘과 땅 차이'라는 말을 하면서도 전혀 낯빛이 달라지지 않았다. 화평하고 안일했으며 맑고 여유 있는 웃음을 잃지 않았다. 보얀 피부와 살짝살짝 내비치는 어금니의 금빛은 을순 씨를 청결하고 품위 있는 여자로 돋보이게 했다. 작달막한 키에 오지항아리 같은 몸매, 안짱다리에 펭귄처럼 뒤뚱거리는 오리걸음이지만 성적인 매력이 제법이었다.

"딸은 어미 마음을 이해하는데, 아들은 아니더군요."

어느 해 가을이었다. 을순 씨는 4십 대의 젊은 여자와 마주 앉아 송편을 빚었다. 딸이라고 했다. 아, 네. 나는 발길을 이내 돌렸다. 을순 씨를 닮은 희고 갸름한 얼굴이 한눈에 보아도 혈육이었다. 오순도순 깔깔~ 마당의 소나무에서 뽑았다는 솔잎을 깔면서 채반에 격식 있게 늘어놓는 송편은 추석을 쇠는 징표로 전혀 하자가 없었다. 정겹고 깔끔했다. 그들 모녀의 정담에 방해꾼이 된 괜한 걸음이 면구스러웠다. 을순 씨는 나의 등 뒤에 빈말 한마디는 커녕 눈길도 주지 않았다. 오랜만에 이뤄진 모녀간의 밀담이 방금 무르익는 판국이었으니.

*

"누님인가, 여동생인가 있지 않아요?"

나는 이삿짐을 을씨년스럽게 혼자 처리하는 사내에게 물었다. 을순 씨에게 심상치 않은 과거가 있을 것이라는 예기치 않은 궁금증으로 물었다.

"아, 그 여자요?"

네? 그 여자라니요, 라고 반문할 뻔했으나 나는 용케 고비를 넘겼다. 어떤 이야기라도 술술 쏟아낼 것 같은 사내의 표정에 나는 다소 안도했다.

"어머니 말씀으로는 이웃의 어떤 세살 배기 계집아이를 키웠는데 시집갈 때까지 부모가 나타나지 않더랍니다. 어머니는 저희 아버지의 후처로 들어오게 되었고 그 딸이 시집갈 때가 되어도 생부모가 나타나지 않아 어머니 호적에 올린 겁니다. 아버지와 저의 어머니가 이혼하면서 어머니 앞으로 호적이 따라다녔지요. 너의 누이다, 라는 말을 한 번도 들어본 적이 없어요. 단지 호적에 남매로 돼 있을 뿐입니다."

을순 씨는 남편이 딸을 낳았다고 구박을 해서 남의 집 수양딸로 주어 버렸는데 어미를 자꾸 찾아오더라고 했는데 그것도 아니라니.

을순 씨의 지난날, 애 낳이 이력에 혼선을 빚던 차 더 이상 이야기를 풀어나갈 흥미를 잃은 듯 사내는 담배 한 대를 피워 물고 자리를 떴다. 어둑한 방에서 다시 마당으로 짐짝을 끄집어내거나 던져버리는 기척이 들려왔다. 트럭 한 대가 부릉거리며 비탈길을 올라왔다. 인부 두어 명이 저벅저벅 거친 발걸음으로 마당을 가로질러 들이닥쳤다. 그들은 어둑한 방을 들여다보며 사내와 몇 마디 두런거렸다. 화장대, 침대, 싱크대, 냉장고, 세탁기, 전자레인지를 비롯하여 여느 중산층 가정과 비교하여 조금도 손색없는 가전제품들이 10여 평 남짓한 컨테이너 하우스에서 쏟아져 나왔다. 우산, 양산, 철 따라 갈아입을 상표도 미처 떼지 않은 옷가지들이 밀려 나와 널브러졌다. 마당은 순식간에 총천연색의 화려한 지옥으로 전락했다. 밍크코트, 순모 블라우스, 드라이클리닝으로 예우를 갖춰야 하는 본견 한복, 때깔 고운 하이힐, 부츠…. 대부분 서슬도 닳지 않은 채 모셔두기로 일관한 것들이어서 누가 보아도 아깝게 여겨 집어가고 싶은 것들이었지만 사내의 손길에서는 함부로 다뤄졌다. 트럭 인부는 그것들을 자루에 쑤셔 넣다가 어떤 것은 간혹 이리저리 뒤집고 엎어 보며 세세히 살피더니 따로 챙기기도 했다.

"야, 시간 없어, 일단 싣고 가서 식별해도 돼!"

사내는 한시가 급하다고 고함을 질렀다.

"운반 도중에 때가 탄다거나 흠집이라도 나면 곤란하잖아."

인부는 나직하고 차분한 목소리로 이의를 달았다. 그들은 울안 창고를 뒤지기 시작했다. 허옇게 조각난 스티로폼을 비롯해서 삽, 갈퀴, 공사 끝에 남은 수도 파이프, 시멘트블록, 쓰기도 버리기도 어정쩡한 가스레인지 따위가 뒤죽박죽 쟁여져 있었다. 좀 더 안쪽에는 집채만 한 전기보일러가 허여멀건 체구로 사내를 위압적으로 쳐다본다. 싯가 5백여만 원짜리, 어마어마하다. 어머니가 이놈에게 눌려 죽지 않기를…. 사내는 발길을 돌린다. 남부러울 것 없이 갖출 건 다 갖췄네. 사내는 누군가를 비웃는다. 늑골 사이로 서늘한 바람이 스민다.

아버지나 이복형제들 틈에서 10세 전후의 어린 시절을 외톨이로 살아온 아픔이 오로지 자신만을 챙기는 어머니의 저 지독한 이기심 때문이라고 결론짓는다. 아버지가 평소 하던 말이 있다. '느어미는 화냥년에 도둑년이지. 내 돈궤에서 말도 없이 돈을 훔쳐가지고 집을 나갔어. 학교로 널 찾아오거든 얼굴도 쳐다보지 말고 손도 잡지 못 하게 하고 빨리 집으로 와. 먹을 것을 주거든 받지도 말고….'

아버지의 타이름은 적의에 가득 찼고 한 학기를 넘기기 전에 수차례 이사를 다녀도 아버지의 적의는 조금도 줄어들지 않았다. 강파르게 여위어 가는 안색이며 눈자위와 더불어 시름없이 사위기는커녕 어머니에 대한 기억은 갈수록 독기를 뿜었다. 어머니의 아버지에 대한 항의는 재산 분배가 불씨가 되었다. 하나밖에 없는 맏형에게 방금 성업 중인 기업(운수업)체를 인계하겠다는 심중을 밝힌 이후부터라고 할 수 있다. 가운데의 출가한 이복 누나 셋은 훌쩍 건너뛰더라도 첫서리 무렵에 열린 조롱박 같은 막내아들 정근은 어쩔 셈이냐고 울고불고 극악을 떨었다. 이제 생각하면 그 무렵의 어머니 심정은 이해가 가지만 열 살이 채 넘지 않은 당시의 어린아이로서는 어머니보다 아버지의 처지가 더 가엾다고 생각되었다. 아버지의 신병 때문인지도 몰랐다. 자지러질 듯 쏟아내는 기침과 수시로 뱉는 가래침 그리고 낮이나 밤이나 죽은 듯이 잠든 창백한 얼굴이 그랬다. '너를 봐서라도 이 어미 말을 아버지가 들어 줄 줄로 알았단다.' 어머니는 회한이 섞인 어투로 자주 그렇게 말했다.

아버지는 어머니를 찾아 헤매기는커녕 어린 아들을 위해서 1년을 넘기지 않고 전학을 시켰다. 그때마다 어머니는 질금질금 눈물을 보이면서 교문 앞에서 기다렸다가 아이에게 학용품이니 신발이니 빵을 손에 쥐여 주었다. 집에 들고 가면 아버지의 불호령이 떨어질 터이고 어머니의 눈물 자국 번진 얼굴도 보기 싫었으므로 아이는 어머니의 품에서 몸을 비틀어 빠져나와 쌩— 찬바람을 일으키며 달린다. 어머니의 거동이 궁금해서 뒤를 돌아다보고 싶지만 참는다. 정수리 위로 똑바로 내리쬐는 햇볕을 바라보며 콧잔등이 시큰해진다. 아이가 거절해서 땅에 떨어뜨린 물품들을 주워들고 저만치서 안짱다리로 좇아오는 어머니의 손길이 가엾어진다. 정근아— 정근아—를 외쳤을 터이지만 한낮 차량의 경적이며 인파에 묻혀 개미 소리만 한 어머니의 육성이 들렸을 리 만무다.

*

나는 빈 캔과 쟁반을 챙겨 들고 집으로 돌아가기 위해서 우 여사네 밭둑으로 들어섰다. 연중 온화하고 맑은 날씨를 유지하는 하와이의 품격을 연상케 하는 울안에서 우 여사가 서성거렸다.

"작가님, 차나 한잔 들고 가시지요."

늦잠에서 깨어난 듯 부스스한 목소리다. 긴요하게 할 말이 있는 듯했으므로 우 여사를 따라 집 안으로 들어갔다. 우 여사는 으레 내방객을 깍듯이 예우하는 미덕을 갖춘 여자다. 고급스러운 쟁반과 화사한 찻잔 그리고 주전자가 얹힌 쟁반의 무게는 결코 만만치 않다. 우 여사의 손에서 주전자를 받아드는 일로 그녀를 돕는다. 찻잔에 담긴, 이름을 쉽게 떠올릴 수 없는 우아한 차 향기로 나의 심신은 약간 긴장한다. 그 긴장감은 우 여사의 용건에 귀를 차분히 기울이도록 했다.

"모니카(우 여사는 을순 씨를 천주교 본명인 모니카 씨로 지칭했다) 씨네 집터 어떻게 됐나요? 아들이라는 사람이 짐 정리하는가 보네요."

을순 씨 아들이 와서 살 거나 혹여 타인에게 매도할 수도 있다고 했으므로 우 여사는 그 가부를 묻고 있다. 우 여사는 진작부터 그 집터를 탐내고 있었다. 거하지 않고 아담해서 용돈 정도의 잔돈푼으로 잡을 수 있는 만만한 물건이라고 했다. 양지바르고 주변이 마을 종친의 산자락으로 둘러싸여서 쉽게 개발될 염려가 없다는 것이 그녀의 판단이었다. 확실하고 안전한 전문가의 결론이다. 며칠 전에도 우 여사는 매입 의사를 슬쩍 내보였다. 내가 을순 씨와 잦은 왕래를 했던 터여서 내막을 상세히 알 것이라고 짐작했던 모양이었다. 글쎄요, 아들이 와서 산다면 그렇게 하라고 양보할 수는 있어도 타인에게 팔거나 맘대로는 못할 거예요, 을순 씨네 땅이 지렁이처럼 길게 생겼고, 그 삼분지 일 그러니까 15평 가까이가 재실에 물려 있습니다, 라고 평소 을순 씨가 하던 말을 전했다. 우선권은 마을 종친에 있지 않겠느냐고 부연 설명했다. 나는 그 무렵 을순 씨가 정말 혼자 살기 어렵더군요, 라고 안차고 다라진 표정으로 종알대던 말을 떠올렸다. 마을 종친들을 '패거리'라고 지칭하면서 을순 씨는 또 홀아비 영감 타령을 했다. 패거리들에게 둘이 덤볐으면 싶더라는 것이다. 옳고 타당한 일인데 혼자면 어떻고 반쪽이면 어떻겠어요, 법이 있는데요, 나는 위로 겸 그렇게 말했다. 에구 그런 말 같지도 않은 말일랑 하지도 말아요, 당해 봐야 알아요, 과부 사정은 과부나 알아요, 라면서 을순 씨는 축축하게 눈자위가 젖었다. 종당에는 종친의 땅을 대토로 받았고 반듯한 마당이 됐다고 방긋 웃었다. 지적도상으로 측량 분할은 안 됐지만 사는 데는 문제가 없을 거래요, 라고 말을 끊었다. 지적도상으로 확실하게 측량 분할이 안 됐으면…라고 토를 달려다가 나는 그만두었다. 을순 씨가 서둘러 자기 얘기를 늘어놓았다. 대토로 받은 땅에 죽자구나 나무를 심었어요, 펜스를 둘러치고요, 6십평생 내가 이 집 하나 장만하자고 안 해 본 일이 없어요. 상추밭 품팔이에, 인삼 찻집에, 댄스 교습 강사에, 배우지도 못했고 일찍이 부모 잃어 남의 집 수양딸로 들어갔다가… 이쯤에서 을순 씨는 말을 끊는다. 수양집 아들에게 겁탈당한 얘기며 딸을 하나 낳은 얘기는 그만둔다.

“종친에서 5천만 원에 매입했답니다. 그중 을순 씨 아들 손에 들어간 돈은 절반 겨우 됐다네요.”

“그럼 2천5백만 원요?”

“그렇지요.”

“세금으로 나갔겠네요.”

을순 씨가 평생 주워 모은 돈이 아들 정근에게 증여된 재산의 총액을 언급하면서 우 여사는 가볍게 웃었다.

을순 씨의 컨테이너 집 방에서 오줌 지린내가 풍기기 시작할 무렵 그러니까 2년 전 여름, 요양보호사는 단안을 내렸다. 도저히 이 상태로는 제가 돌볼 수 없어요. 분명히 말씀드렸잖아요. 우리 요양보호사가 하는 일의 범위를요. 김치 담그고 국 끓여서 밥상 챙겨 드리는 것까지는 도와드릴 수 있어요. 하지만 오줌똥은 아닙니다. 기저귀 차게 되면 요양원으로 가는 길밖에 다른 방도 없어요. 을순 씨의 똥고집을 꺾은 것은 요양보호사가 이웃 동네의 하나요양원 홍보실장을 대동한 직후, 오전 내내 두세 시간에 걸친 설득 작전이 겨우 먹히기 시작했다.

“을순 씨와 2십여 년이 넘게 연락 두절, 꿈에도 그리는 아들 정근 씨와 우리는 연락이 됩니다. 벌써부터 알고 있지요. 그 사람의 직장에서부터 월수입, 거처 등 샅샅이 확인이 됐습니다. 단 본인의 허락이 있어야 어머니인 을순 씨에게도 정보를 알려 드릴 수 있습니다. 본인이 원치를 않으면 우리도 어쩔 도리 없어요."

"알리지 말라 하던가요?"

"네, 거절하고 있습니다. 아드님인 정근 씨의 의견입니다. 단호합니다."

울어야 할지 웃어야 할지 을순 씨로서는 낯 뜨겁고 가슴 서늘한 소식이다.

"왜 말 하지 말라 하지요?"

"그야 우리로서도 알 바 없지요. 하지만 어머니가 원치 않으실 거라고 단정하는 것 같습니다."

"아닌데…. 우리 아들 정근이가 잘못 알고 있구먼요."

"정근 씨가 어머니 부양할 뜻도 능력도 없다는 것으로 알고 계시면 됩니다. 우리는 그런 분들을 위해서 정부의 방침으로 운영됩니다."

을순 씨는 아들 정근의 신변이 확보됐다는 엄혹한 현실이 꿈만 같았고, '정부의 방침' 운운에 귀가 번쩍 뜨인다. 을순 씨는 고개를 끄덕인다. 정부에서 지급하는 수급대상자의 월 수당으로 을순 씨는 실제로 먹고사는 고달픔을 면하게 되지 않았는가. 아들 등 부양가족이 없다는 물증과 마을 이장의 증언으로 누릴 것 다 누리며 호시절을 보냈다. 그런데 이제 아들이 그리워진다. 먹고살 만하니까, 아들 며느리 사위 거느리고 거들먹거리는 마을 것들 앞에서 주눅 들고 멸시당한다는 현실이 악의 소굴이다. 너는 너대로 먹고 살아라, 나는 나대로 살 테니 훗날 만나 옛날얘기 하면서 오순도순 살자아— 한 말이 크게 잘못된 거냐. 답답하고 허망하고 원통하다. 하나요양원 홍보실장의 승용차에 몸만 실려 당그랗게 집을 떠났다. 등걸걸음이었다. 쇠뿔은 단김에 빼랬다고 맘 변하기 전에 실행해야 한다며 홍보실장이 불같이 밀어붙였다. 을순 씨는 이게 아닌데 어쩌고저쩌고 토를 달 짬도 없었다. 갈아입을 옷 몇 가지라도 챙겨야 할 거 아니냐고 항변했지만 외출할 일도 없을 터인데 뭔 옷가지가 필요하냐고 했다. 을순 씨는 밀고 당기는 대로 승용차 뒷자리에 구겨 넣어졌다.

'이제까지 살아온 세월보다야 낫겠지.'

하나요양원 홍보실장의 빠른 억양에 온순해지기로 작정하면서 을순 씨는 잠시 눈을 감고 심호흡을 했다.

마을회관에서 한겨울을 보낸 적이 있다. 광주 읍내에서 영감을 만나고 돌아와 보니 오두막 판잣집이 잿더미가 됐다. 소방차가 퍼부은 물줄기로 불길은 곧 잡았지만 검게 그을러 버린 잿더미에서 건진 것은 아들 정근에게 물려주고 싶었던 금패물 몇 점과 미쳐 불길이 닿지 않은 안방구석의 알루미늄 트렁크에 쟁여진 옷가지 그리고 거실 귀퉁이의 아들 정근의 소지품 통키타, 등산 장비, 클래식 음반이며 테이프 등 몇 가지였다. 그나마 이부자리는 물줄기에 강타당하고 쓰레기 집단으로 전락한 채 볼꼴 사나워졌다. 누전이었다.

을순 씨는 동네 것들 앞에서 절대로 주눅 들지 않았다. 아들 정근이와 머지않은 날 동고동락 하며 살 것이라는 일념이 있었기 때문이다. 즈덜 서방이나 잘 챙기라지, 재실? 그 뭣이라더라, 인의라나 예지라나? 동네 사내들이 매년 재를 올리는 겉만 멀쩡한 집 짓느라고 나를 그렇게 못살게 굴더니 오면 가면 늙다리들이 수작질 하는 건 다 집안의 기집년들이 단속을 못 해서 터지는 일들이야. 을순 씨는 면에 들락거리면서 이재민의 구호를 통사정했고 면장의 배려로 1천여만 원에 해당하는 컨테이너 가건물이 번듯하게 들어앉아 을순 씨가 새살림을 시작하기에 무리 없도록 마무리되었다. 문제는 마을 여자들의 정면에서 퍼부어지는 비난이었다. 면장이라는 작자부터 저 호리는 눈웃음에 빠졌을 것이고 자식이 없다는 거짓 눈물바람에 홀딱 반해 버렸음이 틀림없다는 가설로부터 시작된 억측은 가지와 뿌리를 왕성하게 뻗어 내렸다. 각기 자기들의 남편 즉 노인회장부터 이장에 이르기까지 마을회관에 상주하는 을순 씨에게 위생지 사용이며 전기, 수도, 냉장고 등 편의를 제공하는 너그러움에 불만하더니 을순 씨에게 중구난방 여기저기서 화살을 겨냥했다.

"우리 마을에 어쩌다가 저런 화냥년이 굴러들어와 물을 더럽히네."

참는 것에 한계가 있는 법, 을순 씨의 차돌처럼 희고 단단하던,

예의 그 굴러먹던 똘만이 같은 표정에 변화가 오더니 순식간에 노인회장 아내의 멱살을 틀어잡았다. 손아귀가 보기보다 맵다. 평소 을순 씨의 품행이 방정하지 못하다고 여겨오던 반장 박지웅 사장이 말린다고 말렸지만 악력이 빗나가 을순 씨의 마빡에 힘이 가해졌다. 을순 씨가 절퍼덕 주저앉고 엉치뼈가 부스러졌다며 병원을 들락거렸다. 일부러 밀쳤다고 주장하며 을순 씨는 상해죄로 고발하겠다고 떠들었다. 마을은 쥐죽은 듯 고요해졌다.

을순 씨는 보무당당히 살아보리라 작정하며 기를 꺾지 않았다. 피부는 한결같이 보얗게 피어올랐다. 마을 농부의 아내들이 허리가 굽어 유모차를 밀고 밭에서 엉기며 검버섯 핀 얼굴이 햇볕에 찌들 때, 을순 씨는 햇볕 차단제를 바르고 양산을 받쳐 든다. 목걸이며 귀고리를 갖추고 마을길을 나설 때는 귀공녀가 된 기분이다. 집에서 버스 정류소까지는 8백여 미터, 을순 씨의 걸음으로 2십여 분이 족히 걸린다. 비탈길이어서 내리막일 때는 모르지만 오르막의 귀갓길은 그보다 더 걸린다. 그렇지만 발길이 무겁거나 고단하지도 않다. 밭고랑에서 두더지처럼 땅이나 파는 것들 기죽이기에 부족할 것이 없지 않은가.

*

"모니카 씨가 하나요양원으로 들어가신 지 얼마 만에 돌아가신 거지요?"

"1년 반, 햇수로는 2년이지요."

"한번 찾아뵙는다고 벼르다가 그만…."

우 여사는 고인과 같은 가톨릭 신자임을 강조하며 신의를 보이더니 갑자기 태도를 바꿨다.

"그나저나 우리 시어머님이 살아계실 적에 으르르 노하신 적이 있어요. 평생 시아버님한테 눈 한번 흘겨보지 않으신 분인데 말이지요."

"왜요?"

"우리 뒷마당이 길 하나 사이에 두고 모니카 씨네 집 공터와 이어지고 가을이면 그곳에서 모니카 씨가 고추를 말리시잖아요. 어느 날 갑자기 소낙비가 쏟아져 급히 거두게 되었는데 그걸 우리 시아버님이 도와주셨어요. 그러다가 성당에 갈 때 앞서거니 뒤서거니 동행하시곤 했는데 시어머님 눈에 잡혔어요. 시어머니는 근력이 달려 성당엘 못 가시잖아요."

이쯤에서 우 여사는 모호한 웃음으로 얼버무렸다.

"나이 8, 9십이 돼도 여자는 여자, 남자는 남잔가 봐요."

나도 우 여사에게 동조하면서 맥 적게 웃었다.

"작가님은 모니카 씨를 몇 번 찾아가 보셨지요?"

"두세 번인가 그래요."

경안천 물줄기가 굽어 흐르다가 팔당물과 합류하고 멀리 서울로 이어지는 교각이 그림처럼 떠 있는 모습을 바라보면서 강을 끼고 나는 겁도 없이 산책을 했다. 인도가 따로 없지만 도로는 죽은 듯이 한적했고 나는 강원도 설악산 줄기의 어느 모퉁이와 다를 것이 없다고 주장하고는 했다. 지금이야 버스가 오전 오후 7, 8번 다니고 전원주택을 지어 들어 온 이주민이 늘어 그들의 승용차 운행으로 분답해졌지만 1km 가까운 마을길은 지친 머리를 식히기에 여전히 적당했다.

초여름, 그날도 나는 자신에게 희망을 품지도 버리지도 못한 채 마을길을 걷기로 하고 집을 나섰다. 소설? 뻔한 이야기에 뻔한 주제라는 자괴감으로 컴퓨터를 끄고 말았다. 완료할 때까지 자신을 수시로 괴롭히는 습관성이고 보면 초심으로 돌아가도록 달랠 필요가 있지 않을까.

작은 다리를 지나 양짓말 쪽으로 들어서는 갈래 길에서 을순씨가 하나요양원으로 들어갔다는 기억이 떠올랐다. 걸음을 집으로 돌렸다. 빈손으로 병문안을 갈 수는 없지 않은가. 자식들이 너노나도 누고 간 먹거리 중에서 파래김 한 박스를 집어 들었다. 맵지도 짜지도 않은 건조식품이 노년의 환자에게는 제격일 터. 정신대 할머니들의 근거지 '나눔의 집'으로 들어가는 길목이라고만 듣고 나는 골짜기 깊숙이 나눔의 집 근방까지 무작정 걸었다. 요양원으로 여길만한 건물은 도무지 눈에 띄지 않았다. 발길을 되돌렸다. 설명만 대충 듣고 어림짐작으로 찾아 들어간 '하나요양원'은

큰길가에서 불과 10여 미터 근방이었다. 요양원으로 여길만한 건물, 나의 머릿속에 그려진 요양원은 끝없이 펼쳐진 너른 풀밭이며 산기슭으로 둘러쳐진 외진 곳의 아담한 단층 건물이었을까.

'하나요양원'이라는 간판이 지붕 위로 높직이 달린 건물은 2층이었으며 비좁은 주차장에는 5, 6대의 승용차가 세워져 있었다. 도로에서 안쪽으로 십여 미터 떨어진, 민가 뒤쪽의 밭 한가운데 자리 잡고 있었다. 그나마 흐릿하게 퇴색한 간판 글자들을 초행인 경우 스쳐 지나기에 마땅했다. 두터운 유리 자동문은 푸르스름하게 단단히 잠겨있었다. 왼쪽의 신장에서 슬리퍼를 찾아 신고 벨을 눌렀다. 마침 점심시간이었다. 두세 대의 밀차가 식판을 싣고 분주히 오갔다. 문이 열리고 4, 5십 대의 남자 직원 하나가 누구시냐고 물었다.

"입원 중인 김을순 씨 면회 왔습니다."

"어디서 오셨지요?"

"이 동네 원당리 삽니다."

거실 의자에는 식탁을 중심으로 을순 씨를 비롯해서 5~6명의 할머니들이 둘러앉아 화투짝을 맞추고 있었다. 할머니들은 나의 출현에 주목했다.

"우리 작가님이 오셨네? 반가워라."

을순 씨가 할머니들 틈에서 일어나 뒤뚱뒤뚱 다가와 손을 잡았다.

"지내시기 어떠세요?"

"에구 좋아요, 아주 좋아."

을순 씨의 반응은 뜻밖이었다.

"사람 구경을 해서 살겠어요. 또래 할머니들이 얼마나 그리웠다구요. 세끼 밥해 주는 사람 있지, 목욕시켜 주고 약 챙겨 주지, 옷 빨아 입혀 주지…. 이놈의 오줌똥 못 가린다고 집에서 요양사한테 구박 받을 때 보다 훨 낫구 말구요. 토요일 일요일 요양사 안 오는 날 혼자 먹고 혼자 치우다가 당뇨병이 더 심해졌어요. 여기 요양원은 토요일도 일요일도 혼자 지낼 일 없어요. 이렇게 건잖아요. 몸 많이 좋아졌어요."

주변 사람들은 그것도 저것도 다 아닌, 아들이 살아있고, 직업이 있고, 주거지가 확인됐다는 것만으로 희색이 만면하다고 말했다. 아들의 그 신변을 확인해 준 대한민국 국가에 또는 뜨거운 밥과 국, 때마다 바뀌는 반찬 만들어 먹여 주고 재워주고, 친구와 더불어 지내게 해 주는 요양원 원장님께 감사하다며 을순 씨는 감격했다. 나는 을순 씨에게 손을 잡힌 채 소파에 앉았다. 행운은 이렇게 뜻밖에 찾아오는 것이구나. 창밖으로 시선을 돌렸다. 때마침 한낮으로 치솟기 시작한 햇살이며 을순 씨의 행복에 겨운 모습에 나는 한동안 휘둘렸다.

"광주 홀아비 영감 말에요, 암이 걸려 죽게 됐잖아요. 같이 산 것이 몇 해 되지는 않았지만 형 대신 군대 갔다가 귓바퀴에 총알

이 스쳐 짝귀가 됐는데 서류가 없어서 원호금도 못 타잖아요. 그 착한 심성이 불쌍한데다 아들 둘에 딸 하나가 있지만 모두 바빠서 뒷수발할 자식이 없어요. 그래 저래 우리 집에 모셔다가 내가 반 년을 수발했지요. 죽을 막에 자식들이 병원으로 모셔가 열흘 만에 명이 끊어졌는데 장사를 치른 뒤에도 막내아들 셋째한테서 어버이날이면 꽃바구니가 오고 내 생일이면 잊지 않고 고기 근이나 들고 찾아왔지요. 돌아가시면 아버님 계신 양주 선산에 잘 모시겠다고 누누이 말했어요. 난 아무 걱정 없어요. 나 죽어도 우리 아들 정근이 손에 신세 안 져요. 신부님께서도 공원묘지에 묻어 주겠다고 약속하셨어요. 영정이랑도 다 준비해 두었어요. 우리 아들 정근이 집 한 채 물려 줄 거예요. 땅값 한 평에 2백만 원은 가요. 1억은 받아요. 양지바르고 아담해서 누구 돈 받을지 몰라요. 팔겠느냐, 내가 사마, 라고 조르던 작자가 하나둘이 아니었어요."

듣고 또 들어서 단물이 대충 빠진 얘기였지만, 이날 따라 을순 씨의 복숭앗빛깔처럼 발그레해진 볼이며 촉촉한 입술의 나불거림은 별나게 생기와 윤기가 돌았다. 나는 아, 네, 잘하셨어요, 를 연발했지만 을순 씨의 긴 이야기는 메아리처럼 줄곧 겉돌았다. 어서 식사하세요, 라는 채근을 몇 번 듣고서야 을순 씨는 내 손을 놓고 식탁으로 돌아가 할머니들 틈에 끼어 앉았다.

밥 수저를 놓고 나를 배웅하면서 현관까지 따라 나온 을순 씨는 은밀히 말했다. 면회 오는 이가 없으면 직원들이 사람 취급도 안 해요, 라면서 중학교 선생질을 했다는, 나이 7십도 안 된 같은 방의 여자를 또 까발렸다.

"캔 뚜껑을 따서 빨대를 꽂고 음료수처럼 죽을 빨아먹어요. 그나마 누워서 먹고 누워서 똥 싸고 눕혀 놓으면 눕힌 대로 사지를 굴신도 못 하고 웅크리고 스물네 시간 지내는데 입만 살았어요. 똥 쌌다고 어서 기저귀 갈아달라고 앙알거려도, 알았어요, 하고 선뜻 달려오는 직원 없어요. 난 처음엔 담당이 알아듣지 못한 줄 알았는데 그게 아니더군요. 알아듣고도 모른 체하는 거였어요. 똥은 얼른 안 치우면 엉덩이에 말라붙잖아요. 그걸 손가락으로 후비고 떼어내는데 그 손가락으로 캔을 들고 빨대를 쭉쭉 빨아먹어요. 딸자식이 하나 있는데 미국에 산다나 봐요. 나 여기 온 지 두 달 됐는데 면회 오는 거 딱 한 번 봤어요."

을순 씨는 자기 편할 대로 말을 만들거나 거짓 꾸며 부풀리기를 즐기는 편이었지만 앞과 뒤가 감쪽같아서 을순 씨의 화술에 걸핏하면 나는 매료되었다. 그날도 을순 씨의 빛나는 미래를 꿈꾸며 다정한 배웅을 뒤로 하고 현관문을 나섰다. 빛나는 미래, 을순 씨의 아들 정근이가 장가를 가고 싯가 1억에 해당하는 컨테이너 집에서 동고동락하면서 동네 것들 앞에서 보란 듯이 살다가 먼 훗날 유산으로 물려주리라. 자신이 묻힐 묫자리까지 확약을 받아 둔 터이니 아들에게 고린 동전 한 닢 신세 질 일 없는 장한 어머니—. 을순 씨의 족적과 인생관을 대충 간추리면서 나는 하나요양원 주차장을 벗어났다. 갈림길에서 잠시 머뭇거렸다. 나눔의 집 입간판을 따라 천천히 걸었다. 산을 끼고 흐르던 개천물이 이런저런 안내 입간판들로 몸을 숨겼다가 그나마 2차선 국도에 끊기면서 한 귀퉁이에 버스정류소를 들여앉혔다. 양평과 무갑리로 각기 뻗은 국도에서 샛길로 들어서는 그 삼거리는 승용차며 버스, 오토바이 등 차량의 소음으로 꽤 분답하다. 그것들을 외면하고 나는 마을길로 슬쩍 들어선다.

왼쪽으로 돌 축대를 딛고 들어선 황토집 앞을 지난다. 정신대 할머니 한 분이 산다. 친아들이라고도 하고 조카자식이라고도 하는 젊은이와 함께다. 할머니들에게 지급되는 월 1백여만 원을 착착 모아서 마련한 집이다. 지난해 그 할머니는 죽고 없다. 근래 낯선 승용차 두어 대가 비좁은 마당에 꽁무니를 물고 일렬로 세워져 있고는 하는데 아들이라면 누가 뭐랄까. 할머니는 구태여 조카자식이라고 둘러대고는 했다. 이놈 저놈 왜놈한테 당한 일이 뭐 자랑이라고 걸핏하면 수요집회니 뭐니 떼거지로 몰려나가 떠든단 말인가. 어찌어찌 남자를 만나 낳은 아들 앞에 내세울 일은 영 아니다 싶다. 월 1백여만 원이 아쉬워 '나눔의 집'에 들어오기는 했지만 말이다. 나는 조금 더 마을길을 따라 걷는다. 박춘희 전 이장네 집 앞을 지난다. 농가주택으로 반듯하게 지어졌지만 집안은 이런저런 농기구며 농작물을 쟁이는 창고 등으로 너절하고 어지럽다. 늘 그랬듯이 그는 의도적으로 나의 눈길을 피했고 나도 그의 눈길을 피하는 편이었으므로 걸음을 서두른다. 아니, 나보다 그가 나의 눈길을 더 기피한다.

수년 전, 이미 지난 일이기는 해도 그는 맡은 이장직을 수행하던 도중 1억 2천여만 원에 해당하는 국고를 유용한 법원의 판결을 받고 고스란히 물어내는 처벌을 받았다. 그가 처벌을 받게 된 경위에 내가 한몫을 했으므로 그가 나를 멀리하는 까닭은 당연했지만 나는 그를 멀리할 까닭이 없다. 종당에는 최종 결정권자는 마을 이장이었고 면사무소를 오가던 이장만이 책임질 엄연한 법적 사안이었으니 말이다. 그 무렵 상수원보호구역 주민들에게 정부로부터 혜택이 있다는 입소문이 파다하게 돌았다. 공문을 확인한 바 없는 채 소문은 소문으로 마을을 뒤숭숭하게 쑤셔댔다. 전염병도 아닌데 그 소문을 안고 마을 사람들은 가슴앓이를 했다. 무려 한 가구당 5백여만 원의 혜택이 돌아간다니 그럴 만도 했다. 1995년 이전에 마을로 이주해 온 자만이 자격이 있다는 둥 그도 저도 상관없이 농토를 갈아먹는 순전한 농부여야 한다는 둥 중구난방 이구동성 가닥을 잡을 수가 없었고 그 가닥들은 다시 가닥으로 찢기면서 어지러운 소문을 배태했다. 순차적으로 배당되므로 우선권을 두고 다시 뜨거운 논쟁이 벌어졌다. 을순 씨와 우리 두 집만이 1년 차를 두고 앞서거니 뒤서거니 이주해 들어온 외지인이며 나는 마을회관 건립에 큰 공적을 세운 독지가에 속했다. 발언권이 지대했다. 집터를 매입하고 집을 건축할 때까지의 모든 일을 전

담했던 마을 노익장으로부터 나는 적극 지지를 받았다. 단지 을순 씨가 문제였지만 자식도 남편도 없는 품팔이꾼, 면사무소에서 지급하는 연금으로 사는 빈곤층 등 몇 가지 조항을 들먹이며 인의 예지에 합당한 마을 사람들의 의식을 부추겨 을순 씨를 나는 적극 도왔다. 을순 씨를 비롯해서 나는 드디어 유자격자 15명에 해당되었고 순위를 결정하는 뽑기에서 을순 씨는 1위로, 나는 15위로 확정됐다. 성적표를 받아든 학생처럼 기분이 썩 좋을 수가 없었다. 그렇다고 터놓고 불쾌한 내색을 드러낼 수 없었다. 이 탐욕이란 놈을 다스리기 위해서 나는 황망히 자리를 떴다.

을순 씨네 울안 창고에 싯가 5백여만 원에 해당하는 전기보일러가 설치되었다. 을순 씨는 걸핏하면 전화로 나를 불러냈다. 차나 한잔하자, 우리 아들 정근이 소식만 알면 이제 한이 없다, 나로서는 흥미가 없는 일련의 수다가 되풀이되었다.

그로부터 3, 4년이 지난 어느 해 봄, 마을이 또 한바탕 뒤집어졌다. 서울에서 사는 함양 박씨 종친 중의, 법무사 사무실을 운영하는 유지가 이 마을로 부랴사랴 주소 이전을 한 다음 법적 절차를 밟았다. 거의가 자격요건에 해당되지 않는 자들이 혜택을 받은 불법이라는 것. 일정 평수의 농지를 소유하되 그 농지가 그린벨트로서 개발 제한 구역이 아니라면 법에 저촉된다는 판결이었다. 이 마을 농가의 주민들 입에 들어간 국고가 1억이 넘었다. 대부분 전자제품으로 받은 터였으므로 그들에게서 현금을 받아내기까지 이장은 구차스럽고 한심스러운 사태에 직면했다. 에라, 모르겠다. 우선 땅 한 자락 팔아치워 기일 내에 국고를 반납할 수밖에, 아재, 시동생, 대부, 사촌, 5촌 당숙으로 두루 얽힌 혈족 체면으로 쉬쉬 대충 마무리 지었지만 박춘희 전 이장은 술에 절더니 간암이라는 판정을 받고 자주 병원 신세를 졌다.

그 돈 안 먹기를 잘했지, 세월이 약이라 하지 않던가. 나는 을순 씨에게 자격 여건을 부여하는 일에 적극 가담, 목소리를 높였던 일을 떠올리며 인의예지를 과시한 잘못을 인정해야 했다. 잘못을 인정하면서 잠시 목소리를 낮추다가 종당에는 전 이장 박춘희 씨의 무지로 저질러진 사태라고 떠넘겼다. 잊을 일은 잊자, 라면서 의기양양 마을길을 걷고는 했지만 어찌 된 일인지 전 이장 박춘희 씨의 불편하고 날 선 눈길은 숙지지 않았다. 그 부분에서 세월은 약이 되지 않았고 외지에서 온 사람이라는 명제는 더 큰 상처와 골을 만들었다. 외지인을 '뜨내기'라는 별칭으로 낮잡아 말하던 토박이 노익장들은 하나둘 선산에 묻혔고 몇몇 생존한 원주민은 숫자로 월세에 놀입한 채 아예 외지인과 담을 쌓았다. 조합장이나 시장, 국회의원 등 관료들이 설 명절에 인사차 찾아와서 두고 가는 밀감 한 박스를 뜨내기들 보는 데서는 상자를 뜯지도 않았다. 꿍쳐 두었다가 원주민들끼리 입맛 다시게 내놓는 부녀회장을 은밀히 추켜세웠다. 어른 잘 섬기는 인의예지 마을의 주역으로 다시 추대하자고….

"자기들이 돈 받고 팔았으니, 우리는 이사 와서 동네 주민 된 거고요."

가장 최근에 외지인이 된 성 여사가 빙긋 웃으며 낮은 목소리로 이견을 보였다.

겨우 10여 명에 불과한, 그나마 척추관협착증, 무릎관절염, 뇌출혈 후유증 등으로 예후가 좋지 않은 마을 부녀들은 한여름 농사철을 제외하고는 거의 마을회관에서 하루해를 보냈다. 집에 있으면 난방온도를 높여야 하고 과일이니 음료니 내 손으로 사들인 것만 먹어야 한다. 아무개네 아들이 즈덜 새끼만 알아 모시느라고 늙은 어미한테는 한 달에 한 번 오기도 어렵다던 할머니의 말을 은밀하게 소문을 냈다. 아무개 어미는 아들한테 집, 농지. 농협에 예금했던 돈 얼마 몽땅 털어 내주고 노령연금 또박또박 받는다는 것, 아무개 할머니는 9십 넘었는데 친정 남동생이 1천여만 원을 보내왔다니 지금은 딸도 재산 물려받을 권한이 있다는 것, 아무개 어머니가 오늘 갑자기 말을 못 하고 물도 넘기지 못해서 병원에 입원했는데 며느리한테 심하게 굴더니 벌을 받아서 그렇다는 것 등 쏟아지는 소식통들이 티브이 드라마 못지않게 궁금하고 재미가 있어서다.

*

"아, 우리 동네를 어찌 오셨우."

"산책 나왔어요. 평지여서 걷기 부담 안 되고 좋군요."

한우 2십 두를 키운다는 추 씨가 반색한다. 얘기가 길어질 것 같아서 을순 씨 면회를 다녀오는 길이라는 말은 하지 않았다. 나이 8십을 넘겼지만 크지도 작지도 않은 체구가 별 거부반응 없이 친근감으로 다가온다.

"건강하시지요?"

간단한 예를 지키고 돌아서려는데 성의껏 응답을 보낸다. 나는 걸음을 멈추었다. 혈압도 정상이고 고지혈증도 당뇨도 없다는 자랑을 나는 잠시 들어 준다. 지난봄 농협 조합원 2백여 명이 단체 여행 2박 3일을 제주도로 다녀온 일이 있다. 제주도 여행길을 자신만만 떠날 수 있었다며 동행이 된 나와의 우연찮은 인연을 빌미로 반어투로 무람없이 군다.

"그 양지말 원당1리, 살기 어때요?"

시골 노익장들의 장끼는 밋밋하게 굴면서 상대방 소가지 뽑아 보는 능청스러움이다.

"길이 가파르잖아요. 겨울에 눈이라도 오면 비탈길이어서 꼼짝도 못 해요."

"그 동네 1리가 우리 동네보다 땅값이 더 나가고 매매도 잘 돼요."

"그래요? 이 동네 2리가 양지바르고 야트막한 산에 바람막이 잘 돼 있고….”

“그렇게 말할 사람 이제 없어요. 요양원에, 나눔의 집에 죽을 막에 닥친 버려진 늙은이들이나 살고 있잖아요. 걸핏하면 총리니, 국회의원이니, 일본의 좌익계 학생들이니 단체로 찾는 내방객 때문에 시집살이만 고되단 말입니다. 저 황토집은 젊은 사람들이 와서 살길래 반갑다 했더니 거 뭐라더라 피부병 때문에 학교는커녕 잠도 못 자는 어린애 때문에 왔답니다. 아토피라나 알레르기라나. 아이 몸을 눈 뜨고 볼 수가 없어요. 서울 것들 푸줏간에 가면 한우만 찾으면서 툭하면 냄새 때문에 못 살겠다고 우리 집에 찾아와서 떠들어요. 그래 내가 맞섰지요. 면사무소에 가서 항의하라고요. 난 잘못 없어요. 허가 내고 키운단 말입니다.”

차마 그의 불쾌한 속심에 맞불을 놓을 수가 없어서 그럴 리가 있나요? 하면서 딴청을 했다.

이해 늦가을 추석 며칠 뒤였다.

나는 두 번째로 을순 씨를 찾아갔다. 달랑무김치를 먹고 싶다기에 한 접시 담았다. 뜻밖에 을순 씨는 거동을 전혀 못 한 채 턱받기를 받치고 침대 위에서 점심 식사 식판을 마주하고 있었다.

“아들 정근이가 찾아오기는 했는데 주차장에서 친구만 들여보내 놓고 어미를 대면도 안 한 채 갔다우. 토마토 한 상자 들여보내 놓고 말이우.”

을순 씨는 별 표정 없이 담담하게 말을 했고 요양보호사는 입을 비쭉거렸다.

"그러려면 뭣 하러 와."

을순 씨는 국 국물 한 번 떠먹고 숟가락을 놓았다. 목에 뭣이 걸렸는지 안 넘어간다는 것이다.

"우리 집 마당에 감이 익었을 텐데…. 죽어도 집에 가서 죽고 싶어요. 나 좀 퇴원시켜 줄라우?"

나는 요양보호사에게 시선을 보냈다. 말 같지 않은 말 또 떠벌인다고 무 자르듯 끊더니 요양보호사는 식판을 거두어 들고 사라졌다. 먹고 싶다던 달랑김치는 한쪽도 물어뜯지 못했다.

그로부터 2, 3개월 뒤 을순 씨의 죽음을 알려오는 한 통의 전화를 받았다. 사망 원인은 심근경색이었고 1주 전에 장례를 끝냈다고 했다. 나는 하나요양원 원장을 찾아갔다.

"누구시지요?"

"을순 씨와 이웃에서 살던 사람입니다."

원장은 긴장과 의혹으로 뭉친 표정을 조금도 풀지 않은 채 복도에 서서 몇 마디 던졌다.

"아들이라는 사람, 참 돼먹지 않았더군요. 장사를 치러야 하는데 전화를 안 받아요. 제가 상주 노릇을 했어요. 장례비가 1백5십만 원이나 나왔어요. 제가 고스란히 물었습니다. 그런데 어떻게 알고 오셨지요?"

"천주교 신앙인 한 분이 알고 계시더군요."

"그 와중에 장례를 제대로 치를 수 있습니까? 사망 다음 날 화장장으로 처리했습니다. 사망진단서 때문에 아들이라는 사람과 연락이 닿더군요. 제가 바쁩니다. 더 궁금하신 일 없지요?"

나는 큰 잘못을 저지른 듯 부안을 타면서 복도 저쪽 희디흰 공간으로 멀어지는 큰 키의 원장을 바라보았다. 전신에 오소소 소름이 돋았다. 겨울도 아닌데 말이다.

*

우 여사의 옷에서는 향료가 섞인 가루비누와 자동 세탁기의 역량 때문인지 늘 향기가 났다. 거실에서도 그 옷에서와 동질인 향료 냄새가 짙게 맡아졌다. 인공의 향이지만 결코 천박하지 않은, 솜사탕처럼 사랑스러운 여인으로 우 여사를 돋보이게 만들었다.

"저 을순 씨네 집 철거되니까 우리 집 주변이 영 몰라보게 훤해졌어요. 이제 우리 집이 전원주택 마을 폼이 나네요. 어쩜 중장비란 놈의 힘이 놀라워요. 이 마을 함양 박씨 종친회에서 모니카 씨네 땅 먹었다면서요? 썩 잘 됐어요. 타 남이 사들이면 또 주택 하나 들어설 것이고 복잡하지요."

우 여사의 말이 결코 엉뚱하다거나 틀린 말은 아니다. 컨테이너를 둘러싸고 복잡하게 늘어졌던 전선이며 옹색한 마당에 되는 대로 꾹꾹 심었던 관상수들이 걸차게 자라 도무지 운치라고는 없던 컨테이너 가건물은, 인의예지를 내건 재실과 아늑한 산등성이에 군더더기였음에 틀림없다. 그런데 나는 선뜻 동의할 수가 없다.

“보아하니 쓰레기가 트럭으로 네다섯 대나 되더군요. 그 작은 집에서 그렇게 많은 쓰레기가 나오다니 놀랍지 뭐예요. 이 돌확이며 통나무 절구는 제가 필요해서 가져왔어요. 삽, 곡괭이, 호미가 있던데 작가님이 갖다 쓰시지요.”

우 여사는 교만한 어투로 듣는 이의 비위를 슬슬 건드리다가도 알뜰한 살림꾼의 맛깔스러움과 섬세한 인정미를 보이고는 한다. 어떤 경우라도 손사래를 치면서 자리를 떨치고 일어나지 못하는 우유부단한 성격의 나에게는 특히 끈끈이 같은 여자다.

“아들이라는 사람, 생긴 것은 멀쩡하던데 생전에 어머니를 보지 않았다면서요? 휘파람 불며 룰루랄라 어제오늘 사흘째 신바람나게 짐정리 하더군요.”

우 여사는 쓰레기 처리비에 보태라고 돈 몇 푼 주었다며 낮고 부드러운 목소리로 말했다. 찻잔을 들어 두어 모금 삼키면서 나는 울순 씨의 아들이 하던 말을 떠올렸다.

—어머니는 중요하지 않은 것 때문에 중요한 것을 버리셨습니다. 먼저 선택할 것과 나중 선택할 것의 시기와 순서를 늘 착각하시지요. 자식의 도리와 모성의 몫에 혼란을 일으키시기 예사구요. 머리로는 어머니를 이해하겠는데 가슴으로는 어머니를….

정근은 끝말을 삼키며 시선을 내리깔더니 이내 자리에서 일어났다. 용서할 수가 없어요, 라는 말을 하고 싶었을까.

남편이 있는 집 & 없는 집

일상생활에 갇혀 찌든 모습도, 직장인의 세련된 모습도 아니면서 안쓰러운 표정으로 이윤자 씨는 강의실을 찾아왔다. 3월의 쌀랑한 기온에 다소 긴장된 낯빛이었다. 교재와 부교재를 공지하고 앞으로 4개월간 진행될 강의는 주로 실기 위주가 될 것이라는 교수법을 끝으로 간단히 자기소개를 하기로 했다. 학원 강사를 비롯해서 여가선용을 앞세운 가정주부, 틈을 내어 사무실을 비우고 참여한 자영업자, 미술 학원 원장 등 각양각색의 자유로운 직업을 가진 이들이었다.

"여주서 왔고요, 이윤자라고 합니다."

이윤자 씨는 자신이 없는 듯 그러나 또박또박 조용한 목소리로 말했다. 이윤자 씨는 수강생 중 최고령이며 유일하게 타 지역 출신이었다. 몇 년 생이세요? 라고 물으려다가 나는 그만두었다. 대충 7십여 세 안팎일 것이라고 짐작하면서.

수강생들이 빠져나간 뒤에도 이윤자 씨는 그렇게 내 곁에서 서성거리다가 두터운 노트 두 권을 내밀었다. 볼펜으로 꼭꼭 눌러 쓴 육필 원고였다. 제가 쓴 글입니다, 봐주세요. 아, 네. 나는 이윤자 씨의 말에 대답하고 가방에 받아 넣었다. 전 총무를 비롯해서 회장 등 몇몇을 남겨 두고 나는 강의실을 빠져나왔다. 이윤자 씨는 다소 석연치 않은 표정으로 걸음을 멈추더니 강의를 앞으로 열심히 듣겠노라는 말 몇 마디를 남기고 시외버스 터미널로 향했다. 당초보다 표정에는 생기가 돌았다.

틈이 있는 대로 이윤자 씨가 준 노트를 펼쳤다. 맞춤법은 서툴지만 사건과 상황, 묘사로만 끌어져 나갔으며 스스로 체험하지 않고는 도저히 써낼 수 없는 정직한 글이었다. 기억을 되살리며 5년에 걸쳐 썼다는, 2백 자 원고지 8백여 매에 달하는 분량이었다.

노트를 한 번 더 훑어보면서 붉은 볼펜으로 몇 군데 주의 표시를 해 두었다.

―…명수 태어난 지 5개월 만에 나는 명수네 집으로 들어갔습니다. 이웃집의 어느 교회 권사님 소개였습니다. 우리 큰아들은 고등학교를 졸업한 뒤 곧장 취업을 했고, 작은아들은 대학생이 돼 어미 손이 덜 갔으니까요. 명수는 6개월이 지나자 유치가 하얗게 돋고 4살까지 이유식도 내 손으로 만들어 먹였습니다. 여름에는

호박, 감자, 당근 해서 제철에 나는 야채를 주로 썼고 소고기를 다져서 참기름에 볶고 양파, 당근, 부추를 넣거나 콩, 고구마를 믹서에 갈아 넣어 만들었어요. 찐 감자를 가끔 먹였는데 친정 여동생 집에 놀러 갔을 때는 여동생이 설탕을 넣어 만들어 먹이자 고개를 저으면서 할머니가 만들어 준 거 하고 맛이 다르다고 안 먹더군요. 명수 돌잔치도 내 손으로 해 줬고 이웃집 또래 아기들 돌 반지도 내 돈으로 해줬어요. 그런데요, 섭섭한 것이 뭐냐 하면요, 돌 무렵부터 장염이 자주 걸려서 입원을 하고는 했는데요, 명수 엄마가 같이 입원한 엄마들한테 친할머니가 아니라고 소문을 낸 겁니다. 키워주는 식모 할머닌데 먹이는 음식이 불결해서 자주 병이 난다고 하더랍니다. 원래 아기들이 돌 무렵 쯤 되면 크느라고 병치레를 하지 않던가요? '다른 사람을 구하라'고 했더니 사흘 만에 새 사람이 왔는데, 명수가 제 몸에 손도 못 대게 하는 겁니다. 고개를 돌리고 앙앙 울어 젖히는데 병이 날 지경이더군요. 차마 떼어놓을 수가 없지만 눈 딱 감고 돌아서서 집으로 왔는데, 다음 날 명수 아빠한테서 연락이 오더군요. '집사람 성격을, 명수를 봐서 이해 해 달라'는 거였어요. 명수가 아무것도 먹지 않고 울기만 한다는 겁니다. 나는 잠시 망설이다가 명수가 눈에 밟혀 발길을 서둘렀습니다. 하룻밤이 한 계절이 지난 것처럼 길게 느껴지더군요. 명수를 품어 안았던 두 팔과 가슴이 휑하니 비어 썰렁하고 명수가 업혔던 등덜미와 다리가 허둥거려지는 겁니다. 돌이 지나면서 명수는 무럭무럭 잘 자랐습니다. 명수 네 살 때부터 명수 엄마는 동화책을 사다 주더군요. 『숲속의 잠자는 공주』, 『콩쥐 팥쥐』, 『피터 래빗』, 『빨간 모자』, 『일곱난장이와 백설공주』, 『백조왕자』, 『토끼와 자라』 등등 수십 권을 한꺼번에 사 왔어요. 읽어주다 보니까 명수에게 맞는 게 있고 안 맞는 게 있더군요. 『빨간 모자』는 읽어 주다가 말았어요. 빨간 모자가 달린 망토를 입은 어린 소녀가 있었는데요, 그 소녀가 아픈 할머니에게 음식을 드리러 가는 도중에 늑대 한 마리를 만났어요. 늑대는 소녀를 잡아먹고 싶었지만 근처에 나무꾼들이 있었기 때문에 꾀를 냈습니다. 점잖은 행색으로 그 소녀에게 다가가 어디로 가느냐고 묻지 않았겠어요? 이 순진한 소녀는 할머니 댁에 간다고 정직하게 말했습니다. 늑대는 먼저 할머니 댁으로 달려가 소녀의 행세를 차리고 방으로 들어갔습니다. 이 소녀가 할머니에게 “할머니, 이빨이 왜 이렇게 커요?”라고 묻자 늑대가 “널 잡아먹기 좋으려고”라고 대답하고는 소녀를 통째로 잡아먹었습니다. 여기까지 숨죽여 듣던 명수가 눈물을 글썽이더니 흐느껴 우는 겁니다. 잠을 자다가도 깜짝깜짝 놀라고 그래서 내가 미리 읽어보고 따로 선택한 책이 『백조왕자』와 『고양이 집에 불이 났어요』랍니다. 옛날 어느 나라에 왕비가 죽자 임금님은 슬픔에 젖은 엘리사와 왕자들을 위해 서둘러 새 왕비를 맞아들였지요. 새로 들어온 왕비는 무서운 마녀였답니다. 열한 명의 왕자들이 자기를 넘어뜨려 상처를 냈다고 울면서 왕에게 음해의 말을 했습니다. 왕은 새 왕비의 못된 말만 듣고 왕자들을 모두 성에서 내쫓았습니다. 새 왕비는 왕자들을 백조로 만들고 자기보다 예쁜 막내 엘리사 공주를 몹쓸 병에 걸려 멀리 떨어진 시골에서 요양을 해야 낫는다고 쫓아냅니다. 엘리사 공주는 숲속을 헤매다가 다행히 백조로 변한 오빠들을 만나게 되지요. 그날 밤 엘리사는 꿈에 나타난 요정 할머니에게서 이런 말을 듣습니다. "무덤가에서 자란 쐐기풀로 옷을 만들어 열 한 명의 오빠들이 입게 해라, 그렇게 하면 마법이 풀린다." 여기까지 조용히 듣기만 하던 명수가 갑자기 침대에서 뛰어내리더니 양팔을 벌려 새처럼 날아다니는 시늉을 하면서 신명을 내는 겁니다. 백조왕자가 마법에서 풀린다는 대목에 팔짝팔짝 뛰면서 즐거워 어쩔 줄을 모르더군요. 명수는 침대 위에서 팔짝팔짝 뛰기도 하고 데굴데굴 구르면서 행복에 겨워 몸부림을 치는 겁니다. 그런데요, 그 어린 것이 자주 이 애보개 할미를 슬프게 하더군요. 느닷없이 장난감들을 할미한테 내던져 이마빡이고 등덜미고 얻어맞아 얼얼하고 머리끄덩이를 휘어잡은 채 놓을 줄을 모르는데 즈 어미는 눈 뻔히 뜨고 쳐다보기만 하더군요. 어린 것의 철없는 짓거리지만 내 자식이라면 따끔하게 야단을 쳤을 겁니다. 네살 배기 어린 녀석의 행패도 행패인지라 자꾸 당하니까 아프고 서럽더군요. 이 집을 떠나야지 수차례 벼르다가도, 명수를 버릴 수는 없지 싶어 주저앉게 되더군요. 명수아빠는 주중에 한 번 오는데 갈 때마다 명수가 아빠 바짓가랑이에서 떨어지지를 않는 거예요. 아빠가 돈 벌어 와야 명수 치킨도 사 주고 장난감도 사 주고 멋있는 옷도 사 주지, 라고 달래면 겨우 바짓가랑이를 놓아주고 눈물을 글썽이면서 이렇게 인사를 해요. 아빠, 안녕히 가세요, 또 오셔요. 아빠가 이중생활을 한다는 것을 어린 것이 알고 있는 거예요. 명수엄마는 자그마한 몸집에 일본 여자처럼 예뻐요. 옷매무새도 요란하지 않고 거동이 차분해서 외모가 눈에 단박에 띄지는 않지만 맑은 피부며 은은하게 배어 나오는 질리지 않는 미모예요. 명수엄마가 명수아빠의 첫사랑인데 양가 부모의 반대로 결혼을 못 했다는군요. 명수아빠는 이미 다른 여자와 결혼해서 딸을 하나 낳았으니 명수엄마와는 불륜관계가 된 거지요. 어느 날 명수가 스케치북 한 장을 쭈욱 찢어 돌돌 말더니 손가락 사이에 꼬나들고는 빠끔빠끔 빨면서 눈을 거슴츠레 뜨고 푸우 푸우 연기 뿜어내는 시늉을 하는 겁니다. 눈이 졸리거나 하여 정기가 풀리고 감길 듯한 꼴로 침대 모서리에 다리를 꼬고 걸터앉아서요. 명수엄마는 자신의 그런 몰골을 어린 명수에게 절대 들키지 않으려고 꽤 신경을 쓰던데요. 새벽 돌아오는 길에는 명수를 데리고 마중을 나오는 일이 없도록 했고, 담배 생각이 나면 반드시 화장실을 이용했거든요. 명수하고 뽀뽀도 안 했어요. 술 냄새 때문에요. 명수아빠가 오는 날은 밤이고 낮이고 나는 명수를 업고 공원에서 서성거리다가 졸음이 쏟아지면 현관 앞 계단에서 몇 시간이고 쪼그리고 엎드려 졸고는 했지요. 명수아빠가 왔다가 하룻밤

자고 떠날 채비를 끝내면 명수는 벌써 아빠 곁을 맴돌며 바짓가랑이에 매달립니다. 그러다가 마지못해 아빠에게 손을 흔들며 아빠 또 오세요, 하는 거예요. 알 것 다 알더군요. 초등학교 1학년 때였던가, 학부모 회의가 있었어요. 담임이 저한테 명수가 그린 그림을 보여 주면서 이런 얘기를 하더군요. 자기와 함께 사는 가족들 얼굴을 그려보자, 라고 했는데 다른 아이들은 엄마, 아빠, 누나, 동생, 할머니 또 어떤 아이는 고모 삼촌 얼굴까지 그려 넣고 손을 잡은 모습으로요. 그런데 명수는 이런 그림을 그렸습니다, 라면서 그림을 보여 주더군요. 빨간색의 붉은 동그라미 세 개였어요. 이것이 무슨 뜻이냐? 라고 명수에게 물었더니 명수가 이렇게 말하더랍니다. 아무도 모를 거예요, 말하지 않을래요, 라고 하더랍니다. 명수가 영특해서 집안의 그늘 진 구석을 느낀 것 같습니다. 담임이 가정환경을 묻는데 입이 떨어지지 않더군요. 명수엄마는 소유했던 아파트 두 채를 매각하고 단칸 셋방을 얻더니 명수를 중국으로 유학을 보내더군요. 한문 공부를 시킬 요량이었어요. 이후 나는 그 집을 떠났지만 명수 소식이 궁금해서 시내 들어갈 일이 있으면 찾아가곤 했습니다. 명수엄마는 나이 지긋한 일본인 남자를 만나 결혼식을 올리고 일본 후쿠오카로 떠날 참이더군요. 명수 돌무렵 저도 그 후쿠오카라는 유흥가로 명수엄마를 따라 열흘 동안 둘러보았지요. 그 사이 명수는 중학생이 되었고 애보개였던 이 할미를 알아보기는 하더라만 별말 없이 제 곁을 떠나더군요. 사춘기

여서 부끄럼을 타겠거니 하면서도 입 한번 떼지 않는 명수를 먼발치로 바라보면서 자꾸 섭섭해지는 겁니다. 부산이 태생지인 명수엄마는 뱃길로 450리 안팎인 후쿠오카를 건어물 상인이었던 아버지를 따라서 자주 들락거렸던 모양이고 아버지가 일본인 여자를 보쟁여서 낳은 이복 언니를 친언니처럼 따랐던 모양입니다. 그 낯선 나라로 가더라도 잘 살아줘야 할 터인데… 싶었지만 한두 해도 지나지 않아 헤어졌다는 풍문이 들리더군요. 아파트 두 채 판 돈도 명수아빠 사업 자금과 일본의 그 늙다리한테 뜯겨 빈털터리로 다시 술집을 나간답니다. 명수엄마의 그 이복 언니가 나카스에서 경양식집으로 성공했다더니 그렇지도 않았던 것 같습니다. 유흥가라는 곳이 원래 그렇지 않습니까? 나도 명수 돌 무렵 애보개 할미로 배를 타고 후쿠오카를 따라가 보았지만요, 멀쩡하던 나카스 거리가 밤이 되면 화려한 네온 불빛에 취하더군요. 강가에 늘어선 야타이 포장마차에서 라멘이나 꼬치구이, 어묵(오뎅), 삶은 무 따위를 안주 삼아 술을 마셔도 보았지요. 명수엄마도, 명수엄마 사촌 언니라는 그 여자도 야타이에서 만난 사내들과 오래 사귄 사이처럼 무람없이 친하게 노닥거리는 겁니다. 끌어안고 볼에 입을 맞추고 갈퀴 같은 손이 젖가슴을 기습적으로 침범해도 눈썹 하나 까딱이지 않는데 민망해서 내가 고개를 돌렸어요. 그런 곳으로 사춘기에 접어든 명수가 늙다리 일본인 새아버지를 따라간 겁니다.

이쯤에서 이윤자 씨의 기록물은 단원을 달리했다.

—…자식의 사랑과 결혼 문제를 부모가 간여할 수 있는 나이가 법적으로 정해지기는 했지만 전혀 유효하지 않더군요. 법 이전에 부모의 자식 사랑이라는 질긴 끈 때문일 것입니다. 명수엄마뿐 아니라 나, 이윤자도 결혼 3년 만에 파경을 맞은 것 또한 주변 사람들의 억설과 모함 때문이었습니다. 운수업을 하던 남편의 사업 실패가 아내에게 살이 꼈기 때문이라는 무속인의 말을 믿고 그 날부터 시집 식구들은 이윤자를 몹시 괴롭히더군요. 뱃속의 두 번째 아이가 태어나면 애비가 죽는다는 겁니다. 나는 미용 기술 하나를 믿고 친정집으로 왔습니다. 초등학교를 졸업하던 해부터 수년 동안 읍내 미용실에서 조수로 지내다가 스무 살에 취득한 자격증입니다. 시집가기 전까지 홀어머니를 돕고 동생들을 돌보는 데 꽤 큰 힘이 됐는데, 그동안 미용실이 여럿 문을 열고 해서 이윤자 미용실은 파리만 날리게 되더군요. 노비에 전답 문서까지 지참하고 시집온 어머니는 논밭 일에 전혀 손을 못 대셨는데 설 명절이나 추석 음식, 허구 많은 날 걸핏하면 치르는 제사에 질펀하게 장만하는 음식을 동네 사람들에게 바리바리 챙겨주는 일이 어머니의 유일한 낙이었습니다. 아버지는 이웃집의 지주와 십여 년간 끌어오던 법정 싸움에서 패소하면서 신병을 얻어 돌아가셨고 오빠는 배를 타는 무슨 사업인가를 하겠다며 집을 떠났습니다. 그 오

빠는 우리 집안의 대들보라고 생각하고 나는 머리카락 자르고 쓸고 털며 번 돈을 줬는데 몽땅 사기를 당하고 빈둥빈둥 거들먹거리는 한량이가 됐어요. 그 오빠마저 단명하여 어머니 앞에서 죽더니, 끝이 보이지 않던 충청도 증평의 너른 전답은 봄날 눈 녹듯 스러져 버렸습니다. 친정은 믿을 곳이 못 됐어요. 어머니의 히스테리는 나날이 심해졌고 신병을 얻어 자리에 눕게 됐습니다. 아이를 뱃속에 넣고 있을 때가 차라리 살만했습니다. 태어나 둘이 되니까 해주는 밥도 먹을 겨를이 없더군요. 건어물을 도매로 떼어다 동네 집집을 돌며 팔기도 하고 내복 장사, 보약 장사, 떡 장사, 엿 장사해서 친정 시골 동네 안면을 믿어봤지만 별 돈을 벌지는 못했습니다. 낯 뜨겁고, 주뼛거려지고 인정은 인정일 뿐 손에 남는 건 없더군요. 따뜻한 국밥 한 그릇, 애어멈이 먹어야 젖이 나오지 하면서 차려 주는 어렸을 적 어머니 친구분을 만나면 눈물에 푸념만 늘어집니다. 두 어린 것을 진종일 업고 걸리고 하다가 해 질 녘 마을 입구 느티나무 아래서 앉아 쉬자면 어머니가 누워 계신 단칸 초가를 들어설 일이 막막해집니다. 등에 업혔던 아이를 땅에 내려놓으면 물 만난 방개처럼 언덕배기를 무릎으로 기어 오르내리며 도무지 등에 업힐 생각을 하지 않습니다. 젖은 기저귀에 살이 짓무르고 그걸 떼어 내니 날아갈 듯한 거지요. 어머니가 돌아가시고 장사를 치르면서 오랫동안 소식이 끊겼던 외가 인척들 중에 어머니와 자별했던 외삼촌을 뵙게 됐습니다. 당장 서울로 올라오거라,

몸만 건강하면 산다. 사람이 많이 사는 데서 볶아쳐야 살아도 살고 죽어도 죽는다, 라고 애매한 여운을 남기고 떠나시더군요. 가뭄에 타 들어가듯 말할 기운도 없이 지친 나는 네살 배기 둘째 아이는 언니한테 맡기고 떠났습니다. 어머니 장례 치르고 남은 돈에 미장원 월세를 공제하고 돌려받은 보증금을 대충 꾸렸더니 여비를 쓰고도 한 달 치 생활비는 되더군요. 그래, 잘 왔다, 우선 우리 집에서 같이 지내면서 먹고 살 방도를 알아보자. 외삼촌은 길음동 골목 시장 입구의 깔끔한 한옥에서 사셨습니다. 외삼촌은 휘문고등학교를 나오고 무슨 전문학교인가를 나오셨는데 고향에서 농사나 지으시더군요. 해방이 되고 일본 놈들이 쫓겨나던 해, 외삼촌은 이웃의 일본인 단짝 친구네 이삿짐 날라 준 것이 화근이 돼 취업이 안 된 겁니다. 그러더니 나이 40 무렵 돈암동 산꼭대기 어느 신설 고등학교에 국어 선생으로 취업하셨더군요. 외할아버지는 농사일이나 어영부영 거드는 외삼촌의 행색에 진즉에 화병으로 돌아가셨지요. 외삼촌 댁 문간채에서 한 달을 개기다가 나는 삼양동 달동네의 판잣집을 세를 얻어 분가했습니다. 남의 식당 서름질부터 시작해 차츰, 대학가 주변에서 '또와분식 가게'도 운영했고요. 안양 인덕원에서 오성회관이라는 간판을 내걸고 가내 공업을 하는 직원들 점심 식사를 팔았지요. 저녁으로 불고기 식당을 차려 볼까 했는데 조리사 자격증이 필요하더군요. 악착같이 조리사 자격증을 취득했지요. 아파트 공사장 인부들을 상대로 '시골밥상'이라는 간판을 내걸고 장사할 때 돈을 꽤 벌어서 살던 판잣집을 내 집으로 만들었습니다. 두 아들이 중학교를 다닐 때였어요. 어느 보세공장에서 70여 명쯤 되는 직원들의 식사를 도맡는 주방장으로 월 10만 원을 받았지요. 두 아이들의 주거공간이며 식사까지도 공장에서 제공받았습니다. 애들 학비나 나가면 됐어요. 보세공장 사장님은 성품이 아주 너그럽고 인정이 많으셨어요. 1년에 두 차례씩 보너스도 주었고, 연말에는 휴가도 4~5일이나 주었답니다. 나는 어린 시절 꿈이 백의의 천사 나이팅게일이었는데 그 꿈을 이루지는 못했지만 침, 뜸으로 신경통이나 무릎관절로 아픈 이들을 치료하는 자격증을 땄지요. 그 시술로 고맙다는 인사말을 전해 듣기도 하는 게 저의 유일한 낙입니다. 이제 생각하면 옛날에 살던 산동네가 나, 이윤자를 지독한 또순이로 만든 셈입니다. 그 동네는 전깃불만 겨우 들어오고 수돗물도 화장실도 공중으로 사용했어요. 앞집 부엌과 들창문이 우리 손바닥만 한 마당에서 빤히 들여다보이고 골목길이 대님끈처럼 요리조리 풀려나갔는데 일을 마치고 젖은 빨래처럼 후줄근한 육신으로 가로등이 없는 캄캄한 골목길을 올라오자면 널린 똥을 고무신 발로 질컥 밟기가 예사였습니다. 먹는 것도 곤궁한데 웬 오줌똥은 그렇게 흔하게 널려있는지요. 끼니마다 뱃구레 채우기도 힘든데 뱃속을 채웠던 것들을 처치하기는 더 난감하더군요. 밤으로 쏟아지는 하늘의 별무리며 두둥실 떠오른 달빛은 판잣집 주민들의 시린 등가죽을 어루더듬었고 구린내 지린내를 잠재웠지요. 마당 한가운데 서서 시내를 우두커니 내려다보자면 그 총총한 집에서는 어떤 이들이 먹고 잠들고 부산하게 웃고 떠들며 살까, 문득 궁금해지더군요. 에라, 나도 저렇게 살날 있겠지. 한숨 반, 희망 반을 뒤섞어서 꿀꺽 삼키며 잠을 청하고는 했습니다. 희망이 더 클 때도 있고 한숨이 그것들을 짓누를 때도 있었지만 외삼촌이 늘 하시는 말씀이 있었어요.

―다른 것 다 그만두고 두 아들만 잘 키워 내는 거다. 너의 재혼 자리는 많고 많다만….

외삼촌의 다독이는 말씀이 아니더라도 나는 재혼을 딱 세 번 생각해 본 적이 있습니다. 아주 간절했습니다. 그 첫 번째는요, 어둑어둑한 새벽 댓바람에 연탄재를 싣고 비탈길을 오르는 청소부 아저씨의 수레를 뒤에서 밀어주는 아내의 모습을 보았을 때였고요, 그 두 번째는요 성내동 골목 시장의 어느 푸줏간 추녀 밑을 빌어 떡 장사를 할 때였습니다. 핸드백 안의 돈과 옷장 서랍의 뭉칫돈을 헤집어 놓았는데 절반 이상을 떼어 가져갔더라며 주인 여지가 나 이윤자의 소행임이 분명하다고 서슬 퍼런 낯으로 으르르 떠는 겁니다. 기가 차서! 그 꼴을 행인들이 지켜보았는데 마침 수업을 마치고 귀가하던 초등생 작은아들 녀석이 그 틈에 끼어 있었던 겁니다. 종당에는 노름꾼인 즈 남편의 짓인 것이 드러나고 나는 그 누명이 억울해서 파출소에 고발을 하려고 달려갔지만 소용이 없더군요. 그 서방이란 작자가 파출소로 나를 쫓아와서는 막말로 행패를 부리더군요. 저따위로 구니까 서방이 내쫓았지 어쩌구 하면서 쌍욕에 손찌검을 하려드는 겁니다. 푸줏간 여자는 나한테 미안하다는 말 한마디 안 하더군요. 나는 잘못한 것도 없이 그 문전에서 떡 장사를 더 이상 할 수가 없었어요. 꽤 잘 되던 장사였는데 말입니다. 너는 그래도 서방이 있어 지켜주는구나, 라는 생각에 미치면서 부럽더군요. 또 세 번째가 '씨받이' 요청을 받았을 때입니다. 모처럼 휴일을 맞아 옷장 정리를 하는데 무슨 종교인가 전단지를 돌리러 다니던 여자가 진중하게 낮은 목소리로 이런 이야기를 했습니다. "선금으로 2천만 원을 주고 아이가 태어날 때까지 매달 생활비 10만 원을 보장합니다." 2천만 원이면 월곡동에서 대지 3~4십 평에 벽돌로 지은 단독 주택 3채 값이었습니다. 두 아들이 초등학생 때인데 그야말로 일확천금이지요. 1년에 그만한 돈을 벌 수 있는 직업을 상상이나 해 봤겠어요? 삼양동, 판자촌을 떠난다니. 그 아주머니를 따라 담당 의사를 만났지요. 신분은 철저히 비밀로 합니다, 라고 허두를 떼더니 이렇게 얘기를 하는 거예요. 4십 대의 어느 부부가 자식이 없어 고민하던 차 검사를 했더니 남편에게서는 전혀 이상이 발견되지 않았고 아내에게 이상이 있답니다. 난자는 겉면이 투명하고 질긴 막으로 둘러싸여 있는데 그 여자의 난자는 그 막이 지나치게 질겨서 남편의 정자가 뚫지를 못한답니다. 해서 나 이윤자더러 난자를 달라는 겁니다. 그 남자의 정자와 저의 난자를 접시에서 수정시키고 5일 안에 다시 이윤자의 자궁 속에 넣어주자는 말입니다. 남편도 없이 배가 불러온다? 그 아이를 낳는다? 등에 식은땀이 나더군요. 우리 두 아들에게 뭐라고 말을 해야 할까? 마녀도 아니고 말입니다. 외삼촌 앞에 얼굴을 어떻게 들까? 다 집어치우기로 했습니다. 건강한 몸 하나만 믿고 살기로 했습니다. 악마의 구덩이에서 헤어 나온 듯 홀가분하더군요. 나이 6십을 넘기고 두 아들이 장성하니까 돈벌이 직업은 가져도 그만 안 가져도 그만이지만 두 손 놓고 살기보다 무슨 일인가를 해야 되겠어서 요양보호사 자격증을 취득했습니다. 한가롭게 살기보다 이런저런 세상살이 사람들과 더불어 복대기치는 일에 더 익숙한 모양입니다. 내가 늙어 몸 가누기 어려울 때 누군가의 도움을 받으려면 내 육신으로 먼저 베풀어 공덕을 쌓아야 되지 싶었습니다. 요양사 일로 노부부 몇을 경험해 보니 늙어가는 길도 갖가지더군요. 어느 노부부는 깔끔하고 정결하게 또는 자비롭게 늙었는가 하면 어느 분은 참으로 보기 싫게 늙었더군요. 오전 9시 전에는 대문을 절대로 열어 주시지를 않고, 그 엄동에 문밖에 세워두는 겁니다. 왜 그러시느냐고 물었더니 돈 더 달랄까 싶다는 거예요. 나는 그냥 네, 하고 추위를 참기로 했습니다. 집안일을 할 때 그 노인의 눈길은 다시 나의 일거수일투족을 거머리처럼 샅샅이 살피는데 왜 그러시느냐고 물으면 역시 일 잘하는지 알아야 된다는 겁니다. 그런 노인일수록 대개는 자식들 발걸음도 뜨악하지요. 따스한 아랫목에 손을 녹이라는 말로 맞아 주시는 분들은 일과를 마치고 돌아갈 때 속옷 한 벌이라도 가방에 넣어주십니다. 아들딸들에게서 받은 것이 너무 많다, 죽을 날도 멀지 않았는데 이 옷 언제 다 입느냐, 하시면서요.

나는 읽기를 멈추고 잠시 고개를 들어 창밖을 바라보다가 이윤자 씨의 기록물 중간 어디쯤을 다시 펼쳤다.

―…큰아들 중학생 때였어요. 동사무소를 찾아갔지요. 영세민 혜택을 받게 해 달라고 했지요. 이 동장이란 분이 싱긋 웃음을 웃으며, 얼굴도 예쁘고 젊은데 시집이나 가지, 어쩌고 비아냥거리더군요. 이런 자리에서 펜대 굴리는 분 입에서 나온 말투라니요! 얼굴이 뜨겁더군요. 그냥 돌아서야 하나 어쩌나 하다가 지금 뭐라고 하셨지요? 다시 한번 말해 보시지요! 하고 고함을 쳤습니다. 동장은 몹시 당황하더군요. 일은 틀렸구나, 윗대가리 사내 비위를 건드렸으니…. 나는 밤새 뒤치락거리고 잠을 못 이뤘어요. 그런데요, 이튿날 통장이 저를 찾아와 어제 일을 꾸짖더군요. 일은 다 틀렸구나, 했는데 며칠 후 영세민 통지서가 날아오고, 아들 중학교 납부금을 면제받게 됐지요. 동장 얼굴이 떠오르면 피식 웃음이 나면서 고마운 생각도 들더군요. 그때부터 아, 덤빌 때는 덤벼야 한다는 걸 알았습니다. 남편 없는 여자는 죽기 아니면 살기로 독해야 되겠더군요. 큰아들 고등학교 다닐 때였어요. 어느 날 담임선

생이 면담을 하자고 부르더군요. 아들애의 표정이 별로 밝은 것이 아니었어요. 한달음에 달려갔지요. 지금 생각하면 별것 아니지만 그 당장에는 하늘이 무너지는 것 같았습니다. 중간고사 수학시험이었는데 뒷자리 아이에게 답을 가르쳐 준 거예요. 왜 그랬니? 다 그치니까, 기타를 하나 사주겠다고 했답니다. 어미가 싹싹 빌었지요. 기타 사 줄 돈이 없어서 그렇게 됐노라고 용서를 구하면 안 되겠느냐고요. 눈물은 비치지 않았습니다. 한 학기 정학 어쩌고 하다가 그럭저럭 1개월 근신으로 마무리 지어졌어요. 외삼촌이 몇 자 편지도 써 주셨어요. 고등학교를 무사히 졸업하고 곧장 취업을 했지만 동생은 대학을 거쳐 대학원까지 마치도록 도와주었습니다. 작은아들 4살 때 친정 언니네 집에 1년을 맡긴 일이 있는데 그 무렵 동생과 헤어져 살던 삼양동 판잣집 시절 기억이 생생한 모양입니다. 친정 언니네로 작은 아이를 데리러 갔을 때였습니다. 흐릿한 전등불 밑에서 친정 언니는 속내를 조용조용 이렇게 털어놓더군요. “저 어린 것이 그 추운 엄동에 해가 지도록 종적을 찾을 수 없더란 말이나. 형부가 걸핏하면 술에 만취하여 내 새끼 넷도 버겁구먼, 저 녀석 언제 데려간다느냐, 싸우는 꼴 보기 싫다, 라고 들컹거리고 말이다.” 친정 언니는 이럴 수도 저럴 수도 없는 헷갈리는 감정을 두서없이 늘어놓았습니다. 격앙된 목소리로 형부를 지탄하다가도 단순히 그럴 수도 없음을 시사했습니다. 낡은 플래시 불빛으로 동네 헛간 짚북데기에서 아이를 찾아냈을 때는 통곡이 나오더란 말로 그간의 애로를 실토하면서요. 언니, 잘 알았어, 하고 나는 친정 언니에게 마지막 응답을 보내고 그 밤으로 길을 떠났습니다. 두 아들의 손을 양쪽에 하나씩 잡고 삼양동 판잣집을 향해서요. 그날부터 우리 삼양동 판잣집은 두 아들의 웃음소리로 한결 밝아지고 골목길을 오르는 내 발길도 가벼워졌습니다. 무엇인가로 채워진 듯 힘이 나더군요. 두 아이가 싸우는 일도 없어요. 진종일 일 나간 엄마를 기다리다가 잠들어 있고는 했습니다. 큰아들은 고등학교를 졸업하고 곧바로 취업을 했고 작은아들은 대학, 대학원까지 졸업했습니다. 큰아들이 형이 아니라 아버지 역할을 하더군요. 나는 다시 동사무소를 찾아가 통사정을 했습니다. 홀어미의 생계와 동생의 학비를 책임진 큰아들의 병역을 면제시켜달라고요. 돌이켜 생각해 보니까 농지거리를 하던 동회장도 고맙고 동직원도 고맙고, 술집에서 술을 팔며 명수를 키우던 명수엄마도 측은지심이 드는군요. 요즈음 말로 명수엄마는 히스테리가 심했어요. 나는 돌아서서 몰래 울기도 했습니다. 그 예쁜 몸매며 젊은 나이에 사내들에게 술을 팔면서 먹고 살자니 무슨 꼴은 안 봤겠어요. 외삼촌의 깨우침이 있어 무작정 서울로 올라온 일이며 무슨 단체인지도 잘 모르면서 찾아간 와이더블류씨에이 (YWCA)는 일감을 얻기 시작한 고마운 끈이 되었습니다.

—…흰 눈이 펑펑 쏟아지던 어느 날, 또 한 해가 가는구나, 하

면서 창밖의 산야가 질펀하게 쏟아지는 눈발에 흐릿해지고, 아프고 서럽던 기억도 덩달아 멀어지면서 나는 별생각 없이 실내를 서성거리고 있었습니다. 저 아래 내려다보이는 마을 초입의 비탈진 오르막길을 은회색 택시 한 대가 느린 속도로 올라오고 있었습니다. 인적 드문 산골에 살다 보니 까치 한 마리가 푸득 날갯짓을 한다든지, 뒷산의 갈참나무가 바람결에 우수수 낙엽을 떨어뜨리는 기척에도 잠깐씩 눈을 키워 뜨고 일손을 멈추게 되더군요. 사람을 그리워하는 꼴인지, 모르겠습니다. 그날도 나 혼자 먹은 밥그릇과 수저, 반찬그릇, 국그릇들을 싱크대에 담가 놓고는 별볼일 없는 일상을 보내기 위해서 커피잔을 들고 소파에 앉아 있다가 우연찮게 창밖을 내다보게 되었습니다. 잘해야 우체부가 모는 오토바이의 소란스러움, 오전에 두 번, 오후에 한 번 시간에 맞춰 나타나는 시외버스의 경적소리일 뿐인데 이 외진 우리 '언덕 위의 하얀 집' 쪽으로 오는 택시라니…. 나는 시선을 떼지 않았습니다. 평일이어서 두 아들네가 올 리도 없고요. 잠시 후, 택시는 우리 집 차고 앞에 차를 세우더니 누군가를 내려 주고 돌아가더군요. 청년 하나가 손에 들린 종이쪽지를 자주 들여다보고 사방을 살피면서 수십 개의 계단을 올라오더군요. 힘 있는 걸음걸이와 튼실한 체격 그리고 등에 걸머진 배낭, 등산모 따위로 보아 먼 길을 달려 온 여행객임이 금방 느껴졌습니다. 초인종 소리가 들리고 누군가? 라고 묻기도 전에 나는 문을 열어 주기부터 했습니다. 7년 전에 일본으로 떠난 명수였습니다. 중학교를 졸업한 변성기의 소년 명수가 조금도 낯설지 않은 희고 맑은 얼굴의 청년 명수로 나타났습니다. 오, 그래. 그 애는 다소 애잔한 눈빛이 되어 내가 잡아끄는 대로 소파에 앉지 않고, 큰 절로 성숙한 청년의 예의부터 지키더군요. 그래, 잘 지냈니? 많이 컸구나. 나는 명수의 언 손을 잡고 몇 번씩 쓸어주었습니다. 그런데 명수는 한동안 눈길을 창밖으로 보낸 채 침묵으로 일관하더니 그만 울음을 터뜨리는군요. 이내 등을 돌리더니 벽에 이마를 박고 흐느끼는 겁니다. 나는, 왜 그러니? 라고 묻지도 못했습니다. 명수의 울음을 부추기는 것 같아서요. 명수는 이내 마음을 추스르더니 초근 초근 속마음을 실토하더군요. 가다가다 웃음을 보이기도 하면서요. 할머니, 그런데요 참 궁금한 게 있어요. 뭐냐? 할머니는 아직도 남편 없으세요? 그래, 그런데 그게 왜 궁금하냐? 그런데 할머니는 어떻게 사세요? 녀석은 옛날 옛적 4살 때처럼 궁금한 게 많더군요. 그래, 남편 없이 혼자도 살 수 있더구나. 그런데 그게 어째 궁금하냐? 우리 엄마는요, 남편이 둘 셋이나 있는데도 술 파는 여자로 살잖아요, 나는 명수의 물음에 답을 줄 수가 없었습니다. 할머니는 늘 아들 둘 때문에 혼자 산다, 하시던데 우리 엄마는 나 명수가 있는데도 남편을 여럿 두고 술장사를 한단 말입니다. 저는 그게 싫습니다. 명수는 담담하게 그러나 수시로 눈시울을 붉히면서 얘기했습니다. 그래, 그랬구나. 그런데 한국은 뭔 일로 왔니? 나는 명수의 등을 수차례 어루더듬어 주었습니다. 후쿠오카도 싫고 술꾼 일본인도 싫고, 할머니도 보고 싶고요. 그래 그랬구나. 나는 명수에게 먹거리를 좀 챙겨 주려고 몸을 일으키려다가 그만 주저앉았습니다. 할머니는 어떻게 이렇게 멋있는 2층집을 장만하셨어요? 명수는 여기저기 둘러보면서 묻더군요. 큰아들이 직장을 잡고 외국도 다녀와서 번 돈으로 지었다는 얘기는 하지 못했습니다. 너도 어서 커서 할머니네처럼 예쁜 집 지어 엄마 모시고 행복하게 살아야 한다, 라고 말하려는데 명수는 배낭을 둘러메고 서둘러 자리에서 일어나 어디론가 전화를 하더군요. 곧 택시가 부릉대며 나타나고 명수는 빠른 걸음으로 뛰다시피 계단을 내려갔습니다. 명수가 앉았던 자리에는 쓸쓸한 그림자만 일렁거렸고 나는 그곳에 오랫동안 눈길을 박고 서 있다가 창밖을 바라보았습니다. 어둠이 주춤거리는 통유리는 온통 굵은 눈발로 가득 메워지고 있었습니다.

—…곤지암 네거리에서 우연히 가로 걸린 현수막을 보았습니다. 소설과 수필 창작반 수강생을 모집한다기에 접수를 마치고 기다리는 중입니다. 3월부터 매주 화요일입니다.

—…오늘로 두 번째 강좌에 참석했습니다. 나이를 가늠할 수 없는 어느 엄마가 쓴 글을 수강생들이 읽고 소감을 한마디씩 했습니다. 길지도 짧지도 않은 글이었습니다. 내 차례가 되었는데 도

저히 입이 떨어지지 않더군요. 초등학교 동창생들과 바닷가로 여행을 갔다가 돌아오는 길에 노래방에 가서 춤추고 술 마시고 노래 부르고 늦게 귀가했는데 아들딸 남편이 걱정하면서 기다리더라는 것, 시어머니가 조상들 묘를 한곳에 모아 편하게 제사 지내자, 해서 아들 넷 중 셋째인 남편의 적극적인 의사에 따라 이장을 하게 됐고 그 경비가 만만치 않았으며 제사도 아들 넷이 번차례로 돌아가며 지내기로 하여 올해가 자기네 차롄데 전라도 화순, 그 먼 곳으로 제물을 챙겨 싣고 새벽에 떠나는 얘기, 그 끝에 이래저래 승용차 안에서 남편과 격하게 다툰 얘기들이었는데 끝맺음이 어이가 없더군요. '졸혼'을 선언하고 냉전 중이랍니다. 두 남매가 각각 결혼 적령기에 달했으며 괜찮은 직장에 다닌다더군요. 남편은 정년퇴직할 나이를 넘긴 7십을 바라보지만 사장님에게 신임을 받은 유능한 기능직이어서 아직 현직에 있답니다. 예쁘고 건강한 외모에 부러울 게 없는 유복한 집의 여자인데 졸혼을 해야 살겠다는군요. 졸혼? 그 뜻을 잘 알지는 못하지만 결코 좋은 의미는 아닌 것 같아 나는 입을 열지 않기로 했습니다. 나의 두 며느리가 그런 말을 하지 않기 바랄 뿐입니다.

2019년 3월 두 번째 수요일 밤 8시 기록

나는 이윤자 씨의 두 번째 기록장을 읽기 시작한 다음부터 강의가 시작되기 전, 이윤자 씨의 표정부터 눈여겨보는 습성이 생겼다. 그런 다음, 속말을 한다.

'건강하시지요? 이 글, 계속 쓰셔야 합니다.'

김준수 기사, 그의 위대한 배반

"기름밥을 먹으니까…."

대웅카25시 김준수 기사는 1년 전 아내와 헤어지게 된 근간을 담담하게 결론지으면서 자리에서 일어났다. 10여 분도 채 안 되는 대화였지만 잡담에 지나지 않는다 싶었을까. 그는 몹시 서두르는 걸음으로 작업장으로 향했다. 흰 머리카락 한 올 없는 두발이며 알맞게 장대한 몸집은 고객을 언제라도 편안하게 맞을 채비로 안정감을 주었다. 몸체에서 배어 나오는 안정감이라기보다 높낮이가 없는 어투와 일말의 감정도 스치는 법이 없는 낯빛이 고객을 안도시키는지도 몰랐다. '기름밥을 먹으니까?' 나는 그가 내뱉은 말을 곱씹으면서 되물어볼 뻔했지만 용케 그런 실수는 범하지 않았다. '기름밥'이란 결코 고급스러운 직종을 뜻하지 않는다는 것 정도는 나도 알고 있었으니까. 인터넷에서 검색한 내용을 구태여 밝히자면 '공원工員이 기계를 고치고 만들며 벌어먹는 밥을 비유적으로 이르는 말'이지만 그는 자신의 직업에 대해서 석연치 않은 감정의 미세한 부분도 드러내지 않았다.

정면 중앙에 자리 잡은 리프트(자동차 들어 올리는 기계)를 비롯해서 타이어 탈착기, 미션오일 교환기, 부동액 교환기, 파워 오일 교환기 등 김준수 기사를 둘러싸고 있는 것들은 오일을 쏟거나 먹이는 쇠붙이 장비들이었다. 그는 방금 내가 맡긴 은회색 소형승용차 리오에스에프를 리프트에 떠올려 살피더니 간단하게 말했다.

"마후라(배기통)가 낡았어요. 그대로 지내셔도 되겠지만 검사에서 일단 걸렸으면 이대로는 운행을 못 하실 터이고, 15만 원에 손봐 드릴게요. 자료도 주문해야 하고 내일 이맘때까지 끝내 드리겠습니다."

나는 그렇게 하라고 고개를 끄덕였다. 배기통의 노후로 소음이 심하고 그래서 마후라를 교체해야 한다는 것. 그의 소견대로 따르겠다고 작정하면서 자리에서 일어났다.

"작가님, 다른 볼일 더 없으시면 지금 곧 렌트카 불러서 댁으로 모셔다드릴까요?"

김준수 기사는 나를 사모님이라고 부르더니 저서 두어 권을 준 뒤부터 작가님이라고 불렀다. 언제였더라, 그때도 두어 시간 걸리는 수리 문제로 차를 맡겼을 때, 택시를 불러 모셔다드리도록 한다기에 거절했다. 에이 아내는 뭐 하는 거야, 이런 때 나와서 남편

일손 좀 거들어 주지. 예를 들어서 고객의 편의를 돌보기도 하고 남편의 소소한 일감을 거드는 차원의…. 김준수 기사는, 아내요? 이혼했어요, 라고 말하며 피식 웃었다. 시어머니가 시집살이시켰구나! 나는 그의 표정을 일별하면서 농지거리로 돌렸다. 시집살이요? 어머니는 버얼써 돌아가셨어요, 했다.

근처 농협 뒷골목의 백합칼국숫집에서 이른 저녁을 해결하기로 했다. 컴퓨터 앞을 떠나 오랜만에 누릴 호젓한 식사 시간을 위해서. 불볕더위를 뚫고 고래고래 소리 지르며 질주하는 덤프트럭이며 양평 방향으로 머리를 두고 줄줄이 서 있는 승용차 무리를 거슬러 올랐다. 농협에 들러 자동차 보험료, 각종 단체의 회비, 재산세 등 공과금을 해결하고 뒷마당 주차장을 지났다. 누렁이 한 마리가 쇠사슬에 묶인 채 엎드려 졸고 있다가 인기척에 눈을 떴다. 중복이 다가오므로 턱밑에 놓인 사료가 머잖아 마지막이 될 수도 있을 터이지만 놈은 다시 느긋한 낮잠을 재촉한다.

담장도 없이 낡은 시멘트 블럭으로 버티는 주택들 사이사이로 풀려나간 골목이 끝나자 휑하니 열리며 들이닥친 것은 행복마트, 투쓰리건강원, 콩나물국밥집, 땡땡이카페, 퇴촌종묘원 등 자질구레한 점포가 들어앉은 단층건물들의 주차장이다. 은촉처럼 다발을 만들며 쏟아져 들어온 햇살로 나는 잠시 눈살을 찌푸렸다. 하얗게 바랜 흙의 청결감으로 이내 눈시울을 크게 키우고 사방을 두리번거렸다. 백합칼국숫집 앞 주차장은 텅 빈 채 적막감까지 떠돌았다. 오다가다 잠시 말을 건네도 좋을 인심 후한 촌장처럼.

주렴을 헤치고 들어서자 그 여자는 조붓한 얼굴에 미소를 머금고 물 잔부터 대령했다. 홀은 늘 빈자리가 많았다. 올 때마다 그랬던 것으로 보아 장사가 잘되는 것 같지는 않았다. 내가 자리에 앉자마자 점포가 나갔다는 얘기부터 꺼냈다.

"오늘도 밭일하셨어요? 이 더위에…."

그 여자는 나의 옷차림을 보면서 물었다.

"자동차 검사 날짜가 돼서 카센터에 왔어요."

"아, 네. 먼저 그 집에 맡기셨어요? 대웅카25신가 뭔가 하는 그 집. 김준수 기사 믿지 마세요. 얼마나 못 됐다고요. 수리비 바가지 폭폭 씌우더니 밥 벌어먹게 해 준 사장 배반하고 코앞에 똑같은 업종 카센터 차렸어요. 얼마나 야비해요. 그러더니 또 마누라하고 갈라섰다대요."

나는 백합칼국수보다 2천 원이 싼 바지락칼국수를 주문했다.

"우리 아들 친구가 그 집 단골인데 다른 카센터 보다 두 배는 더 비싸더래요. 바가지를 홈빡 씌워요."

지난겨울, 브레이크에 붉은 불이 켜지기 수차례. 땅바닥에 방석만큼 오일이 샌 흔적이 나타나곤 했다. 천 사장의 현대카센터를 찾아갔다. 사무실에는 천 사장과 낯선 젊은이가 편치 않은 기색으로 소파에 앉아 신중하게 이야기를 나누고 있었다. 나는 김준수 기사를 찾으며, 브레이크에 빨간 불이 자꾸 들어와서요, 하고 말했다. 낯선 젊은이는 천 사장의 지시를 받아 시동을 걸고 보닛을 열어 여기저기 점검하더니 수리비 25만 원은 들어야 한다고 결론 내렸다. 내가 찜찜한 기색을 보이자 천 사장은, 브레이크오일이나 보충해주면서 그냥저냥 지내보라고 보완 설명했다. 그럴 수는 없고요, 하고 중얼거리다가 나는 기사가 바뀌었나요? 하고 물었다. 바뀌었습니다. 천 사장은 간단명료하게 말했다. 어디로 갔어요? 하고 묻자 역시 조용한 목소리로, 바로 옆으로요, 했다. 1, 2년 후 차차 인계해 주겠다, 기다려 달라, 라고 재계약 조건을 제시했는데 고객 명단 싹 빼돌려 갖고는 나갔습니다.

나는 사무실을 나왔다. 천 사장의 관심을 따돌리기 위해 마트에서 급하지도 않은 용품 몇 가지를 구매하고 천 사장이 말한 '바로 옆'의 대웅카25시를 찾아갔다.

김준수 기사는 일단 친숙한 인상으로 다가왔고 나는 그 익숙함이 편했다. 일감은 여전히 줄을 이었다. 그의 표정이며 어투 또한 변함없이 어눌하고 느긋했다. 달라진 게 있다면 전보다 훨씬 밝고 보얗게 핀 인색이었나.

김준수 기사에게 브레이크의 빨간불 사단을 맡겼고 곧 해결되었다. 수리비도 현대카센터 천 사장보다 저렴하게 매겨졌다. 안색이 몰라보게 좋아졌네요? 라고 말했을 때 그는 고공살이를 면했으니까요, 라고 대꾸했다. 김준수 기사, 아니 이제 고공살이를 면하고 어엿한 사장님이 된 그는 퇴근 시간이 되었으므로 마감 준비를 했고, 나는 그에게 저녁 식사를 대접하고 싶다고 말했다. 제가 대접해야지요, 작가님은 고객 아니십니까.

눈발이 희끗거렸다. 김준수 기사와 나는 그의 단골 식당인 백합칼국수를 찾아갔다. 난로 곁에 자리를 잡았다.

"제가요, 일금 5천만 원만 수중에 있었으면 당당하게 살 수 있습니다. 안 그래도 천 사장님을 잘 모실 생각도 했습니다. 5년을 모셨는데 1~2년 더 못 모실 것 없지요. 그런데요, 사람의 일이란 것이 혼자 힘으로 되는 일이 있고 안 되는 일이 있더군요."

백합칼국수가 모둠으로 나왔다. 그도 나도 알맹이가 빈 껍질을 우선 건져내고 국수 가닥을 젓가락으로 건져 올려 먹었다. 국물을 훌훌 마시고 그릇을 비울 때까지 그는 그간의 경위를 침 한 방울 튀기지 않고 나직나직 술회하기 시작했다.

주말 오후, 김준수 기사는 작업을 일찍 끝내고 사무실 소파에 천 사장과 마주 앉았다.

"나도 김준수 기사와의 의리를 저버리고 싶지 않네. 그런데 말이지 건물주가 기한이 되기가 바쁘게 보증금 3천만 원을 올려달라는 거야. 나도 이 사업에 별 재미는 보지 못했지만 김 기사와 앞으로 2년만 더 버티어 볼까 하네."

천 사장은 보증금 3천만 원을 준비하라면서 수익금을 반반씩 나눠 먹자고 제안했다. 익힌 기술 하나만 믿고 고공살이 2십여 년. 김준수 기사는 이날 밤 아내에게 급히 돈 3천만 원만 구해 보라고 요청했다.

"당신, 어린애도 아니고 아닌 밤중에 봉창 두드린다더니 당신을 두고 하는 말이네요."

아내는 별꼴 다 본다는 듯이 몇 마디로 잘라 말하고 자리를 떴다. 두 아들 앞으로 들어가는 보험료에 부부 앞으로 들어가는 보험료가 도합 월 4백여만 원이라는 얘기를 또 늘어놓을 참이다. 연립주택 2억짜리 사들일 때 받은 은행 융자금이 있지 않느냐고 토를 달기 전에 김준수 기사는 자리를 떠야 한다. 어느 것 한 구좌 허물어뜨릴 수 없다면 그만이다.

"나, 나가요."

아내의 근무처는 대중교통을 이용해서 1시간 거리. 아침 밥상 뒤처리는 대체로 김준수 기사 몫이다. 작업장이 걸어서 5분 거리다 보니 아내보다 덜 분주하기 때문이다. 때로는 아내의 배웅을 받고 주방에서 수돗물을 틀어 서름질을 하는 아내의 뒷모습을 보고 싶지만 어려운 얘기다. 두 아들이 고등학생, 내 집 장만을 기점으로 아내의 보험외판원이라는 직업은 김준수 기사의 오른팔이 됐다.

2~3일 동안 이어지던 천 사장과의 설왕설래가 무의미해진 것은 순전히 아내의 비협조 탓이기도 했지만, 때마침 김준수 기사에게 무릎을 칠만한 사건이 도래했던 것. 이러한 경우를 기적이라고

하지 않을까. 폐차 직전의 소형 승용차 한 대를 중심으로 경계를 이룬 바로 옆의 대웅카25시 건물주로부터 만나자는 전화 한 통을 받았다. 천 사장과의 결별 이후 2개월 만이었다. 천 사장과 더불어 성업을 이룬 지난 5년 세월, 김준수 기사는 대웅카25시를 떠나면서 '잘해 먹어라!' 하고 피식 웃는 천 사장을 따라 옆집 현대카센터로 옮겼다. 건물주와 천 사장은 등을 돌렸지만 김준수 기사로서는 눈짓 하나 달라질 이유가 없다.

"요즘 지내기 어떠시오?"

건물주는 천 사장과 그 수하의 김준수 기사를 기세 당당 퇴출시켰지만, 두어 달이 넘도록 사업장에 파리만 날렸다. 좌절감을 애써 늦추고 김준수 기사를 반겼다. 몇 마디 길지 않은 대화가 오고 갔다.

"천 사장이 김준수 기사에게 사업체를 인계할 뜻은 전혀 없다, 그 말이지요? 게다가 3천만 원을 보증금으로 출자하고 동업자 관계로 체결하자는 거군요? 나, 경준서는 우리 김준수 기사님을 당당한 사장으로 모시겠습니다. 몸만 오시오. 시설비 5천여만 원은 없는 것으로 할 터이고 월세액 1백5십만 원만 약속하면 됩니다."

김준수 기사는 고개를 번쩍 들었다. 두 번 다시 생각할 필요도 없다. 약정서를 당장 쓰자고 서둘렀다. 김준수 기사가 사장이 되는 겁니다, 안 될 것 없잖습니까? 라고 마무리를 지었다. 월세 1백5십만 원은 월말 후불입니다.

김준수 기사는 나이 5십을 헛살지 않았다는 보람과 유열로 아내에게 허심탄회 속말을 했다.

"아이들 대학 갈 준비도 코앞에 닥쳤고, 이래저래 엄마가 집에 있어야 할 시간이 많아졌어. 여유 시간이 있는 대로 내 사업을 돌봐 주는 게 좋겠단 말이지."

김준수 기사는 사장으로 격이 올랐다는 호기를 보이지는 않으면서 보험외판원 직업을 그만둘 것을 제시했다. '내 사업'을 도와달라는 의미는 간단하다. 회계 장부 정리, 고객 관리 차원에서 차 끓여내기, 작가님처럼 수리를 맡기고 렌트를 거부하는 결벽증 고객의 편의 도모하기 기타 이런저런 전화 받기다. 어려울 것도 없는 터에 아내가 혼잣말처럼 보내온 응답이 어이가 없다. 부부 의가 좋아도 24시간 진종일 붙어 있기 싫다, 였다. 이어서 김준수 기사를 강타했다.

"그 악덕 건물주 경준서를 또 믿을 셈이에요?"

김준수 기사는 진중하게 자신의 소신을 피력했다.

"세상을, 사람을 믿지 않으면 누구를, 뭣을 믿어. 믿어야 내 맘이 편해. 내 맘이 편하다고."

"한심하구려. 고객들이 당신을 어떻게 보겠어요. 주인 배반한 머슴, 턱밑에다 사업장을 차린 배반자! 아닌가요? 죽으나 사나 천 사장 밑에서 떠나지 말아야 해요. 그래야 당신을 충직한 사람으로 생각해요."

김준수 기사는 아내가 시야에서 간단히 사라지자 자신의 일은 자신만이 처리할 수 있다는 사명감으로 근무처를 향했다. 아내의 결론을 무시했고, 천 사장의 유도나 권고를 일소에 부쳤다. 건물주와의 체결을 성실히 이행했다. 나이는 자신과 비슷하지만 그에게서는 건물주로서의 꼿꼿함과 원만함이 동시에 뿜어져 나왔다. 김준수 기사는 그 점이 미덥다. 미덥지 않다 한들 어쩌겠는가.

김준수 기사는 단골 고객 2백여 명의 명단을 세밀히 체크했다. 스마트폰에 입력된 고객들의 명단은 생명 줄이요 밥줄이다. 그들 고객들은 엔진오일 교체, 타이어 교체, 에어컨가스 교환 등 4~5만 원짜리 소소한 것들을 비롯해서 부식된 마후라 교체비 35만 원을 호가할만한 소비자도 있다. 이제 이들의 정산 처리 목록이 김준수 기사의 독자적인 순수익으로 은밀히 차곡차곡 숨죽여 쌓인다. 천 사장과 이익금을 반분하는 경우 두 배로 바가지를 씌우지 않고는 유지될 수 없었다. 김준수 기사는 두 곱의 바가지 씌우기를 저지르지 않아도 좋은, 자신의 직위에 만족하지 않을 수 없다.

시야를 희부옇게 씻어 내리는 함박눈을 뚫고 집으로 돌아왔다. 2백여 고객의 연락처를 한 군데도 빠뜨리지 않고 일일이 확인, 이전·개업 인사 메시지를 보냈다. 특히 우측으로 5미터 간격을 둔 '바로 옆'이라는 작업장의 위치를 강조했다. 자신의 상반신과 상호가 찍힌 대형 현수막을 작업장 정면에 가로질러 걸었다. 고객들은 대체로 김준수 기사의 개업 인사에 긍정적인 반응을 보였다.

갑자기 시동이 걸리지 않는 차량 견인이나 배터리 교체 등 외무를 담당한 천 사장보다 대부분의 고객들은 그를 친숙하게 기억했다.

반응은 예상보다 뜨거웠다. 명함 한 장 돌리지 않아도, 개업식 따위 번거롭게 벌이지 않아도 고객들의 발걸음은 한결같았다. 썰물 빠진 듯 휑 하니 빈 천 사장의 사업장 주차장은 죽을 맛일 터. 모터 연료 바킹이 상했거나 사고로 인해 찌그러졌을 때, 교체비 4, 5십만 원을 받던 선례를 깨고 3십여만 원만 받아도 유지가 가능하다. 바퀴를 돌려주는 엔도가 휘었거나 부러져 교체를 했을 때 5, 6만 원만 받아도 시간당 3만여 원의 인건비는 보장된다는 계산이 나온다. 각설하고 천 사장의 텅 빈 사업장 주차장을 흘깃거리면서 작업을 할 때는 전신의 모세혈관까지 부풀어 신명을 냈다. 오다가다 만나는 이들은 물론 신뢰 두터운 고객들은 진심으로 김준수 기사를 격려했다. 단지 백합칼국수 주인 여자의 말에는 가시가 박혀 있다. 김준수 기사는 묵묵히 넘기고 만다. 그녀는 천 사장의 비밀 여동생인데 자동차보험 외판원을 통한 관광버스 승객 모시기 등 단골 고객이 서서히 끊겼으니.

김준수 기사의 신장개업은 별 어려움 없이 번창했고, 챙겨온 점심 도시락 까먹을 겨를도 없이 해가 떨어져 어둠이 주춤거리고는 했다. 가끔 사장님 어쩌고 하면서 정중히 저녁을 대접하는 고객도 있었고, 그들과 생선회집에서 소주 한잔을 걸치고 헤어져 귀가할 때는 눈물겹도록 흥이 난다.

깊은 겨울을 보내고 봄 날씨가 주춤주춤 기웃거렸다.

제법 늦잠을 자고 늦은 아침을 먹고 고객으로부터 입금 정산된 통장 잔액을 확인하면서 김준수 기사는 거실을 서성거렸다. 두 아들은 학년 초답게 차분히 책상 앞에 정좌, 새 학기 출발에 하자 없는 모습이니 애비어미가 잔걱정을 거두어도 좋다. 김준수 기사는 두 아들을 앞서거니 뒤서거니 데리고 이발소를 다녀왔다. 유일한 기쁨은 목둘레가 새파랗게 손질된 두 아들의 뒷골을 바라보는 일이다.

골프채를 휘두르는 주말의 여가는 아닐망정 농협이 주관하는 등산팀에 가입해야 되겠다고 벼르던 어느 날, 해사한 청년 하나가 찾아왔다. 아내가 근무하는 보험회사 총각 상관이다. 사내는, 모르셨습니까? 라고 코웃음을 가다가다 날리면서 초반부터 김준수 기사를 압도하는 어투로 비꼬았다. 김준수 기사는 어이없어 눈을 크게 떴다. 사내는, 차암 한심하네! 라고 고개를 외로 꼬더니 담배 한 개비를 빼어 물고 김준수 기사에게 한 개비를 권했다. 담배 못합니다. 김준수 기사는 긴장했다. 권명숙 씨 집에 있습니까? 사내는 아내를 찾았다. 무슨 일입니까? 얘기 못 들으셨습니까? 무슨 얘기지요? 셋이 한 자리에 만나서 담판을 지어야 알겠습니까? 사내는 현관문을 확 열어젖히면서 거실을 기웃거렸다. 이거 뭐 하는 짓거립니까? 김준수 기사는 아내를 기어이 끌어내서 진실을 파악하겠다고 사색이 된 사내를 가로막았다. 사내의 귀싸대기를 후려

칠까 어쩔까 주먹을 쥐었다 풀었다 하는 사이, 아내 권명숙이 난감한 표정으로 화장실에서 나왔다. 왜 이러세요, 제발 돌아가세요, 아무 일도 아니에요. 오 맙소사! 두 사내 앞에서 한 치의 비루함도 보이지 않고 잘라 말하는 아내의 단호함에 김준수 기사는 한숨 돌렸다. 뭐? 아무 일도 아니라니! 사내는, 나 좀 봅시다, 라고 말하고 근처 공원으로 김준수 기사를 이끌었다. 이래도 못 믿겠습니까? 벤치에 앉아 사내가 보여 준 것은 휴대폰에 저장된 동영상. 아, 어, 으윽 따위 교성과 엇갈린 몸뚱이의 비틀림이며 긴 머리채, 그 틈틈이 흘깃흘깃 엿보이는 까마스름하고 조막만 한 옆얼굴은 틀림없이 아내다. 한심하지만 인정하지 않을 수 없다.

김준수 기사는 말없이 몸을 돌이켜 집으로 돌아왔다.

아내 몸의 그 털끝 한 부분도 다치지 않고 애지중지 살아왔다. 이제 그 철저한 자신만의 신뢰가 무너지려고 한다. 어떻게 할까. 일단 아내의 속내를 들어보기로 한다. 그렇게 됐어요. 그 사람은 혼자 살아요. 외로움을 많이 타더군요. 그 사람의 외로움을 달래 주고 싶었어요. 몸을 잠시 내어 줬을 뿐이에요, 이제는 아니에요. 끝났어요. 그래도 안 돼요? 안 되느냐 말에요. 아내는 눈 하나 깜박이지 않았다.

사내는 김준수 기사에게 아내 권명숙과 이혼해 달라고 요구했다. 아내는 애초부터 그럴 뜻은 없었으며 이혼은 절대 불가라고 주장했다. 사내는 술 냄새를 풍기며 밤마다 사업장으로 찾아왔다.

질긴 놈이구나. 사랑한다고? 그래 사랑은 그렇게 끈덕진 거구나. 알았다. 데려가거라. 김준수 기사는 절반 이상 아내를 포기했다. 매질 한 번 하지 않았다. 자존심이 상해서 매질은커녕 콧잔등도 보기 싫지만 두 아들의 뒷바라지 때문에 이혼까지는 생각하고 싶지 않았다.

종당에는 두 아들이, 아버지, 이혼하세요, 저희들은 괜찮아요, 라는 결론을 내리니 이혼 따위 못 할 것도 없다. 밥은 누가 지어 먹을 거냐? 빨래는 어떻게 할 거냐? 큰 문제가 한둘이 아니다. 걱정 마세요. 우리가 다 해결할 수 있어요. 두 아들은 이구동성으로 또는 쌍수를 들어 주장했다. 두 분 아웅다웅 싸우는 모양새 보기보다 더 나을 수도 있어요, 아빠. 알았다, 그래. 이런 경우를 팔자소관이라 하던가.

문제는 아내 권명숙의 수하에 챙겨진 돈의 액수다. 이런 지경에 몰릴 줄 알았다면 아내가 바리바리 그러모아 불입한 보험의 명의나 다부지게 간섭할 것을…. 아내 권명숙은 진작부터 이혼 준비를 했던 것일까. 눈시울 한 번 붉히지 않고 옷가지들을 트렁크에 차곡차곡 개켜 넣었다. 당장 입을 봄옷 위주로. 두 아들은 엄마의 행동거지를 흘깃거리기도 하고 뻔히 지켜보다가 등교 준비를 서둘러 마치고는 현관문을 열고 후다닥 계단을 뛰어 내려갔다. 평소와 다르다면 다녀오겠습니다—라고 힘 있게 외치던, 변성기의 수탉 울음소리가 없는 것이며 계단 밟는 발자국 소리가 약간 빠르다는 것 그리고 주방 한 귀퉁이의 4인용 식탁 위에 아침 먹거리가 없이 맨송맨송 썰렁하다. 그뿐인가? 가스레인지 불판 위는 열기가 없고 실내로 꺾여 들어온 아침 햇살 속에 미세먼지만 유충처럼 떠 흘렀다.

어디로 갈 건데? 김준수 기사는 마지막 현관문을 나서는 아내에게 물었다. 기왕 불입된 보험료 총액이 8천여만 원. 아내는 그로써 이혼 위자료를 충당하겠다는 계산이 섰던 것일까. 더 이상 가타부타 말없이 현관을 빠져나갔다. 어디로 갈 것인지 묻지도 말았어야 할 터이지만 김준수 기사는 거취가 걱정된다는 말로 아내 권명숙에게 별리의 정을 대신했다.

"웃기는 게 말입니다. 두 아들 녀석에게 즈 엄마를 찾아가도 좋다고 잘라 말했는데, 그건 절대 아니라고 고개를 홰홰 젓는 겁니다. 갈수록 애를 태우는 것이 어미더군요. 하시라도 말만 해라, 보내 줄 것이고, 애비로서의 소임 즉 일정액의 생계비도 보내겠다, 했는데도 녀석들이 들은 척도 안 하는 겁니다. 그렇잖습니까? 자식은 어미 손에 커야 비뚤어지지 않고 올곧게 크는 것 말입니다. 아내는 김준수 이놈의 '기름밥' 먹는 직업을 늘 못마땅해했습니다. 펜대 굴리고 정장 쫙 뽑아 입고, 고객들과 찻잔 기울이며 말품 파는 직업으로 바꾸라는 겁니다. 글쎄요, 저 김준수는 이 직업을 한 번도 후회한 적이 없습니다."

나는 김준수 기사의 이야기를 한마디도 빠뜨리지 않고 들었다. 어떻게 해서 이 직업을 선택했기에 자신의 직업에 대해 한 번도 회의를 느껴보지 않았을까.

"직업에서 오는 소득보다 과정이 소중한 것 아닙니까? 수리비를 간혹 떼어 먹히기도 하지만 그들을 한 번도 미워한 적 없고 찾아다닌 적도 없어요. 뒤늦게 나타나 딴소리를 해도 화를 낸 적도 없습니다."

어린 시절 이웃에 서울에서 이사 온 또래의 아이가 있었다. 그 아이는 집안에서만 놀았는데, 김준수는 간혹 그 아이의 할머니가 불러들이는 대로 거실에서 그 아이와 놀아주며 흑백티브이를 얻어 보고는 했다. 거실에는 화사한 색깔의 장난감들이 즐비했다. 주로 자동차나 트랙터였다. 그것들을 만져보거나 굴려보고 싶었지만 가당치도 않은 일. 녀석은 가뭄에 콩 나듯 눈곱만큼 허락을 했지만 그때마다 김준수의 간은 콩알만 하게 졸았고 그 조마조마한 맛은 평생을 잊지 못했다. 에라—. 김준수는 자동차 정비공 면허를 취득했고 자동차를 배 터지게 주무르면서 어린 시절의 갈급증을 해소, 이제 부러울 것이 없다.

"재혼할 생각은 없으세요?"

"해야죠. 있어요."

김준수 기사는 화들짝 기분 좋게 웃었다.

"열세 살 연하의 '새터민' 여성인데요, 어떻게 된 노릇이 딱 권명숙을 닮은 거에요. '새로운 터전을 마련한 주민', 호감이 가지 않습니까? 베트남 여성도 얘기가 있습니다만 기왕지사 내 민족을 만나 백의민족의 혈통을 잇기로 했습니다. 의붓엄마 슬하에서 성장했는데 역시 의붓엄마 손에서 자란 남편을 만나 딸 하나를 낳았답니다. 먹고 살 수가 없어서 탈북을 결심했더군요. 집을 나온 지 반년 만에 남한 땅을 밟았는데 수중의 돈 1백만 원이 십 원 한 장 안 남더랍니다. 두만강을 건너 중국 장춘에서 열차를 이용해서 하노이(베트남)로 이동, 캄보디아 호치민(베트남)을 거쳐 남한 땅을 밟았답니다. 관광객으로 위장했지만 행색은 거지꼴이었답니다."

백합칼국수 주인 여자가 셀프 커피를 종이컵에 챙겨 들고 왔다.

"미사리의 어느 식당에서 일을 하는데 벌써부터 우리 집에 와서 부엌일도 하고 두 아들 녀석 옷가지도 빨아 입히고 합니다. 그런데요, 문제는 두 아들 녀석이 '엄마' 소리를 안 하는 겁니다. 그렇다고 윽박지르며 가르칠 수도 없고…. 기다려야 되겠지요? 우리의 소원은 통일 아닙니까? 남북통일이 될 때까지 기다려야 되겠지요? 그런데요 막상 통일이 되면 내 신세는 또 어떻게 되는 겁니까?"

김준수 기사는 뜻 모를 웃음을 남기고 자리에서 일어나 계산대로 향했다.

'네 맞습니다. 그렇군요.'

김준수 기사의 말은 한마디도 어긋나지 않는다. 김준수 기사만

대하면 나는 기분이 좋다. 육칠월 삼복 지경에 짙푸른 잎을 시원스럽게 너울거리는 옥수수를 보는 느낌이다. 자신에게 주어진 '기름밥'을 한 번도 거부하는 모습을 본 적이 없기 때문일까.

해설

한상윤의 「무허가 컨테이너 집」과 문제적 개인

오양호(소설가)

한상윤의 「무허가 컨테이너 집」은 무허가 컨테이너 집에 살던 을순 씨를 둘러싼 원당 1리 양지말 이야기다. 소설의 발단은 을순 씨가 죽은 뒤 집을 정리하기 위해 아들이 나타나는 사건이고, 결말은 생전에는 어머니를 보지 않던 아들이 '휘파람 불며 룰루랄라 어제오늘 사흘 째 신바람 나게 짐정리를'하는 사건이다. 그러니까 이 소설의 구성 형태는 을순 씨의 무허가 컨테이너 집이 발단과 결말을 형성하고 있는 액자소설 · Rahmennovelle이다.

액자소설은 이야기 속에 하나 또는 여러 개의 비교적 짧은 이야기를 안고 있는 것을 특징으로 한다. 마치 하나의 이야기 속에 다른 이야기들이 액자 속의 사진처럼 끼워져 있다. 이러한 소설 형식은 이야기 밖에 또 다른 서술자의 시점을 배치함으로써 전지적 소설 방식에서 탈피하여 다각적으로 이야기를 전개할 수 있는 장점을 안고 있다. 「무허가 컨테이너 집」의 경우 이러한 원칙이 일관되게 적용되는 것은 아니다. 그러나 이런 시점은 이 소설이 겨냥하고 있는 이 시대 우리 사회의 한 문제를 내부이야기를 통해 전달하는 데 효과를 준다.

1. 문제적 개인

G.루카치는 소설의 주인공을 사회와의 관계 때문에 '문제적 개인'이라 했다. 「무허가 컨테이너 집」의 주인공 을순 씨가 그런 '문제적 개인'이다. 다음과 같은 성격 때문이다.

첫째, 을순 씨는 정부에서 지급하는 생계비 수급 대상자로 월 수당을 받아, 먹고 사는 고달픔을 잊었고 나중에는 요양원에서 보호를 받다가 여생을 마쳤다. 을순 씨는 직업이 있는 아들이 있다. 그러나 아들이 어머니를 모실 의사가 없어 정부가 생계비를 대 준다. 이런 사례는 최근 우리 주변에서 흔히 본다.

둘째, 을순 씨는 인삼 찻집, 댄스 교습소 강사, 남의 집 수양딸로 들어갔다가 그 집 아들에게 겁탈당하여 딸을 낳고, 돈 많은 사내 후처로 들어가서는 돈을 훔쳐 도주한 여자다. 이런 유형의 삶은 특이해 보인다. 하지만 지금 우리 사회에는 그런 비인간적 환경 속에서 삶을 지킨 존재가 없는 것은 아니다. 따라서 이 인물이 개연성 · probability이 없다고 할 수는 없다.

셋째, 을순 씨는 모진 풍파를 겪으며 살면서도 아들에게 한 평에 2백여만 원 가는 컨테이너 집 땅 쉰 평을 유산으로 남긴다. 그가 돈을 훔쳐 달아난 뒤 아들이 다니는 학교 교문에서 기다렸다가 학용품, 신발, 빵을 손에 쥐여 주었다. 그러나 아들은 그걸 팽개치고 달아났고, 을순 씨는 그걸 들고 아들 이름을 부르며 따라갔다. 흔히 보는 자기모순의 어머니상이다.

위에 나타나는 세 가지 사실은 현재 우리 주변에서 발견할 수 있는 인정세태이다. 을순 씨를 '문제적 개인'으로 규정할 수 있는 조건이 또 있다. 그는 사람들이 받드는 윤리, 도덕은 삶을 구속하는 허례로 간주한다. 그가 사는 동네 함양 박씨들이 인의예지仁義禮智를 받들며 재실에서 재를 올리는 것을 보고 '인의예지? 뭣에 써먹다 버린 개뼈다기 같은 수작이야'라고 중얼거린다. 그에게 가장 중요한 것은 기죽지 않게 입고, 먹고 사는 것이 문제다. 그래서 무허가 컨테이너 집에 살면서도 밍크코트, 순모 블라우스, 드라이클리닝으로 예우를 갖춰야 하는 견본 한복, 때깔 고운 하이힐을 장만해 두었다. 탐욕스런 문제적 인간이다.

이런 성격의 인간상은 10여 평짜리 골프 연습장과 오동나무 그늘 아래 텃밭을 갖추고 사철 꽃무리의 색깔이 현란하게 어우러진 치장을 한 거실을 자랑하며 사는 우 여사도 같다. 우 여사가 겉으로는 우아한 교양인 행세를 하지만 속으로는 인공향수를 뿌리며 외국 여행을 자주 다니는 것을 자랑하기 위해 작가 선생의 의사와는 무관하게 '귀국하는 대로 찾아뵙겠습니다.' 같은 문자를 공항 버스에서 날린다. 교양이 없으며 식견이 좁고, 세속적 이익이나 자기 자랑에만 마음이 급급한 것은 을순 씨와 다르지 않다. 다만 우 여사는 돈 자랑을 은근히 하고, 을순 씨는 돈이면 이것저것 가리지 않을 뿐이다. 세속적 이익이나 챙기며 돈 자랑을 하는 장삼이사를 속물(俗物 · snobbery)이라 한다면 우 여사는 표리를 달리하는 속물이고, 을순 씨는 통째 들어내 놓은 속물이다. 이런 속물의 삶을 외부액자의 작가 선생이 독자에게 들려준다.

소설은 다른 문학의 갈래와는 다르게 그 발생에서부터 자본주의로 대표되는 현대사회와 특별한 관계 속에서 성장하고 발전했다. 이런 점은 소설의 발생을 역사철학적 관점에서 해석한 루카치(Georg Lukacs)의 『소설의 이론 · Die Theorie des Romance』에 잘 나타난다. 그리고 그의 소설이론의 상당 부분을 이어받은 골드만(Lucian Goldman)은 소설을 '타락한 사회에서 타락한 방법으로 진정한 가치를 추구하는 것'이라 했다.

우리 소설에도 이런 논리가 빛났던 시대가 있었다. 바로 1980년대이다. 그 시대는 모든 예술이 리얼리즘의 논리로 이해되던 시대였다. 그런데 한상윤의 「무허가 컨테이너 집」에 리얼리즘의 그 엄혹한 그림자가 이 시대에 드리워져 있다. 이것은 문제적이다. 왜 그런가. 소설은 원래 세상사를 검증하는 문학의 갈래지만 지금 한국 문단에서 소설 자체가 맥을 못 추고 있기에 그런 기능을 수행하는 소설의 출현은 그야말로 희망 사항인데 그것을 한상윤이 조용히 꺼내 들고 나오기 때문이다.

문학의 갈래 가운데 사회와의 친연성이 높은 장르가 '소설'이다. 시에 나타나는 사회성은 정서표상으로 가능하지만 소설은 구체적으로 묘사되지 않으면 작품이 안 된다. 이런 특성은 '소설'이라는 용어의 개념에서부터 나타난다. 동양에서는 원래 '小說'을 일정한 격식을 갖추지 않고 평가할 가치가 없는 잡서나 잡문을 모두 한꺼번에 일컫는 개념이었다. 곧 '小說'을 '대단치 않은 수작으로 간주했다. 그러나 한편에서는 '소설'을 민간에서 수집한 비공식의 역사라는 의미에서 패사소설稗史小說이라 했다. 이런 시각은 역사를 인간사의 기록이라는 입장에서 볼 때 '패사소설'이라는 의미는 단순한 잡동사니의 개념을 넘어선다.

소설의 이런 개념은 근대 서양의 소설론에서는 엄격하게 나타난다. 루카치의 논리가 그러하다. 그는 '소설은 신이 버린 세계의 서사시이다. 소설 주인공의 심리는 악마적이다'라고 했다. 그런데 이때 문제가 되는 것은 루카치가 소설의 첫 작품을 세르반테스의 『돈키호테』라고 한 사실이다. 그렇다면 『돈키호테』와 소설 주인공의 심리 관계를 따져야 하고, 그렇게 하기 위해서는 이런 시각의 근원인 헤겔과 그런 논리를 묻는 루카치와의 사이에 『돈키호테』를 놓고 논전을 벌여야 한다. 그렇게 되면 문제가 너무 복잡해지고 여기서 다룰 문제도 아니다.

그러나 『돈키호테』가 최초의 소설이라는 말은 그렇게 처리할 수 없다. 우리가 다 잘 알듯이 『돈키호테』의 주인공 돈키호테는 자기가 읽은 기사소설의 주인공을 본받아 불의와 부정과 사악을 시정하고, 도탄에 빠진 세상을 구하고 부정과 비리를 바로잡으며 가난하고 천대받는 사람들을 도와주겠다고 다짐하며 긴 여행을 시작하기 때문이다. 그러니까 결국 루카치에게 소설이란 사회를 검증하는 글쓰기라는 말이다. 한상윤의 소설을 평하면서 이런 문제를 전제하는 것은 그의 소설이 현재 우리 사회에서 일어나고 있는 사회, 경제, 정치, 윤리, 민중 정서 등을 작품의 테마로 삼아 그것을 문제적 개인을 통해 검증하고 있기 때문이다.

2. 시대윤리 비판과 소설적 대응

「무허가 컨테이너 집」에 등장하는 모든 인물은, 작가 선생을 제외하고, 삶의 기준을 돈에 두고 있다. 기득권층이 으레 가지고 있는 경제적인 힘을 통하여 자신의 사회적 위치를 끌어올려 그것으로 행세하려는 우 여사가 전형적인 인물이다. 을순 씨가 죽고, 그의 아들이 컨테이너 집을 정리하자 우 여사는 작가 선생에게 자신의 속마음을 드러낸다.

> 우 여사는 진작부터 그 집터를 탐내고 있었다. 거하지 않고 아담해서 용돈 정도의 잔돈푼으로 잡을 수 있는 만만한 물건이라고

했다. 양지바르고 주변이 마을 종친의 산자락으로 둘러싸여서 쉽게 개발될 염려가 없다는 것이 그의 판단이었다. 확실하고 안전한 전문가의 결론이다. 며칠 전에도 우 여사는 매입 의사를 슬쩍 내보였다. 내가 을순 씨와 자주 왕래를 했던 터여서 내막을 상세히 알 것이라고 짐작했던 모양이었다.

우 여사의 이런 행동과 의식은 무슨 방법을 쓰더라도 상류층에 편입하려는 오늘날 졸부들의 속물근성과 심리상태를 압축적으로 보여준다. 이 시대를 대표하는 속물의 전형이다. 「무허가 컨테이너 집」을 주목하는 이유가 이런 성격 창조 때문이다.

리얼리즘의 핵심은 전형성이다. 이 전형성은 개별성과 보편성의 올바른 통일 하에서 이루어진다. 엥겔스는 문학이 현실을 반영할 때 '그 역사적 흐름 속에서 위치 지우지 않고 사소한 개인적 욕망 속에 머무는 것'에 대해서 극도의 반감을 나타내었다. 엥겔스는 이것을 전형성을 확보하지 못한 개별성에의 함몰이라 했다. 그런데 우 여사라는 인물의 성격은 사소한 개인적인 것에 그치고 있다. 그렇다면 역사의식의 결여라는 점에서 이 시대의 전형이라 할 수 없다. 하지만 루카치나 골드만의 소설론을 피해갈 수 없는 「무허가 컨테이너 집」을 전제할 때, 이 인물은 다른 인간상을 대표한다고 하겠다. 곧 속물의 전형이다. 그리고 작가는 이런 인물들을 타락한 사회의 타락한 사건을 통하여 진정한 가치를 추구하려 한다. 바깥 액자의 서술자 작가 선생에게서 그것을 발견한다. 작가 선생은 비록 이런 인물들과 상동 관계에 있지만 그는 그런 악마적인 인물들의 심리와는 다른 성격이다. 「무허가 컨테이너 집」이 문학예술로서 성립될 수 있는 것은 이런 성격의 인물이 타락한 사회를 견사하려 하기 때문이다. 이런 성격 창조가 없다면 이 작품은 평가할 가치가 없는 잡서나 잡문을 모두 한꺼번에 일컫는 그 '대단치 않은 수작'에 지나지 않을 수도 있다. 우리가 이 작품을 주목하는 것은 작가의 이런 타락한 현실에 대한 대응 정신 때문이다.

3. 세태소설 무엇을 문제 삼는가.

한국소설 가운데는 세태소설이라는 이름으로 불리는 작품이 있다. 『천변풍경』(박태원), 『탁류』(채만식), 『삼대』(염상섭) 등이 대표적인 작품이다. 현대에 와서는 조세희의 『난장이가 쏘아올린 작은 공』(1975), 이경자의 『절반의 실패』(1988), 홍상화의 『거품시대』(1993. 조선일보 연재) 등이 이런 유형의 소설이다. 세태소설은 사회가 재창조되는 것이 아니라, 사회에 대한 작가의 관념을 예증하는 성격이 강하다. 그러므로 이와 같은 소설의 형식은 본질적으로 서사문학의 미적 형식으로 간주하기에는 부족한 데가 없지 않다. 그리고 그것이 중시하고 있는 것은 특정한 한 시기나 어떤 특수한 환경의 분위기와 같이 간다. 따라서 이것은 후세에 다분히 역사적인 관심의 대상이 된다. 이런 점은 염상섭의 『삼대』를 역사학자들이 1930년대 식민지 현실을 논증하는 자료로 활용하는 데서 확인할 수 있다.

『천변풍경』, 『탁류』, 『삼대』와 『난장이가 쏘아올린 작은 공』, 『절반의 실패』, 『거품시대』 사이에는 약 반세기의 휴지기가 있다. 해방공간, 6 · 25, 군부독재 시대가 특정 시기의 변모 양상과 특정 사회에 한하여 대표되는 타당한 진실을 지닌 인간상을 창조하기 어려웠기 때문일 것이다. 이제 세기가 바뀌고, 정치, 사회, 윤리가 바뀌는 시대가 도래했다. 크게는 인터넷 혹은 온라인 기반 환경의 발달이라는 매체 자체의 변화와 문학 수용자의 의식 변화로 문학은 우리의 일상과 멀어졌고, 소설은 더욱 멀어졌다. 하지만 소설가는 그 본래의 소임을 포기할 수 없다. 소설이 원래 인간사의 기록인데 그것을 포기하는 것은 소설가의 직무유기가 되기 때문이다.

「무허가 컨테이너 집」에서 소설가의 이런 임무가 다시 시작되는 조짐을 보인다. 혹자는 이런 발언은 이 시대 소설을 두루 읽은 뒤에 하거나, 작가의 말을 인용하면서 이런 말을 해야 설득력이 있다고 할지 모른다. 그러나 문학연구, 혹은 문학 작품에 대한 가치 평가는 작품에 나타나지 않은 것을 찾아내고, 작가가 이야기할 수 없는 것을 찾아내는 작업이다. 정립되지 않은 의식을 파고 들어가 그 논리를 가능하면 일반화시키려는 것이 문학연구의 소임이다.

그렇다면 지금 「무허가 컨테이너 집」은 무엇을 문제 삼고 있는가.

마을 농부의 아내들이 허리가 굽어 유모차를 밀고 밭에서 엉기며 검버섯 핀 얼굴이 햇볕에 찌들 때, 을순 씨는 햇볕 차단제를 바르고 양산을 받쳐 든다. 목걸이며 귀고리를 갖추고 마을길을 나설 때는 귀공녀가 된 기분이다. 집에서 버스 정류소까지는 8백여 미터, 을순 씨의 걸음으로 2십여 분이 족히 걸린다. 그렇지만 발길이 무겁거나 고단하지도 않다. 밭고랑에서 두더지처럼 땅이나 파는 것들 기죽이기에 부족할 것이 없지 않은가.

집에 불이나 오두막 판잣집을 몽땅 태운 을순 씨가 면장의 배려로 1천여만 원에 해당하는 컨테이너 건물에 살림을 시작하고 마을 여자들 보라고 벌이는 시위 장면이다. 시위를 벌인 이유는 마을 여자들이 을순 씨가 번듯하게 새살림을 시작할 수 있었던 것은 '면장이라는 작자부터 저 호리는 눈웃음에 빠졌을 것이고 자식이 없다는 거짓 눈물 바람에 홀딱 반해버렸다'는 입방아에 대한 반발이다. 또 마을회관에 상주하는 을순 씨에게 위생지 사용이며 전기, 수도, 냉장고 등 편의를 제공한 것도 노인회장부터 이장의 배려 때문이라는 것이다. 그래서 급기야 '우리 마을에 어쩌다가 저런 화냥년이 굴러들어와 물을 더럽히네'라고 하는 말이 터져 나왔다. 그러자 을순 씨는 예의 그 굴러먹던 똘만이 같은 인상을 쓰며 순식간에 노인회장 아내의 멱살을 틀어잡아 한바탕 반격을 가했다. 그러나 혼자 당하지 못해 절퍼덕 주저앉아 엉치뼈가 부스러졌다며 병원을 들락거리며 상대방을 상해죄로 고발하겠다고 떠들었다. 그 위세에 질려 마을 여자들이 쥐죽은 듯 고요해졌다.

그런데 이런 을순 씨가 요양원에 가서 이런 말을 한다.

> 주변 사람들은 그것도 저것도 다 아닌, 아들이 살아 있고, 직업이 있고, 주거지가 확인됐다는 것만으로 희색이 만면하다고 말했다. 아들의 그 신변을 확인해 준 대한민국 국가에 또는 뜨거운 밥과 국, 때마다 바뀌는 반찬 만들어 먹여주고 재워주고, 친구와 더불어 지내게 해 주는 요양원 원장께 감사하다며 을순 씨는 감격했다.

을순 씨의 이런 언행은 그가 살던 마을 여자들과의 갈등을 못 이겨 시위를 벌이고, 마을 여자들을 '밭고랑에서 두더지처럼 땅이나 파는 것들'이라고 업신여기는 행위와 모순된다. 이것을 어떻게 해석해야 할까. 「무허가 컨테이너 집」이 피카레스크식 소설구성으로 여러 개의 사건이 인과관계에 의해 긴밀하게 짜여진 구성이 아니라서 그렇다고 할 수 있다. 그러나 그것보다 을순 씨라는 인물이, 아니 오늘날 정부의 보조금 수급 대상들이, 그런저런 인간적 문제와는 무관하게 적당히 대세에 편승하면 혜택을 누리고 살 수 있다는 현실을 검증하려는 글쓰기의 전략의 결과로 판단된다. 빈부 격차는 인간의 능력이 아니라 모든 인간은 동일하다는 그 민중민주주의, 혹은 범 휴머니즘을 작가가 왼 새끼를 꼬는 언술에 다름 아니다. 이런 점은 다음 항에서 고찰하는 정신대 이야기에서 더 분명하게 드러난다.

4. 이념이 소거한 땅

「무허가 컨테이너 집」에 등장하는 메인캐릭터의 심상지리에는 이념 같은 것은 없다. 이것은 을순 씨의 언동, 그러니까 함양 박씨네 집성촌 재실에 걸린 현판 '인의예지'를 보고 웃긴다고 한 것이나 그의 아들 이정근이 자기 어머니 장례는커녕 장례비도 모른 체하는 것이 그렇다. 다음과 같은 한 마이너캐릭터의 토설도 같은 맥락에 있다.

> 왼쪽으로 돌 축대를 딛고 들어선 황토집 앞을 지난다. 정신대 할머니 한 분이 산다. 친아들이라고도 하고 조카자식이라고도 하는 젊은이와 함께이다. 할머니들에게 지급되는 월 1백여만 원을 착착 모아서 마련한 집이다. 지난해 그 할머니는 죽고 없다. 근래 낯선 승용차 두어 대가 비좁은 마당에 꽁무니를 물고 일렬로 세워져 있고는 하는데 아들이라면 누가 뭐랄까. 할머니는 구태여 조카자식이라고 둘러대고는 했다. 이놈 저놈 왜놈한테 당한 일이 뭐 자랑이라고 걸핏하면 수요집회니 뭐니 떼거지로 몰려나가 떠든단 말인가. 어찌어찌 남자를 만나 낳은 아들 앞에 내세울 일은 영 아니다 싶다. 월 1백여만 원이 아쉬워 '나눔의 집'에 들어오기는 했지만 말이다.

우리에게 일본은 영원한 라이벌 관계에 있다. 식민지 지배의 치욕이 남긴 심리적 상처 · trauma가 너무 크고, 독도를 둘러싼 영토 갈등이 끊이지 않으며 아직도 청산되지 못한 역사가 있기 때문이다. 그런데 정신대 할머니가 '이놈 저놈 왜놈한테 당한 일이 뭐 자랑이라고 걸핏하면 수요집회니 뭐니 떼거지로 몰려나가 떠든단 말인가.'와 같은 발언은 우리의 예상을 깨는 말이다. 이런 언동이 한 개인이 사적으로 흘린 말이란 사실을 전제하면 괘념할 일이 아니다. 하지만 간과할 사안도 아니다.

현재도 일본군 위안부 피해자 문제는 미해결된 민족사의 아픔으로 남아 우리들의 민족의식을 자극한다. 곧 이용수(92) 할머니가 대구에서(2020.7.7.) 기자회견을 하면서 후세의 바른 역사교육을 위한 교육관 건립까지 추진해야 한다고 호소하고 있는 까닭이다. 살아 숨 쉬는 역사이다. 이런 사정을 고려할 때 정신대 할머니의 언동은 문제적이다. 그러나 최근에 전혀 이질적인 수요집회 뒷이야기가 한 정치인의 행적과 묶여 불거져 나온 사실과 연계할 때 인용문에 나타나는 정서가 이질적인 것이라고 할 수는 없다.

이런 점에서 「무허가 컨테이너 집」이 존재하는 공간은 이념이 소거한 공간이다. 정신대 문제가 반역사적 시각인 것이 그러하다. 그런데 그것은 그 나름의 배경과 이유가 있다. 무허가 컨테이너를 집으로 삼아 사는 것도 동네 여인들의 시기의 대상이 되고, 심각한 갈등이 되며, 이런 현실은 결국 우리들의 삶이 '사실은 너무나 어렵다'는 것을 객관적 상관물로 형상화하는 것으로 독해되는 까닭이다. 지금 우리 주변에는 다른 우 여사가 수두룩하고, 다른 을순 씨도 있다.

이 작품을 주목하는 것은 세계 최빈국에서 '30~50클럽' 7번째 국가로 가입한 자랑스런 대한민국과는 달리 외진 곳에 사는 한 떼의 인간들을 문제 삼아 그런 옥신각신하는 삶을 보여주면서 보듬기 때문이다. 이 작품을 리얼리즘 재현의 조짐이라는 시각은 이런 점에 근거한다.

작가의 말

연작 장편소설 『침묵 지키기 그 아름다운 슬픔』 출간(2010년) 이후 10년 만에 묶는 창작집이다. 출판사로부터 배달된 마지막 교정지를 덮으면서, 책 출간은 이번이 마지막이다, 라고 혼잣말을 한다. 발표작을 훑어보면서 진이 빠지고 기력이 쇠해졌다는 결론에 다다른 채 '작가의 말'을 쓴다. 출판사 측의 주문 '표지 날개에 들어갈 약력과 사진'을 준비하면서 다시, 책 출간은 이번이 마지막이다, 라고 자신에게 주문한다.

독자와 새로운 모습으로 마주 설 자신감이 소멸되고 있는 두려움과 생물학적인 연륜, 나의 그 80이라는 수치에서 죽음을 인지하며 새벽을 맞는다. 흰머리에 염색약을 바를 수 없는, 지난해 부터의 면역력 약화 증상, 그로부터 나는 누군가에게 묻는다.

'내가 글 쓸 시간이 얼마나 남았을까.'

'쓰고자 하는 절실한 소재'를 다뤄야 한다는 명제는 작가의 기본이다.

위인전기 시리즈를 기획한 출판사의 요청으로 집필한 장편 『소설 김대건』(2000년)를 비롯해서 내 고장 인물 찾기에서 비롯한 ―순암안정복 일대기― 『거친 밥 먹고 베옷입기』(2007년), 『묻습니다』 ―의병장 김성립과 난설헌 허초희―(2013년), 아내 난설헌이 죽은 뒤 재혼한 의병장 김성립의 후처, 남양 홍씨 가문의 『홍문안집 이야기』(2016년) 이후 4년 만의 출간이다.

작품 배열 순서를 두고 하루를 고민했지만 대체로 발표순이다. 느닷없이 끼어든 단편 「고리」가 있다. 진력이 날 정도로 되풀이되는 화제여서 부끄럽지만 뒤늦게 다시 챙겼다.

「미리내, 그곳에 갔었다」(2011년 계간 『동리목월』 여름호)와 8, 9년 후 발표한 「김준수 기사, 그의 위대한 배반」, 그 두 작품은 작가의 의식이 상당히 대조적임을 간파했다.

쓴웃음이 나왔다.

'작가는 상식적이어야 한다, 그러나 비상식적이어야 한다'라는 역설이 가능한 세계가 소설이 아닌가 싶다. 이제까지 상식적으로 현실을 살아 준 자식들이 고맙다. 비상식적인 삶을 지지하는 어미를 인정하는 자식들에게 감사하지 않을 수 없다.

소설 한 편 써서 발표하면 1년쯤 최저 생계가 가능한 현실이 와야 한다고 주장하면서 '어떤 소설을 쓸까.' 오늘도 나는 고민하기로 한다.

그 고통을 잠시 잊기 위해서 텃밭에 상추도 심고, 파, 들깨, 강낭콩, 완두콩도 심고 들여다본다. 흙덩이를 비집고 머리를 드는 싹과 녹색의 잎과 충실한 열매, 잡초를 말끔하게 뽑아 준 뒤 드러나는 황토흙 빛깔에 감동한다. 햇볕과 물, 그 무상으로 제공되는 자연의 풍요로움이며 충만감은 어김없이 생명의 존엄성과 삶의 유열을 깨닫게 한다.

이 자연의 이치 앞에서 어찌 죽음으로부터의 순연을 통사정할 수 있으랴.

(2020년 7월 16일 이른 아침)